현대문학이론의 길잡이

현대문학이론의 길잡이

오민석 지음

시인동네

이 책은 도정일 교수님과의 만남에서 시작되었다.
나의 스승, 도정일 교수님께 이 책을 바친다.

비평 언어의 매혹

내가 처음 문학이론을 만난 것은 1970대 후반 대학 시절이었다. 우연히 루카치(Georg Lukács)를 알게 되었고, 대부분의 '좋은' 책은 금서였던 그 시절, 나는 세종문화회관 뒷골목의 세칭 "금서 총판"이었던 어떤 책방을 찾아가 루카치의 『소설의 이론 *The Theory of the Novel*』영역본을 어렵게 구했다. 나중에야 안 일이지만 이 책은 루카치가 아직 마르크스주의의 세례를 받기 이전에 쓴 책이었다. 검열을 받을 하등의 이유가 없는 책이었고, 게다가 금서가 될 이유도 없었다. 나는 불심검문에 걸릴까 내내 두려워하며 집으로 돌아와 내 방의 문을 잠그고 떨리는 마음으로 이 책의 표지를 열었다. 책 옆에는 두꺼운 영한사전을 펴둔 상태였다. 책장을 열자마자 거기에 이렇게 쓰여 있었다. "하늘의 빛나는 별이 모든 가능한 길들의 지도(map)인 시대는 행복하다." 루카치는 리얼리즘을 체계화한 이론가일 뿐만 아니라 무엇보다 탁월한 문장가였다. 그때만 해도 오로지 시인이 되기만을 꿈꾸었던 나는 이렇게 해서 '이론 글'의 매력에 흠뻑 빠져들기 시작했다. 그리하여 나는 양다리를 걸치기 시작했는데, 시적 언어가 주는 '자유'와 이론 언어가 주는 '과학' 사이에서 헤맸다. 그것은 때로 심각한 길항(拮抗)을 불러일으키기도 했지만, 결국 이론 언어는 시적 언어가 값싼 센티멘털리즘에 빠지는 것을 막아주었고, 시적 언어는 이론 언어가 과학의 차가운 담에 갇히지 않도록 해주었다. 그 이후에도 나는 주로 골드만(Lucien Goldmann), 마슈레(Pierre Macherey) 등의 매혹적 비평 언어에 빠진 채 나머지 대학 생활을 보냈다. 대학원 영문학과에서 석사과정을 할 때만 해도 내 전공은 시였다. '시 쓰기'와 '시 공부하기'가 서로 시너지효과를 발휘할 것으로 기대했기 때문이다. 나는 영국 낭만주의 문학에 대해 석사논문을 쓰고 졸업을 하였지만 공부를 하면 할수록 '타자의 문학'을 연구하는 행위에 대한 정체성의 혼란이 계속되었다. 그 해답을 나는 결국 문학이론 공부에서 찾았다. 박사과정에 진학하면서 내 전 공은 자연스레 비평이론으로 바뀌었고, 결국 제도권 안에서의 내 공부는 프레드릭 제임슨(Fredric Jameson)의 해석론에 대한 박사논문을 쓰는 것으로 마감되었다.

이론 언어 혹은 비평 언어의 매혹은 그것이 모든 형태의 '억견(臆見 doxa)' 혹은 '공리(公理 axiom)'를 용서하지 않는다는 데에 있다. 비평 언어와 이론 언어 앞에서 당연한 것은 없으며, 이론은 이 세상에서 '당연하다고 여겨지는 것'들의 '당연하지 않음'을 밝혀내는 것이다. 그것은 모든 것을 의심한다는 점에서 근본적으로 '비판적'이다. 신비평(New Criticism)처럼 정치적으로 보수적인 비평도 이 비판적 성격에서 예외가 아니다. 그것은 객관성이 부족한 모든 형태의 비평 행위를 의심하였으며, 텍스트 내부에서 해석의 명확한 증거를 제시할 것을 요구하였다.

문학이론은 '문학에 대한 이론'으로 끝나지 않는다. 문학의 콘텐츠가 인간과 세계의 '모든 것'이므로, '문학에 대한 이론' 역시 '모든 것'들에 대한 이론으로 발전하지 않을 수 없다. 문학이론이 문학을 넘어 영화 비평, 미디어 비평, 정치 비평, 대중문화 비평, 철학, 사상, 신학 등 사유의 전 영역으로 확대되어온 역사가 이것을 증명한다. 그러므로 문학이론을 공부하는 일은 이 세상의 모든 것을 사유하는 효과를 동반한다. 매우 '비전문적'인 학생들이 내 강의를 통해

'세상을 보는 다양한 패러다임'을 배웠다고 고백할 때, 나는 이론을 가르치는 선생으로서 가장 큰 환희를 느꼈다. 이 책을 통해 문학 전공자는 전공자대로, 비전공자는 비전공자대로 세계를 읽는 다양한 시각들을 발견하기를 원한다. 세계는 간단하지 않으며 모든 이론은 만병통치약이 아니다. 모든 이론은 오로지 '국부적(local)' 정당성만을 가지고 있을 뿐이며, 우리는 다양한 이론들의 각축장을 통과함으로써 세계를 읽는 유효한 '사유의 그물들'을 건질 수 있을 것이다.

3년여에 걸친 내 작업이 이렇게 끝난다. 힘든 만큼 즐겁고 행복하였다. 대부분이 번역서밖에 없는 국내 문학이론의 현장에서 단독 필자로서 현대의 대표적 이론들을 소개하는 보람이 크다.

각 장이 끝나는 자리에서 독자들은 "참고문헌 혹은 더 읽어야 할 책들"이라는 섹션을 만날 것이다. 여기에 소개된 책들은 사실상 "참고문헌"이라기보다는 일반 독자들이 "더 읽어야 할 책들"의 목록이라고 보면 좋을 것이다. 그래서 그 숫자를 최대한 줄였다. 그야말로 필독서들이라고 본다. 각 장의 이론을 읽고 혹시 그 이론에 매혹 당한다면 이 목록에 나와 있는 책들의 바다로 다시 여행을 떠나기를 빈다. 그 바다에서 더 깊고 푸른 사유의 거인들을 만나게 될 것이다. 굵은 글씨로 인쇄된 것은 (그 의미를 강조한 것 외에) 대부분 문학비평 용어들이다. 비평용어들은 텍스트를 분석할 때 사용되는 유용한 도구들이다. 더 유심히 볼 것을 권장한다.

출판을 제의했고 월간 『시인동네』에 연재를 주선해준 『시인동네』의 촌장, 고영 시인과 편집 실무자들께 깊은 감사의 인사를 올린다.

2017년 8월

| contents |

제 **1** 장

문학이론이란 무엇인가

제1장

문학이론이란 무엇인가

구조주의 문학이론이 등장한 1950년대 이후 문학이론(literary theory)은 가히 백가쟁명의 시대를 맞이했다. 문학이론은 단지 문학에 대한 담론으로 멈추지 않고 학제간(學際間 interdisciplinary) 담론으로 확산되면서 '현대 사상의 박물관'으로 진화·발전해왔다. 문학이론은 이제 '문학'에 대한 이론을 넘어서서 '세계'에 대한 이론이 되어가고 있으며, 문학 전공자가 아니더라도 한번쯤은 귀를 기울이게 되는 '지성 담론'이 되었다. 문학이론이 이렇게 발전하게 된 여러 가지 이유가 있겠지만, 주요 원인은 문학이론이 '문학'에 대한 이야기라는 것이고, 문학은 다름 아닌 인간의 '모든 것'을 다루는 작업이라는 데 있을 것이다. 먼 고대 음유시인의 시대부터 포스트모더니즘의 현재에 이르기까지 문학은 철학과는 다른 방식으로 인간과 세계에 대하여 말을 걸어왔으며, 논리와는 다른 방식으로 무수한 사람들의 심금을 울려왔다. 문학이 말 그대로 인간과 세계의 '모든 것'을 다루므로, 문학이론 역시 그 '모든 것'에 대한 '모든 이론'으로 발전할 수밖에 없는 숙명을 가지고 있는 것이다.

문학이론의 역사는 '시인 추방론'을 내세운 플라톤의 『국가 *The Republic*』에까지 거슬러 올라간다. 본격적인 최초의 문학이론서로 우리는 아리스토텔레스의 『시학 *The Poetics*』을 들 수 있을 것이다. 문학이론의 역사는 사실상 문학의 발생 시기와 정확히 일치하면서 지금까지 계속되어왔다고 보아야 할 것이다. 문학이론은 넓은 의미에서는 "1차 언어(the first-order language)"인 문학 텍스트에 대한 모든 메타 담론, 즉 "2차 언어(the seconc-order language, metalanguage)"를 지칭하는 것이지만, 좁은 의미로는 문학 텍스트를 분석하고 설명하며 혹은 평가하는 데 동원되는 모든 방법론(methodology)들을 총칭하는 것이다. 여기에서 방법론이란 다른 말로 바꿀 수도 있는데, 문학 텍스트를 설명하는 데 사용되는 모든 패러다임, 관점, 입장, 각도, 코드(code), 틀거리(framework)들을 의미하는 것이다.

문학이론을 이렇게 문학 텍스트를 읽는 패러다임으로 정의할 경우, 문학이론을 공부해야 하는 이유는 자명해진다. 간단히 말해 동일한 대상도 어떤 패러다임으로 읽느냐에 따라 전혀 다른 해석이 나오기 때문이다. 토마스 쿤(Thomas Kuhn)이 『과학 혁명의 구조 The Structure of Scientific Revolutions』(1962)에서 주장한 것도 바로 이런 내용이다. 쿤은 과학 발달의 역사가 단순히 정보와 지식의 축적이 아니라, 새로운 패러다임의 개발의 역사임을 논증하였다. 그가 말하는 "과학 혁명"이란 이전과는 전혀 다른 새로운 패러다임의 등장을 의미하는 것이고, 이렇게 해서 과거의 패러다임과 새로운 패러다임 사이에 건널 수 없는 '인식론적 단절'이 생겨나는 것을 의미한다. 사실 패러다임의 역사는 과학 혁명의 역사에만 적용되는 것이 아니다. 모든 학문의 역사는 패러다임들의 변화, 충돌, 발전의 역사이다. 이런 의미에서 모든 학문은 근본적으로 패러다임 그 자체인 것이다.

패러다임(이론)이 중요한 첫 번째 이유는 그 누구도 패러다임에서 자유롭지 않다는 데에 있다. 아무런 입장이나 관점이 없이 대상을 바라볼 수는 없다. 주체와 대상 사이에는 항상 특정한 패러다임이 개입되며 주체가 읽어낸 모든 것은 바로 이 패러다임을 경유한 결과인 것이다. 만일 이론(패러다임)을 거부하는 입장이 있다면, 그것조차도 또 하나의 이론(패러다임)인 것이다. 그리하여 모든 주체는 사실상 '패러다임의 노예'들이다. 이 사실을 솔직히 인정할 필요가 있다. 패러다임이 중요한 두 번째 이유는, 앞에서도 언급했지만, 동일한 대상도 서로 다른 패러다임의 개입에 의해 서로 다른 방식으로 해석되기 때문이다. 패러다임은 마치 인식의 프리즘, 색안경 같아서 대상을 자신의 코드대로 변화시킨다. 모든 대상은 그것에 들이대는 패러다임의 코드에 의해서 재(再)코드화 (recoding) 된다. 물자체는 항상 물자체 그대로 존재하지만, 주체가 대상을 마주할 때, 주체의 인식의 자장 안에서 물자체는 사라진다. 물자체는 더 이상 물자체로 존재하지 않고, 패러다임에 의해, 다시 말해 해석의 화학반응에 의해 변형된다. 문제는 이렇게 패러다임에 의해 재코드화 된, 다시 말해 해석된 대상을, 주체가 물자체로 착각한다는 것이다. 그러므로 우리는 "팩트는 없다. 오로지 해석만이 있을 뿐이다(There are no facts, only interpretations)"라는 니체(Friedrich Nietzsche)의 유명한 명제를 돌이켜볼 필요가 있다. 팩트를 사라지게 만드는 것은 바로 그 팩트를 '읽는' 특정한 패러다임, 관점, 입장, 이론들이다. 문제는 주체가 대상을 직면하는 순간, 이런 패러다임들이 한 치의 예외도 없이 바로 작동된다는 데에 있다. 그러므로 진리가 대상 자체의 속성에서 도출될 것이라는 생각은 일정 정도 착각이다. 진리를 생산하는 것은 놀랍게도 상당 부분 대상 자체가 아니라 패러다임이다. 한마디로 패러다임이 진리를 생산한다. 가령 '5·18 광주항쟁'이라는 팩트는 사라지고 없으며, 남은 것은 오로지 언어적 구성물, 즉 텍스트로서의 광주항쟁밖에 없고, 따라서 광주항쟁에 대한 모든 논의들은 텍스트로서의 그것에 대한 해석의 결과물이라고 말하면 어떻게 될까. 그리고 그 해석을 생산하는 것은 다름 아닌, 항쟁을 바라보는 다양한 패러다임들이라고 말이다.

　　패러다임으로부터 자유로울 수 없고, 패러다임에 따라 동일한 대상이

다르게 해석된다는 사실 때문에 패러다임에 대한 공부 자체가 불가피해진다. 결국 주체에게 남은 것은 패러다임의 선택밖에 없기 때문이다. 세상에는 세계를 바라보는 수많은 관점들이 존재하고, 우리는 그것을 쉽게 '세계관'이라고 부른다. 인생을 바라보는 다양한 관점이 있으며, 우리는 그것을 '인생관'이라고 부른다. 마찬가지로 문학 텍스트를 바라보는 다양한 입장들, 관점들, 패러다임들이 존재하며, 이것을 문학이론이라고 부르는 것이다. 대상을 바라보는 무수한 관점들이 존재하고, 그것들 중에는 다른 관점보다도 대상을 상대적으로 더욱 정확히 읽어내는 관점들이 있을 것이다. 이 관점들의 위계를 알려면 관점들의 속성에 대해 먼저 알아야 할 것이고, 이것이 우리가 문학이론을 공부하는 중요한 이유가 된다. 앞에서 문학이론의 학제적 성격을 이야기했거니와, 문학이론을 공부하는 일은 단지 문학에 대한 이론만을 공부하는 것이 아니라 더 넓은 의미에서 세계를 바라보는 다양한 관점들을 공부하는 것이다.

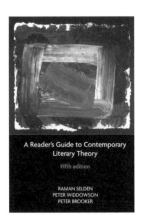

문학이론 소개서로 널리 알려져 있는 레이먼 셀던 등이 쓴 『현대 문학이론 개관 *A Reader's Guide to Contemporary Literary Theory*』

이 책에서 소개하는 문학이론들 역시 문학비평뿐만이 아니라 문화비평, 영화비평, 현대철학 등 다양한 영역에 폭넓게 활용되고 있으므로 이 이론들에 대한 공부는 꼭 전문가들을 위한 것만이 아니다. 세계에 대한 '지적 해석'에 관심이 있는 모든 사람들에게 이 이론들의 공부는 필수적이다. 이 책에서 다루게 될 대표적인 '현대 문학이론'을 개요하면 다음과 같다.

현대 문학이론이 이론으로서 본격적인 체계를 갖게 되는 것은 구조주의 이후이다. 그러나 우리는 구조주의 이전에 이론의 전사(前史)로서 영미의 신비평(New Criticism)과 러시아 형식주의(Russian Formalism)를 들 수 있을 것이다. 신비평과 러시아 형식주의는 복잡한 이론적 체계를 가지고 있는 것은 아니지만, 문학의 핵심적인 문제에 대한 중요한 통찰들을 제공함으로써 본격적인 문학이론의 정초를 세웠다. 1920년대를 거쳐 1940~50년대에 전성기를 맞이한 신비평의 화두는 '비평의 객관성(the objectivity of criticism)'을 어떻게 확보할 것인가이었다. 이는 신비평 이전 영미권의 비평이 대체로 객관성을 결여한 인상비평 혹은 전기론적 접근(biographical approach) 등, 텍스트 내부에서 증거를 제시하지 못하는 '추론' 성향의 비평들이 대세였음을 거꾸로 보여준다. 신비평가들은 비평의 객관성을 확보하기 위해 무엇보다도 '텍스트 그 자체(text itself)'를 볼 것을 주장하였다. 그들은 텍스트 바깥의 작가나 독자, 사회·역사적 맥락에 토대하여 텍스트의 의미를 '주관적'으로 추론하는 것을 반대하였으며 텍스트 자체에서 모든 텍스트 해석의 객관적 증거를 제시해야 한다고 주장하였다.

러시아 혁명(1917) 전후에 태동하여 1921~25년 사이에 짧은 전성기를 누렸던 러시아 형식주의자들의 화두는 문학과 '비(非)문학(non-literature)'을 구별시키는 문학 고유의 자질, 즉 '문학성(literariness)'의 해명이었다. 그들은 문학을 문학이게끔 하는 것은 문학작품의 내용이 아니라 형식이라고 보았다. 왜냐하면 문학작품이 담고 있는 내용은 문학만의 전유물이 아니기 때문이다. 이들에게 문학은 형식, 곧 '표현'의 문제로 귀결되었다. 이들은 '일상 언어'와 '시적 언어'를 구분하였으며, 시적 언어의 특징을 '낯설게 하기'에 있다고 보고 시적 언어의 특징을 해명하는 데 주력하였다.

1950년대 유행하기 시작한 구조주의(structuralism)는 소쉬르(Ferdinand, de Saussure)의 구조주의 언어학의 발상을 문학이론에 적용한 것이다. 구조주의자들은 개별 작품의 특수성을 설명하기보다는 무수한 개별 작품들의 근저에 있는 보편적 규칙들의 발견에 주력하였다. 이는 개별 발화들(individual utterances)로서의 파롤(parole)이 아니라, 개별 발화의 근저에서 그것들을 생산하고 지배하는 보편적 규칙으로서의 랑그(langue)를 언어학의 궁극적 연구 대상으로 삼은 소쉬르의 입장을 고스란히 받아들인 결과이다. 이들은 또한 시간의 흐름에 따라 변해나가는 문학의 '통시적(diachronic)' 측면보다는 시간을 뛰어넘어 계속해서 반복되는 문학의 '공시적(synchronic)' 구조를 연구하는 데에 주력했다.

러시아 형식주의의 뒤를 이어 1930~40년대에 러시아에서 '사회주의 리얼리즘'과의 팽팽한 긴장 속에 발전했던 바흐친 학파의 문학이론(the Bakhtin school)은, 사상적으로는 마르크스주의에 토대하되 '사회주의 리얼리즘'과는 달리 하부구조의 문제를 언어에 대한 사유와 결합시킨 매우 독특한 이론으로 현대에도 많은 주목을 받고 있다. 이들은 언어와 사회·역사적 현실, 그리고 이데올로기를 불가분의 관계로 설정하였다. 바흐친 학파가 볼 때 모든 언어는 근본적으로 사회적이며 이데올로기적이다. 또한 모든 사회적, 이데올로기적 현상에 항상 언어의 끈들이 개입한다. 따라서 이들이 볼 때, 언어는 사회변동의 가장 민감한 지표이며 언어 안에서 개인과 집단의 이해관계가 끊임없이 부딪히고 충돌한다. "언어야말로 계급투쟁의 각축장"이라는 명제는 이들의 입장을 한마디로 요약해주는 것이다. 이들이 볼 때, 기호 안에서 수많은 이해관계들이 충돌하므로 기호(언어)는 근본적으로 '대화적(dialogic)'이고, '다성적(polyphonic)'

이다. 모든 언어는 이렇게 이질적 목소리들의 대화적 만남으로 구성되어 있으므로 '이어성(異語性 heteroglossia)'을 가지고 있다.

마르크스, 엥겔스에서 시작된 마르크스주의는 그 안에 다양한 갈래들을 가지고 있다. 그럼에도 불구하고 모든 마르크스주의자들이 공유하고 있는 입장이 있다면 다음과 같은 것들이다. 그들이 볼 때, 문학작품은 근본적으로 사회적이고도 역사적인 산물이다. 따라서 문학작품에 대한 모든 해석은 사회·역사적인 맥락과의 총체적인 연관 속에서 이루어져야 한다는 것이다. 이들이 볼 때 문학작품은 그것을 에워싸고 있는 사회·역사적 맥락과의 반응의 결과이며, 이런 의미에서 무균질의 진공상태에서 생산되는 문학은 없다. 그리하여 마르크스주의는 문학의 사회성, 역사성, 이데올기성의 해명을 중시한다. 또한 마르크스주의자들은 이론 혹은 이론 행위의 실천적 측면을 강조한다. "지금까지 철학자들은 다양한 방식으로 세계를 단지 해석해왔을 뿐이다. 중요한 것은 세계를 변혁하는 것이다"라는 마르크스의 명제는 사실 모든 현대 마르크스주의자들의 과제이기도 한다. 마르크스주의는 비평과 해석 행위를 넓은 의미에서 '정치적' 행위로 보며, 비평이 세계에 개입할 수 있는 다양한 접점들의 마련을 중시한다.

1960년대 말 이후 최근까지 문학만이 아니라 철학, 사상의 영역에서 큰 위력을 행사하고 있는 포스트구조주의(poststructuralism)는 제목에서 드러나다시피 구조주의와의 연관 속에서 이해해야 한다. 일차적으로 포스트구조주의는 구조주의의 연장 혹은 확장이라는 측면에서 이해될 수 있다. 이러할 때 포스트구조주의의 "포스트(post)"는 "후기(後期 after)"의 의미를 갖게 되고 "후기구조주의"라는 말로 번역될 수도 있다. 그러나 포스트구조주의는 구조주의에서 시작되었지만 결과적으로 구조주의를 내파(implosion), 즉 내부에서 해체시킨 이론이기도 하다. 이 경우 "포스트"는 '벗어난다'는 의미에서 "탈(脫)구조주의"라고 번역될 수도 있다. 이렇게 포스트구조주의의 "포스트"는 "후기"와 "탈"의 성격을 모두 가지고 있으므로 그 둘 중의 하나를 선택해 "후기구조주의"나 "탈구조주의"라고 번역할 경우, 나머지 하나를 놓칠 위험이 있다. 그러므로 이 책에서는 후기구조주의와 탈구조주의의 양쪽을 아우르는 개념으로서 원어 그대로 "포스트구조주의"라 부르기로 한다.

　　포스트구조주의자들은 각자 서로 다른 용어로 주체와 세계 그리고 문학에 대해 설명하고 있지만, 다음과 같은 생각들을 공유하고 있다. 첫째, 이들이 볼 때 '통합된 주체(unified subject)'란 없다. 모든 주체는 '분열된 주체(split subject)'이다. 일차적으로 주체는 의식/무의식 혹은 이성/욕망으로 분열되어 있다. 또한 언어체계와 무관한 주체는 없다. 주체는 언어체계 안에서 '기표(signifier)'의 형태로 존재한다. 그러나 기표로서의 모든 주체들은 하나의 '기의(signified)'를 갖는 것이 아니라 거의 무한대의 기의를 갖는다. 그리하여 하나의 잘 맞추어진 초점 같은 주체란 존재하지 않는다. 둘째, 언어는 대상을 있는 그대로 전달해주는 '투명한(transparent)' 매체가 아니다. 언어는 주체와 대상 사이에서 대상을 왜곡하고 굴절시킨다. 테리 이글턴(Terry Eagleton)의 표현을 빌면, 언어는 대상을 있는 그대로 재현해주는 "평면거울이 아니라, 찌그러진 거울 혹은 깨진 거울"이다. 언어가 대상을 왜곡할 수밖에 없는 것은 기표와 기의 사이의 관계가 '자의적(arbitrary)'이기 때문이다. 셋째, 궁극적이고도 절대적이며 유일한 진리, 대문자 진리(Truth)란 존재하지 않는다. 설사 개념적 가설로 그것이 존재한다 하더라도 분열된 주체와 대상을 왜곡하는 언어를 경유해 그것을 인지하거나 재현한다는 것은 불가능하다. 포스트구조주의자들이 볼 때, 이 세계는 무수히 다양한 상대적 진리들, 소문자 진리들로 구성되어 있다. 가령 문학 텍스트 안에도 어떤 '단일하고도 고정된 의미'가 있다고 생각한다면, 그것은 오산이다. 문학 텍스트의 의미는 항상 '미결정(indeterminacy)'의 상태이며, 롤랑 바르트(Roland Barthes)의 표현을 빌면 "의미(meaning)가 아니라 의미화 과정(signification, meaning in process)을 전달하는 것"이다.

프란츠 파농(Frantz Fanon)의 『대지의 저주받은 자들 *The Wretched of the Earth*』(1961)에서 시작된 탈식민주의(postcolonialism)는 식민 지배와 피식민 종속으로 특징지워지는 근·현대의 역사와 밀접한 연관을 가지고 있다. 제국주의에 의한 식민지배는 식민지에 대한 군사적, 물리적 지배를 넘어서 인간과 세계를 총괄하는 가치의 기준을 식민 종주국인 1세계 중심으로 바꾸어놓았다. 에드워드 사이드(Edward Said)의 『오리엔탈리즘 *Orientalism*』(1978)은 수천 년에 걸쳐 서양이 동양을 어떻게 타자화해왔으며 자신들의 입장에서 동양에 대한 허구와 환상을 만들어왔는지 잘 보여준다. 이는 문학 영역에서도 마찬가지어서, 가령 정전(正典 canon), 즉 훌륭한 문학의 기준은 늘 백인 중심의 이데올로기에 의해 결정되었다. 탈식민주의는 식민자(the colonizer)의 시각이 아니라 피식민자(the colonized)의 입장에서 문학작품을 거꾸로 읽을 것을 주장한다. 탈식민주 이론은 대부분 알제리, 인도, 팔레스타인 등 과거 유럽의 식민지였던 제3세계 출신의 학자들에 의해 만들어지고 주도되어왔는데, 1970~80년대를 거치면서 포스트구조주의와 페미니즘 등과 화학반응을 일으키면서 더욱 복잡한 이론으로 발전하고 있다.

독자반응비평(reader–response criticism)은 의미생산의 주체를 전통적인 의미에서의 작가에서 독자로 옮겨놓은 이론이다. 독자반응비평의 입장에서 볼 때, 의미 생산의 최종적 주체는 독자이다. 동일한 텍스트도 상이한 독자들에 의해 상이한 의미로 해석된다. 독자반응비평은 문학 텍스트가 독자에 의해 수용되는 과정에 초점을 맞춤으로써 일종의 '독자학(讀者學)'을 세워나간다. 독자들은 개인이면서 동시에 공동체의 일원이다. 독자들은 개인적 성향에 따라 텍스트를 상이하게 해석하기도 하지만 동시에 자신이 속한 공동체의 문화적, 정치적, 사회적 해석 코드를 따라가기도 한다. 독자들은 작가가 의도하고 가정한 "내포적 독자(implied reader)"(볼프강 이저 Wolfgang Iser) 혹은 "모델 독자(model reader)"(움베르토 에코 Umberto Eco)의 의무에 충실하기도 하지만, 작가가 만든 해석의 회로에서 벗어나 자기만의 독특한 의미망을 생산하기도 한다. 텍스트에 대한 해석은 이렇게 독자의 개인적 해석과 독자가 속해 있는 "해석 공동체들(interpretive communities)"의 코드가 만나는 지점에서 생겨난다. 공동체의 해석 코드는 공동체의 구성원인 무수한 개별 독자들의 해석 코드들이 축적된 것이며 동시에 그 코드들의 공분모이다. 개별 독자들은 공동체의 해석 코드와 자신의 코드 사이에서 끊임없는 선택과 배제의 과정을 거치면서 의미를 생산한다.

　페미니즘(feminism)은 세계가 근본적으로 남성 중심 이데올로기의 지배를 받고 있다고 생각한다. 세계 전체가 가부장제 이데올로기의 지배를 받고 있다면, 그 세계의 한 부분인 문학 역시 예외가 아닐 것이다. 페미니스트들은 문학작품의 생산과정에서부터 문학사의 형성까지 일관되게 관통되어온 '남근 중심주의(phallocentrism)'를 읽어내고, 여성의 입장에서 문학텍스트를 거꾸로 읽을 것을 목표로 한다. 이들이 볼 때, 여성들은 작가로서 자신을 세워나가기에 남성에 비해 열악한 환경 속에 있다. 가령 버지니아 울프(Virginia Woolf)는 여성들이 작가가 되기 위해서는 정기적인 수입과 "자기만의 방(one's own room)"을 가져야 하는데, 가부장제 사회는 여성의 경제력과 독립적 공간을 잘 허락하지 않는다고 주장한다. 또한 일레인 쇼월터(Elaine Showalter)의 주장처럼 남성 연구자들에 의해 문학사가 기술(記述)되면서 탁월한 여성작가들이 문학사에서 종종 지워진다. 페미니스트들은 문학사의 전통에서 사라진 여성들의 목소리, 여성 작가들의 작품을 복원해내면서 '여성의 글쓰기'라는 독특한 영역을 탐구해낸다. 페미니즘은 정신분석학, 마르크스주의, 포스트구조주의 등 인접한 사상들과 만나면서 더욱 복잡해지는데, 최근에 이를수록 남성과의 대립적, 적대적 관계 속에서 여성 혹은 여성의 글쓰기를 논하기보다는 여성의 몸, 여성 고유의 언어, 여성 고유의 글쓰기의 특성을 연구하는 데 더욱 많은 에너지를 집중하고 있는 모습을 보인다. 1980년대 이후에는 퀴어 이론(queer theory)과 접점을 이루면서 더욱 복잡한 양상을 보이고 있다.

지금까지 문학이론이 무엇인지, 왜 문학이론이 중요하며, 왜 그것을 공부해야 하는지 살펴보았다. 또한 현대의 대표적인 문학이론들이 어떤 것들이 있는지 개략적인 지형도를 그려보았다. 앞에서도 말했지만, 위에서 요약한 현대문학이론들은 문학뿐만이 아니라 영화를 위시한 대중문화 비평, 미디어 비평, 정치 비평 등 다양한 영역으로 그 적용의 범위를 넓혀가고 있다. 감히 말하건대 현대문학이론에 대한 이해는 (문학을 포함한) '세계'를 읽어내는 다양한 패러다임을 익히는 일에 다름 아니다. 소위 '발상의 전환'이란 '패러다임의 전환'을 의미하는 것이며, 패러다임의 전환을 통해서 우리는 그동안 보지 못한 많은 것을 볼 수 있다. 그렇게 보면 패러다임들은 다른 종류의 '맹목(blindness)'이 보지 못한 '통찰(insight)'을 제공하는 것이면서, 동시에 그 통찰의 이면에 맹목을 생산하는 것이기도 하다. 이런 점에서 모든 이론은 '총체적(total)' 정당성을 갖는 것이 아니라 '국부적(local)' 정당성만을 갖는다. 한 마디로 말해 '모든 것을 정확히 읽어내는 창(window seeing all things clearly)'은 없다. 우리는 수많은 문학이론들을 공부하면서 더 많은 통찰을 생산하고 맹목의 지점(blind point)을 지워나가는 도정에 있을 뿐이다. 이론들은 저마다 맹목과 통찰의 이면들을 가지고 있다. 그리고 폴 드망(Paul De Man)의 주장처럼 때로 맹목과 통찰은 동일한 것의 다른 이름이기도 한 것이다.

참고문헌 혹은 더 읽을 책들

■ 라만 셀던, 피터 위도우슨, 피터 부루커. 정정호, 윤지관 등 역. 『현대문학이론』. 경문사. 2014.

■ 로이스 타이슨. 윤동구 역. 『비평이론의 모든 것』. 앨피. 2012.

■ 테리 이글턴 김현수 역. 『문학이론 입문』. 인간사랑, 2006.

■ Bressler, Charles E.. *Literary Criticism: An Introduction to Theory and Practice.* 5th ed. Pearson. 2011.

■ Cuddon, J. A. & Habib, M. A. R.. *The Penguin Dictionary of Literary Terms and Literary Theory.* 5th ed. Penguin Books. 2015.

■ Culler, Jonathan. *Literary Theory: A Very Short Introduction.* 2nd ed. Oxford Univ.Press. 2011.

■ Eagleton, Terry. *Literary Theory: An Introduction.* 3rd ed. Univ. of Minnesota. 2008.

■ Rivkin, Julie & Ryan, Mychael. Ed. *Literary Theory: An Anthology.* 3rd ed. Wiley-Blackwell. 2017.

■ Selden, Raman, Widdowson, Peter, Brooker, Peter. A *Reader's Guide to Contemporary Literary Theory.* 5th ed. Pearson Longman. 2005.

제2장

신비평

제2장

신비평

비평의 객관성을 어떻게 확보할 것인가

신비평(New Criticism)은 1920~30년대에 영국의 I. A. 리차즈(I. A. Richards), 윌리엄 엠프슨(William Empson) 등의 비평 작업에서 시작되어, 주로 미국에서 1930~40(50)년대의 전성기를 거쳐 1950년대 후반까지 유행했던 문학 이론이다. 이런 의미에서 신비평은 넓게 보아, 영국보다는 미국적 현상이라고 할 수 있는데, 우리는 미국의 대표적 신비평가들로 존 크라우 랜섬(John Crowe Ransom), 알랜 테이트(Allen Tate), 르네 웰렉(René Wellek), 로버트 펜 워렌(Robert Penn Warren), 클리언스 브룩스(Cleanth Brooks), R. P. 블랙머(R. P. Blackmur), W. K. 윔샛 2세(W.K. Wimsatt, Jr.) 등을 들 수 있다. '신비평'이라는 이름은 이들 중 랜섬이 1941년에 출판한 『신비평 *The New Criticism*』이라는 책의 제목에서 유래한 것이다. 이들은 주로 랜섬과 테이트가 창간했던 《탈주자 *The Fugitive*》 (1922~1925), 브룩스와 워렌이 편집했던 《서던 리뷰 *The Southern Review*》 (1935~1942, 1965~현재), 랜섬의 《케넌 리뷰 *The Kenyon Revies*》(1939~1959), 테이트 등이 관여했던 《시워니 리뷰 *The Sewanee Review*》(1892~현재) 등의 계간 지들을 중심으로 활동하였다.

신비평가들에게 있어서 가장 중요한 화두는 '비평의 객관성'을 어떻게 확보할 것인가이었다. 이제는 공리(公理)가 되어버려 더 이상 새로울 것도 없는, 과학적, 객관적 텍스트 읽기는 19세기 후반 이후 영문학(English Studies)이 영국과 미국 대학의 학문 분과로 자리 잡으면서 더욱 시급한 과제가 되었다. 학문으로서의 문학 연구가 막연한 추론, 인상 비평이나 감상 수준의 논의에 머물러 있을 수는 없기 때문이었다.

한편 비평의 객관성을 확보하는 것이 신비평의 과제이자 화두였다는 것은, 거꾸로 이들이 본격적인 활동을 시작할 무렵 영미권의 문학 비평 혹은 문학 연구가 사실상 객관적이지 않았을 뿐만 아니라 대부분 주관적 추론에 빠져 있었음을 보여준다. 그도 그럴 것이 신비평이 나오기 이전의 문학 연구는 주로 텍스트의 배후에 있는 작가를 연구하거나, 문학 작품이 독자에게 끼치는 영향을 근거로 문학 텍스트를 설명하거나, 그것도 아니면 문학 텍스트가 생산된 사회·역사적 맥락을 통해 문학 작품을 설명하는 것이 대부분이었다.

문학 텍스트와 떼려야 뗄 수 없는 이 세 가지 항목─작가, 독자, 세계─은 문학 텍스트의 원인 혹은 효과로서 매우 중요한 것이지만, 그 자체 문학 작품 혹은 텍스트가 아니라는 공통점을 갖는다. 따라서 작가, 독자, 사회·역사적 맥락을 기준으로 문학 텍스트를 판단하는 것은 텍스트 외부에 존재하는 기준을 텍스트 내부에 적용하는 것이므로, 만일 외부-텍스트 사이에 어떤 매개물이 있을 경우 주관적 추론 혹은 왜곡의 위험에 빠질 가능성이 크다. 신비평은 문학과 문학 바깥에 존재하는 이런 항목들 사이의 관계 자체를 부정하지는 않지만, 비평의 객관성을 확보하기 위해서는 적어도 (텍스트 분석의 과정에서는) 이런 관계를 단절하고 텍스트 자체만을 읽어야 한다고 주장한다. 그리하여 신비평은 문학 텍스트 분석에 있어서 가능한 한 작가(시인), 독자, 세계(사회, 역사적 맥락)를 배제한다. 그리고 이 모든 배제는 비평의 객관성이라는 절체절명의 과제를 확보하기 위함이라는 주장으로 정당화된다.

사실 비평의 객관성을 주장하는 신비평의 정신은 19세기말 영국의 대표적인 문학평론가 중의 한 사람이었던 매슈 아놀드(Matthew Arnold)까지 거슬러 올라간다. 아놀드는 비평의 이상(理想)을 "무사공평성(disinterestedness)"이라고 주장하였는데, 그가 말하는 무사공평성이란 "대상을 있는 그대로 바라보는 것(to see the object as it really is)"이었다. 여기에서 "대상"이 바로 문학 텍스트인 것을 감안하면, 이는 텍스트를 "있는 그대로 바라보는 것"을 의미하고, 텍스트를 그 자체로 봐야지 그것이 아닌 다른 어떤 것으로 읽으면 안 된다는 신비평의 주장과 크게 다르지 않다.

의도론의 오류와 영향론의 오류

그렇다면 신비평은 텍스트 자체를 위하여 작가와 독자와 세계를 어떻게 배제했는가. 이를 이해하기 위해서는 윔샛의 그 유명한 "의도론의 오류(intentional fallacy)"와 "영향론의 오류(affective fallacy)"라는 개념을 알아야만 한다.

가령 작가 없이 작품이 있을 수 없다는 점에서 우리는 작가를 모든 문학 작품의 원인이라고 간주할 수 있다. 그렇다면 원인인 작가를 연구함으로써 그것의 결과인 문학 작품을 상당 정도 설명할 수 있다는 가정이 성립된다. 윔샛에 의해 "의도론자(intentionalist)"라 비판 받았던 스톨 교수(Professor Stoll)는 이런 점에서 "시의 단어들이란 시인의 머리에서 나오는 것이지 모자에서 나오는 것이 아니다(The words of a poem come out of a head, not out of a hat)"라는 말로 작가의 '의도' 없이 시가 존재할 수 없다는 사실을 지적하였다. 신비평가들 역시 이런 의미에서 작가의 의도가 시의 여러 원인 중의 하나라는 사실 자체를 부정하지 않는다. 누가 이 사실을 부정할 수 있으랴. 그러나 의도를 시의 원인이라고 주장하는 것과 따라서 시를 판단하는 기준이 의도여야 한다는 것은 서로 다른 차원의 이야기이다. 윔샛에 의하면 "시를 생산하는 기술과 시를 판단하는 것은 서로 다른 것이다." 의도를 중시하면서 그것이 시의 원인이라고 말하는 것은 시의 창작과정에 대한 설명으로는 합당하다. 그러나 그렇다고 해서 의도를 문학 작품을 분석하고 평가하는 기준(잣대)로 사용해야 한다고 주장한다면, 그것은 시의 창작과 시의 판단(비평)을 혼동하는 것이다.

게다가 작가의 의도를 작품에 대한 해석의 잣대로 사용하려면 전제가 있어야 한다. 우선 모든 작품이 작가의 의도가 완전한 형태로 구현된 결과물이어야만 한다. 그러나 생각해보라. 작가의 의도는 작품의 원인이기는 하지만, 의도가 완전히 구현된 작품이란 존재하지 않는다. 의도는 창작과정에서 바뀌기도 하며, 때로는 전혀 의도하지 않는 어떤 성취가 창작과정에서 이루어지기도한다. 그 어느 경우에도 작품은 의도가 기계적으로 완성된 결과가 아니다. 그런 의미에서 의도가 마치 작품을 찍어내는 어떤 틀이라도 되는 것처럼 설명하는 것은, 의도에서 멀리 벗어난 작품을 의도라는 주물(鑄物)에 다시 끼워 맞추는 행위에 지나지 않는다.

윔샛에 의하면 문학 작품은 마치 반죽과도 같은 것이다. 문학 작품은 의도라는 단일한 요소로 구성되어 있는 것이 아니다. 그것은 마치 반죽처럼 다양한 성분들이 서로 분리 불가능하게 섞여 있는 일종의 혼합물인 것이다. 밀가루, 우유, 물, 설탕, 버터 등이 혼합되어 있는 반죽에서, 이것을 구성하는 다양한 요소, 즉 물, 우유, 버터, 설탕 등을 각각 따로 분리해낼 수 있는가. 그럴 수 없다. 문학 작품 역시 마치 반죽 같아서 그 안에서 어떤 부분이 의도된 것이고 의도되지 않은 것인지 분간해낸다는 것은 사실상 불가능하다. 그런데 분간할 수 없는 어떤 것을 의도라 규정하고 그것을 기준으로 문학 작품을 분석한다면 어떤 일이 벌어질 것인가. 이처럼 작가의 의도를 기준으로 문학 텍스트를 설명하려는 모든 노력, 즉 의도론은 '주관적 추론'의 혐의에서 벗어날 수 없다. 이것이 바로 윔샛이 이야기하는 바, "의도론의 오류(intentional fallacy)"이다.

어떤 논자들은 작품이 독자에게 끼치는 지적·정서적 영향을 잣대로 문학 작품을 설명하려고 한다. 물론 작가 없이 작품이 없는 것처럼 독자가 없는 작품을 상정할 수도 없다. 그러나 동일한 작품도 독자에 따라 매우 상이한 영향을 끼친다. 독자는 지적 수준, 나이, 성별, 인종, 계급, 취향에 따라 천차만별이므로 우리는 독자들이 문학 텍스트로부터 받는 어떤 균질화된 '영향'을 상정할 수가 없다. 가령 심훈의 『상록수』는 읽는 사람에 따라 농촌계몽소설로 읽힐 수도 있고 연애소설로 읽힐 수도 있다. 이 소설의 주인공인 박동혁과 채영신은 연인이면서 동시에 계몽운동의 동지이다. 작품을 읽는 해석 코드는 독자에게 달려 있다. 따라서 수도 없이 다양한 '영향' 중 특정한 것을 일반화한 후, 그것을 잣대로 문학 텍스트를 설명한다면 의도론과 마찬가지로 우리는 텍스트에 대한 주관적 해석의 위험에 빠질 수밖에 없다. 이것을 윔샛은 "영향론의 오류(affective fallacy)"라고 부른다.

모든 작품은 특정한 사회·역사적 맥락에 속해 있다. 문학 텍스트는 이런 의미에서 철저하게 사회적이고 역사적인 산물이다. 문학 텍스트는 비사회적, 비역사적, 비정치적 진공상태에서 만들어지지 않는다. 이것이 바로 우리가 문학과 사회가 갖는 존재론적 상관성을 부인할 수 없는 이유이다. 그러나 사회·역사적 맥락이 아무리 중요할지라도 최종적인 층위에서 그것이 문학 텍스트를 '결정'하지는 않는다. 그것은 하나의 조건일 뿐, 문학 텍스트는 특정한 사회·역사적 맥락에 의해 동일하게 찍혀 나오는 국화빵은 아닌 것이다. 따라서 사회·역사적 맥락을 잣대로 문학 텍스트를 규정하려는 모든 시도들 역시, 주관적, 기계론적 추론의 위험에 노출되어 있는 것이다.

신비평가들에 의하면, 문학 연구의 대상은 작가, 독자, 사회·역사적 맥락이 아니라, "텍스트 그 자체(text itself)!"이어야만 한다. 더 자세히 말하면 문학 텍스트의 "각 페이지에 쓰여 있는 단어들(words on the pages)"이야말로 유일하고도 객관적인 증거이다. 그러니 텍스트 바깥으로 나가 텍스트 아닌 것들(작가, 독자, 사회·역사적 맥락)을 텍스트로 가정하고 분석하는 것은, (간단히 말해) '범주의 오류(category mistake)'인 것이다. 텍스트에 대한 모든 해석은 텍스트 내부에서 그 증거를 제시해야만 한다. 이것이 문학연구가 인상 비평을 넘어 "비평의 객관성"을 확보할 수 있는 유일한 길이다.

내재적(intrinsic) 비평

신비평이 텍스트 내부에 시선을 가두기 때문에 신비평가 자신들은 물론 다른 논자들도 신비평을 "내재적(intrinsic)" 비평이라고 부른다. 분석의 잣대를 텍스트 외부에서 구할 때 그것을 "외재적(extrinsic) 비평"이라고 부르는 것과 반대의 경우인 것이다. 신비평이 내재적 비평을 선택한 이유는 물론 위에서 설명했듯이 '비평의 객관성'을 확보하기 위해서이다. 윔샛에 의하면, 텍스트 안의 증거가 "공적인(public)" 것이라면, 텍스트 밖의 증거는 "사적인(private)" 것이다. 따라서 비평의 공정성·객관성을 확보하려면 그 증거를 텍스트 안에서 구해야 한다는 것이다.

"잘 빚어진 항아리(well wrought urn)"
―자족적 유기체로서의 시(문학 텍스트)

비평의 객관성을 확보하기 위해서 텍스트 그 자체만을 분석해야 한다는 신비평의 주장이 합당하려면, 무엇보다 텍스트가 '객관적 분석이 가능한 대상(object)'이 되어야 한다. 여기에서 객관적 분석이 가능한 대상이란 무엇인가. 무엇보다도 텍스트는 다른 존재들, 가령 작가나 독자에 의존하지 않고 그것들과 무관하게 독립적으로 존재할 수 있어야 한다. 만일 텍스트를 독립적 단위가 아니라 관계적인 존재로 설명한다면 텍스트 그 자체를 보자는 입장은 철회되어야 하기 때문이다. "텍스트 그 자체"라는 신비평의 슬로건은 그것에 가장 걸맞은 텍스트 개념을 만들어내는데, 그것은 바로 텍스트를 하나의 독립된, 자족적 유기체로 간주하는 것이다. 대표적인 신비평가 중의 한 사람이었던 클리언스 브룩스의 저서(『잘 빚어진 항아리 The Well Wrought Urn』)의 제목처럼, 신비평가들에게 있어서 시(텍스트)란 "잘 빚어진 항아리"로서, 그 자체 완결된, 그런 의미에서 자족적이고도 독립된 유기체(organism)이다. 그것은 자족적이기 때문에 다른 것 혹은 다른 것과의 관계를 통해서 설명할 필요가 없다. 그것은 순전히 내재적인 논리에 의해 설명이 가능한 대상인 것이다. 시에서 도덕적이거나 윤리적인 메시지를 찾으려는 노력은 시를 시 바깥에 있는 세계로 환원시키는 것이다. 브룩스는 시를 현실에 대한 "말바꾸기"(현실을 다른 말로 표현하는 것)로 간주하고 시의 의미를 외부의 현실로 환원시키려는 모든 시도들을 "패러프레이즈의 이단(heresy of paraphrase)"이라 부른다.

꼼꼼히 읽기(close reading) 그리고 시적 언어의 특수성
—패러독스, 아이러니, 긴장, 모호성

시를 시인과 독자로부터 분리해내고 자족적이고도 독립적인 대상으로

규정한 다음 신비평가들이 한 일은 무엇인가. (그들은 문학 텍스트를 읽는 독특한 전략을 가지고 있었는데) 그것은 다름 아닌 "**꼼꼼히 읽기**(close reading)"였다. 텍스트 바깥에 대한 관심을 접은 대신에 그들은 문학 텍스트의 미세한 결을 문장 부호 하나까지 섬세하게 읽어낸다. 신비평 이후 구조주의를 거치면서 대부분의 문학이론이 이론 자체를 체계화하는 데 몰두하고, 텍스트 읽기를 상대적으로 소홀히 한 것과 달리, 신비평가들의 작업은 대부분 '실제 비평(practical criticism)'에 집중된다. 그리하여 신비평은 이론 담론으로 무겁거나 복잡하지 않다. (앞에서 살펴보았듯이) 신비평의 이론적 입장은 어찌 보면 '비평의 객관성을 확보하기 위해 텍스트 그 자체를 읽어야 한다'는 한마디로 요약될 수 있다. 그러나 그들은 이론을 이론으로 무성하게 만드는 대신, 구체적인 작품을 "꼼꼼히" 읽는 데 몰두했다. 특히 그들은 주로 시 장르의 분석에 치중했는데, 그러다 보니 소설이나 희곡 작품의 분석을 상대적으로 소홀히 한 경향이 있다. 그들에게 있어서 시는 다층적 언어로 구성된 미적 유기체로서 마치 살을 발라내듯 꼼꼼히 읽기에 가장 적합한 장르였다. 어찌 됐든 텍스트를 꼼꼼히 읽는 것은 사실 모든 이론의 기본적인 전제이고 그런 점에서 신비평 이후 수많은 이론들의 출현 이후에도 여전히 강조되는 신비평의 중대한 공헌이기도 하다.

그렇다면 신비평가들은 "꼼꼼히 읽기"로 텍스트 안에서 무엇을 찾아냈는가? 그들이 읽어낸 것은 다름 아닌 시적 언어의 '다의성(multiplicity)'이었다. 그리고 이 다의성은 신비평가들에 의해 패러독스(paradox), 아이러니(irony), 모호성(ambiguity), 긴장(tension) 등의 다양한 이름으로 불린다. 신비평가들이 보았을 때, 시의 언어는 일상 언어와는 다른 방식으로 단어를 배열하고 조직한다. 일상 언어가 지시적(referential)이라면, 시의 언어는 일상 언어의 이와 같은 평면성과 직접성을 철저히 무시한다. 시적 언어는 하나의 텍스트 안에서 서로 다른 의미들을 동시에 존재하게 만들며, 그런 의미에서 과학적 진술과 다른 "유사

진술(pseudo-statement)"(I. A. 리차즈)이다. 시적 언어는 세계(외적 현실)를 향해 있지 않고, 언어 내부를 향해 있다. 그것은 단어와 단어를 충돌시키고 그 안에서 단어들의 내포적 의미를 증폭시킨다. 그리하여 신비평가들에게 있어서 시를 읽는다는 것은 (시를 통해) 세계를 읽는 것이 아니라, 시 안에서 벌어지는 다양한 의미들의 충돌, 겹침, 스밈의 '방식'을 읽는 것이다. 그리고 이 충돌, 겹침, 스밈이 시의 패러독스, 아이러니, 모호성, 긴장을 만들어낸다. 이런 의미에서 신비평은 시가 '무엇을 의미하는가(what)'보다는, '어떻게 의미하는가(how)'에 더 큰 관심을 갖는다. 신비평을 넓은 의미에서 "형식주의(formalism)"라 부르는 이유가 바로 여기에 있다. 그들에 의하면 "시는 의미하는 것이 아니라 존재하는 것이다." 이 말은 시는 시 바깥에 있는 어떤 것을 지시하는 것이 아니라, 그 자체로 존재한다는 것이다. 그 자체로 존재하는 시를 그 자체로 읽는 것, 그것을 랜섬은『신비평』에서 "존재론적 비평(ontological criticism)"이라고 불렀고, 이 책의 마지막 장을 "존재론적 비평가를 구함 Wanted: an Ontological Critic"이라는 제목으로 끝낸다. 여기에서 존재론적 비평이란 바로 랜섬이 원하는 바, "새로운 비평" 즉 신비평을 말하는 것이다.

한편 시가 스스로 존재할 때, 시를 시이게 만드는 언어 배열의 독특한 원리가 있다. 그 배열은 지시(reference)의 원리가 아니라, 모순(contradiction)의 원리이고, 이 모순의 원리가 시의 언어의 다의성을 만들어낸다. 신비평가들이 시의 언어를 설명할 때 자주 사용하는 패러독스, 아이러니, 모호성, 긴장 등의 개념들은 하나같이 시적 언어의 모순성, 다의성과 관련된 용어들이다.

신비평의 핵심 멤버인 브룩스는『잘 빚은 항아리』의 1장에서 "시의 언어는 패러독스의 언어이다.", "시인이 말하는 진리는 패러독스의 용어로만 접근 가능하다.", "패러독스야말로 시에 적절하고 불가피한 언어이다"라면서 패러독스를 시의 언어의 핵심으로 설명한다. 엠프슨 역시『모호성의 일곱 가지 유형 Seven Types of Ambiguity』에서 모호성을 시적 언어의 중요한 특징으로 지적하며 수많은 텍스트에서 모호성의 다양한 사례를 들어 설명하고 있다.

윌리엄 엠프슨, 『모호성의 일곱 가지 유형 Seven Types of Ambiguity』

워렌은 『순수시와 비순수시 Pure and Impure Poetry』(1943)에서 논리적인 언어가 동일율(A=A)이나 모순율(A≠A) 중 어느 하나를 택하는, 즉 적대적인 의미의 동시적 존재를 허락하지 않는 "양자택일의 언어(either-or)"라면, 시의 언어는 A=A이면서 동시에 A≠A인, 즉 이질적이고도 모순적인 의미의 동시적 존재를 허락하는 "양자긍정의 언어(both-and)"라고 설명한다. 그가 볼 때, 아이러니와 패러독스는 바로 이 양자긍정 어법의 다른 이름들이다.

엘리어트(T. S. Eliot)도 17세기 영국의 형이상학파 시(metaphysical poetry)를 설명하는 과정에서 소위 **"통합된 감수성(associated sensibility)"**에 대하여 언급한다. 그에 의하면 통합된 감수성이란 외견상 이질적이고 상호 연관성이 없어 보이는 사물들을 연결시켜서 "새로운 전체(new whole)"를 만들어내는 시적 상상력을 의미한다.

지금까지 언급한 바 시의 언어를 설명하는 이런 용어들이 보여주는 공통된 특징은, 시의 언어가 선적(linear), 논리적 질서가 아닌 입체적, 모순적 진술이라는 사실이다. 리차즈의 표현을 빌면 시는 이러한 의미에서 "모호한 충동들의 조화(synaesthesis)"이다. 시의 언어는 긍정과 부정, 중심과 주변, 깊이와 표피가 동시에 존재하는 언어이며, 반대되는 것들의 공존 안에서 팽팽하게 긴장된 언어이다. "찬란한 슬픔", "죽음이여 너도 죽으리라", "얼음보다 뜨거운 키스", "달의 자궁", "고요히 누워 있는 거센 심장", … 이런 표현들은 상호모순적인 혹은 외연상 관계없는 것들을 등치시킴으로써 언어를 의미로 팽팽하게 만든다. 이 긴장된 언어가 시의 언어이다.

미국 신비평은 어떤 배경에서 나왔는가

미국의 신비평이 발전하고 유행한 시기는 1차 세계대전 직후에서 2차 대전 직후의 시기와 대략 일치한다. 문학을 작가, 독자, 세계와 분리시키고 텍스트 자체만을 읽자는 신비평의 슬로건은 이와 같은 사회·역사적 배경과 무관하지 않다. 미국의 신비평은 1920년대 초반 미국 남부 내슈빌의 밴더빌트 (Vanderbilt) 대학의 영문학과 교수인 랜섬과 그의 제자들인 테이트, 워렌 등의 비공식 토론 모임에서 시작되었다. 이들이 세상 밖으로 나온 것은 《탈주자 The Fugitive》라는 제목의 문예지를 함께 발간하면서부터이다. '탈주자'란 바로 이들 모임의 이름이기도 했는데, 이 제목이 암시하다시피 미국의 신비평가들은 대부분 보수적인 남부 출신의 농경주의자(agrarian)들이었다. 그들은 산업화를 주도하던 북부의 '속물'들을 혐오하였으며 문학이 정치의 소용돌이에 빠지는 것을 경계하였다. 신비평이 유행하던 시기에 미국의 대학 인구는 급증했으며, 그중에서도 영문학과의 학생 수는 기하급수적으로 늘어났다. 문학 연구는 미국식 전문화의 단계로 접어들고 있었다. 양차 세계대전이 상징하는 바 정치 이념의 대립 국면과 다문화 출신들로 구성된 미국의 대학 교실을 염두에 둘 때, 이들에게 가장 안전한 문학교육의 방식은 가능한 한 문학작품의 정치, 계급, 인종, 사상 등과 관련된 내용을 건드리지 않는 것이었다. 신비평가들에게 있어서 "텍스트 자체!"는 정치적 논쟁으로부터 '탈주'한 보수적 영문학자들에게 알리바이를 제공하는 '쉼터'였으며 '안식처'였다. 이글턴(Terry Eagleton)의 표현을 빌면 "시는 그들에게 있어서 새로운 종교였으며, 산업 자본주의의 소외에서 벗어날 수 있는 향수어린 천국"이었던 것이다.

그들은 시를 작가와 독자뿐만 아니라 사회·역사적 맥락으로부터 떼어 놓음으로써 "무(無)개성 impersonality"(T. S. 엘리어트)의 물질적 대상으로 만들었다. 신비평은 이런 의미에서 한편으로는 형식주의이면서 다른 한편으로는 기능주의라는 혐의에서 크게 자유롭지 않다. 물론 신비평가들이 인문주의적 주제들을 전혀 건드리지 않는 것은 아니다. 그러나 그런 것들은 그들에게 '패러독스', '아이러니', '시적 긴장', '모호성' 등의 언어·형식적 장치들이 가동되는 맥락에 불과했다. 이글턴은 이런 의미에서 "신비평이 실로 한 일은 시를 물신(物神)으로 바꾼 것"이라고 지적한다.

신비평가들로 하여금 "텍스트 자체"로 돌아갈 알리바이를 제공해주었던 것은 바로 비평의 객관성이라는 화두였다. 아놀드에 의해 "무사공평성"이라는 이름으로 먼저 호명되었던 객관성이라는 개념 역시, 그 외연적 의미와 다른 정치적 함의가 있다. 도대체 객관적이라는 것은 무엇인가? 무사공평하다는 것은 무엇인가? 아놀드의 말마따나 "대상을 있는 그대로 보는 것"은 가능한 일인가? 객관성 혹은 무사공평성이라는 용어는 불가피하게도 '정치적 중립' 혹은 참여의 거부라는 함의를 가지고 있다. 말 그대로 객관적이기 위해서는 가치의 범주들로부터 자유로워야(value-free) 한다는 것이다. 그런데 '가치들'로 가득 찬 주체가 '가치들'로 가득 찬 대상(텍스트)을 읽어낼 때, 어떻게 가치의 범주에서 자유로울 수 있는가. 형식 논리로만 따지자면 방법은 간단하다. 인식 주체와 대상에서 가치의 영역을 지우면 된다. 대상에서 가치의 영역을 지우기 위해서 신비평가들이 한 일은 "텍스트 자체"라는 슬로건으로 문학 텍스트를 작가, 독자, 세계로부터 분리시키고 물신화한 것이다.

　　문제는 인식 주체에서 가치의 영역을 어떻게 지우냐는 것이다. 인식 주체는 그 어떤 경우에도 이데올로기 혹은 가치의 문제로부터 자유롭지 않다. 객관성의 이름을 내건다고 해서 주체가 비(非)가치적 주체가 되는 것이 아니다. 그렇다면, 객관성이라는 구호는 그 자체 이데올로기인 것이다. 그것은 다른 중립의 이데올로기와 다를 바 없이 현실에 발을 들여놓지 않겠다(어느 편에도 서지 않겠다)는 선언이고, 그런 의미에서 "무(無)당파야말로 가장 당파적"이라는 레닌(V. I. Lenin)의 지적으로부터 자유롭지 않다. 이글턴은 이런 점에서 신비평이 "냉전의 원리에 의해 분별력이 마비된 회의적·자유주의적 지식인들에게 깊은 매력"으로 다가갔으며, 냉전시대에 매카시즘, 시민운동 등 정치적으로 민감한 문제들을 "단지 부분적인 것으로 경험하게 하여 그것들이 이 세상 어딘가에서 그것들과 상보적으로 반대되는 것들에 의해 조화로운 균형을 이룬다고 확신" 하도록 만들었다고 비판한다. 그에 의하면 신비평은 "정치적 무기력을 위한 처방이고, 따라서 정치적 현상 유지에 굴복하기 위한 처방"이다.

　　신비평은 2차 세계대전과 냉전의 시대를 거치면서 그 어떤 정치적 논쟁에도 개입하지 않고 그 어떤 정파와도 충돌하지 않으면서 미국 문학교육의 가장 대표적인 권력으로 성장했다. 가령 1938년 브룩스와 워렌의 공저로 출판된 『시의 이해 *Understanding Poetry*』는 1960년대 후반까지 신비평을 대표하는

'경전'으로서, 미국뿐만 아니라 전 세계의 영문학과에서 교재로 사용되었고 이 것을 모방한 수많은 교과서들을 양산할 정도로 어마어마한 영향력을 행사했다. 이 책은 브룩스와 워렌의 또 다른 공저인 『소설의 이해 *Understanding Fiction*』(1943)와 함께 20세기에 영어권 국가에서 가장 큰 영향력을 행사한 대표적인 문학 교과서이다.

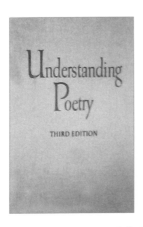

왼쪽이 『시의 이해 *Understanding Poetry*』(3판), 오른쪽이 『소설의 이해 *Understanding Fiction*』(3판)

양차 세계대전을 배경으로 현대문학이론의 포문을 열었던 신비평은 1950년대 후반에 접어들면서 급격히 그 기세를 상실한다. 1957에 출판된 노스럽 프라이(Northrop Frye)의 『비평의 해부 *Anatomy of Criticism: Four Essays*』는 신비평의 이론적 취약성과 대비되는 본격적 문학이론서의 출현을 상징하는 책이다. 이 책은 원형 비평(Archetypal Criticism)의 원조 격으로 알려져 있지만, 1950~60년대를 풍미했던 구조주의(Structuralism) 문학이론을 예기(豫期)하고 있다는 점에서 훨씬 중요하다. 구조주의가 등장하면서 문학이론은 비로소 (신비평과는 비교할 수 없을 정도의) 이론으로서의 체계와 논리를 갖게 되고, 이론의 백가쟁명(百家爭鳴)의 시대를 열어젖힌다.

참고문헌 혹은 더 읽을 책들

- 이상섭. 『문학이론의 역사적 전개』. 연세대학교출판부. 1975.
- 클리언스 브룩스. 이경수 역. 『신비평과 형식주의』. 고려원. 1991.

- Brooks, Cleanth. *The Well Wrought Urn: Studies in the Structure of Poetry*. Mariner Books. 1956.
- Brooks, Cleanth & Warren, Robert Penn. *Understanding Fiction*. F.S. Crofts & Company. 1943.
- Brooks, Cleanth & Warren, Robert Penn. *Understanding Poetry*. 3rd ed. Holt, Rinehart & Winston. 1960.
- Empson, William. *Seven Types of Ambiguity*. New Directions. 1966.
- Ransom, John Crowe. *The New Criticism*. Praeger. 1941.
- Wimsatt, W. K. *The Verbal Icon*. Univ. Press of Kentucky. 1954.

제3장

러시아 형식주의

제3장

러시아 형식주의

역사와 배경

러시아 형식주의(Russian Formalism)가 태동한 것은 1915년 창립된 〈모스크바 언어학회 Moscow Linguistic Circle〉와 1916년부터 활동을 시작한 〈시적 언어 연구회〉(오포야즈OPOYAZ)를 중심으로 한 일군의 연구자들에 의해서였다. 모스크바 언어학회를 이끈 대표적인 이론가는 로만 야콥슨(Roman Jakobson)이었으며, 1920년대 중반 이후 러시아에서 활동이 불가능해지자 그는 1926년 체코의 프라하에서 만들어진 〈프라하 언어학회 Prague Linguistic Circle〉에 가담하면서 1920년대 말에서 1930년대에 걸쳐 구조주의 언어학과 문학이론의 발전에 큰 역할을 감당했다. 〈시적 언어 연구회〉의 주요 멤버들은 쉬클로프스키(Viktor Shklovsky), 에이헨바움(Boris Eikhenbaum), 브리크(Osip Brik), 티니야노프(Yury Tynianov) 등이었다. 토마쉐프스키(Boris Tomashevsky)는 〈모스크바 언어학회〉와 〈시적 언어 연구회〉 양쪽에서 활약하였다. 〈모스크바 언어학회〉의 구성원들은 언어 연구의 새로운 방법론에 관심이 많았는데, 이 과정에서 시에 관한 논의 즉 '시학(poetics)'을 언어학 연구의 한 영역으로 중시하였다. 특히 일상 언어(practical language)와 구별되는 시적 언어(poetic language)의 특수성을 규명하는 데 이들은 많은 지적 에너지를 투여하였다. 〈시적 언어 연구회〉 역시 시적 언어의 특성, 본질, 일상 언어와 구별되는 시적 언어의 변별적 자질 등을 해명하는 데 전념했다.

러시아 형식주의가 태동할 무렵 러시아는 인류 최초의 사회주의 혁명인 러시아혁명을 눈앞에 두고 있었다. 1917년 러시아혁명 이후 러시아는 국가 전체를 사회주의 시스템으로 재편하는 작업에 돌입하였고, 그 영향이 문학 연구의 영역에까지 미친 것은 1920년대 중반 이후였다. 이때부터 러시아에서는 마르크스·레닌주의에 토대한 문학이론 논쟁이 본격적으로 일어나고 소위 "사회주의 리얼리즘(Socialist realism)"이라 불리는 문학이론을 완성하기에 이른다. 1934년 제1차 러시아 작가대회에서 러시아 작가들은 사회주의 리얼리즘을 러시아 사회주의당의 공식 강령으로 채택하게 되는데, 이는 적어도 당분간 러시아에서 형식주의적 논의가 더 이상 발을 붙일 수 없게 되었음을 의미하는 것이었다. 사회주의 리얼리즘 논쟁의 출발은 마르크스·레닌주의였으나, 그것이 하나의 이론으로 형성되던 시기가 주로 레닌 사후(1924년)의 스탈린 치하였다는 점을 염두에 두면, 그것이 가지고 있었던 폐쇄성, 관료성은 일정 정도 불가피한 것이었다. 이런 맥락 속에서 러시아 형식주의가 가장 생산적으로 논의를 전개해나간 시기는 사회주의 리얼리즘 논의가 본격적으로 시작되기 직전인 1921~1925년의 아주 짧은 시기였다. 그럼에도 불구하고 러시아 형식주의는 문학을 포함한 '예술 형식의 특수성'에 관한 설명에 있어서 타의 추종을 불허할 만한 성과를 만들어냈으며, 이 성과는 오늘날까지도 "현대문학이론"의 범주에서 러시아 형식주의를 배제할 수 없게 만들었다.

러시아 형식주의가 문학의 '형식'에 지대한 관심을 갖게 된 중요한 배경 중의 하나는 19세기 말부터 20세기 초반(주로 1910년대)까지 진행되었던 상징주의—미래주의(futurism) 사이의 논쟁이었다. 19세기 초중반까지 고골(Nikolai

Gogol), 도스토예프스키(Fedor Dostoevsky), 톨스토이(Lev Tolstoy) 등 리얼리즘 소설문학의 대세에 짓눌려 있던 러시아 시문학은 세기말에 이르러 상징주의 시운동을 통해 부활의 계기를 맞이한다. 상징주의자들은 형식을 내용을 전달하기 위한 단순한 수단으로 간주하지 않았으며, 내용/형식의 이분법에서 벗어나 문학적 '상징'의 인식론적 중요성을 강조하였다. 그들에게 있어서 시는 진실을 현현하는 가장 훌륭한 형식이었다. 그들에게 있어서 시는 절대적인 "신비(mystery)"의 수호자였으며, 상징과 운율을 통해 삶의 궁극적 비밀인 '신비'를 현현하는 장치였다. 1910년대 초반 등장한 미래주의는 기존에 존재하던 모든 형태의 낡아빠진 권위와 형식 등을 무차별적으로 거부하고 새롭고도 혁명적인 가치와 형식을 옹호하였는데, 무엇보다도 상징주의자들의 신비주의적 경향을 혹독하게 비판했다. 가령 미래주의의 대표 주자 중의 한 명이었던 마야코프스키(Vladimir Mayakovsky)에게 있어서 형식이란 기계와 같은 일종의 물질이었고, 시인의 역할은 물질로서의 새롭고도 혁신적인 '문학 기계-형식'을 생산하는 것이었다.

상징주의-미래주의 논쟁의 막바지에 활동을 시작했던 러시아 형식주의자들은 한편으로는 문학을 신비화하려는 상징주의 운동에 반대하면서, 미래주의자들이 보여주었던 형식에 대한 파격적 관심의 전통을 이어받았다. 그들은 문학의 형식이나 기법이 객관적 '사실(fact)'이라는 점에 주목하였고, 이 '객관적 사실'에 대한 '과학적 연구'의 길을 모색해나갔던 것이다.

무엇을 연구할 것인가

러시아 형식주의자들의 화두는 한마디로 '무엇을 연구할 것인가', 즉 문학 연구의 대상을 분명히 하는 것이었다. 문학이론의 연구 대상은 당연히 문학 일반일 것이다. 따라서 이 질문은 도대체 '문학이란 무엇인가', '문학을 비(非)문학(non-literature)과 구별시켜주는 문학 고유의 자질이란 무엇인가'라는 질문과 동의어이다. 에이헨바움의 주장대로 "형식주의자가 원칙적으로 던지는 질문은 어떻게 문학을 연구할 것인가가 아니라, 실제로 문학 연구의 주제가 무엇인가이다." 그에 의하면 그들은 문학 연구의 "방법론"에 대해 논쟁하지 않았으며 "특정한 맥락 속에 있는 (문학이라는) 특수한 질료"(괄호는 필자)를 검토하고자 하였다. 그들은 문학과 비문학을 철저히 구분했으며 문학을 문학이게끔 해주는 그 무엇을 규정하고 설명하는 것을 주된 작업으로 삼았다. 이들은 문학을 일상 언어(ordinary or practical language)와 구별되는 '특수한 종류의 언어'로 규정하고, 문학작품을 일종의 '객관적 사실', (에이헨바움의 표현을 빌면) "문학적 사실(literary fact)"로 간주했다. 형식주의자들은 이렇게 먼저 연구 대상의 범위를 분명히 한정하고 이 대상에 대한 '과학적' 연구를 그들의 목표로 삼았던 것이다. 어얼리치(Victor Erlich)의 표현을 빌면 러시아 형식주의자들의 의도는 "문학 연구를 심리학, 사회학, 지성사 등 인접 학문으로부터 떼어내어, 문학의 변별적 자질 혹은 상상적 글(문학 imaginative writing)의 고유한 예술적 장치들에 초점을 맞추는 것"이었다. 가령 야콥슨은 문학을 비문학과 구별시켜주는 문학 고유의 자질, 즉 "문학을 문학작품으로 만드는 그 무엇"을 **문학성(literariness)**이라 정의하고, 과학적 문학 연구의 대상이 바로 이 '문학성'임을 분명히 했다. 형식주의자들의 모든 논의는 사실상 이 '문학성'에 대한 다양한 설명에 다름 아니다.

일상 언어와 시적 언어

그렇다면 형식주의자들이 이야기하는 '문학성'이란 무엇인가. 그것은 문학작품의 내용에서 도출되는가 아니면 형식에서 유래되는가. 형식주의자들은 내용/형식의 이분법을 애써 부정했지만, 문학을 문학답게 만들어주는 것, 즉 문학성의 궁극적 기원을 문학작품의 내용이 아닌 형식에서 찾았다. 가령 신동엽 시인의 「금강」이라는 서사시는 그것이 동학혁명이라는 특정한 '내용'을 다루었기 때문이 아니라, 그 내용을 다루는 '방식'이 비문학의 영역들과 다르기 때문에 문학인 것이다. 당연한 이야기이지만 동학혁명이라는 내용은 문학만의 전유물이 아니며, 각종 문헌들, 특히 역사적 기록이나 해석의 형태로도 얼마든지 기술될 수 있다. 톨스토이의 문학작품에 나타나는 '사상'은 문학만이 아니라 철학, 종교의 영역에서도 얼마든지 다룰 수 있다. 빅토르 위고(Victor Hugo)의 『레 미제라블 Les Misérables』은 프랑스혁명이라는 특정한 내용을 다루었기 때문이 아니라, 그것을 역사학이나 문헌학 등과는 다른 특수한 방식으로 다루었기 때문에 문학인 것이다. 문제는 '무엇을' 다루는가가 아니라, '어떻게' 다루는가이고, 이 '어떻게'란 바로 형식의 문제인 것이다. 형식주의자들에게 있어서 문학이 비문학과 구별되는 것은 바로 이 형식의 지평에서이고, 문학 연구란 문학이 비문학과 구별되는 바로 이 지점, 즉 철학, 사회학, 사상사, 역사학 등 다른 분과와 공유되는 영역이 아니라, 문학만의 이 고유한 영역을 (과학적으로) 탐구하는 것이었다.

형식주의자들이 볼 때, 문학 언어(시적 언어)는 일상 언어와 다른 고유의 변별적 자질을 가지고 있다. 일상 언어는 소통을 목적으로 하지만, 시적 언어의 기능은 소통이 아니다. 시적 언어는 오히려 소통에 장애를 일으키며 소통의 채널을 교란시킨다. 가령 국화를 국화라고 부른다면 소통에 아무런 장애가 일어나지 않는다. 그러나 서정주의 「국화 옆에서」라는 시에서처럼 국화를 "이제는 돌아와 거울 앞에 선 누님"이라고 부른다면 어떻게 될 것인가. 시적 언어는 이렇게 일상 언어의 규범을 파괴하고 소통을 지연시킨다. 야콥슨의 말대로 시적 언어는 "일상 언어에 가해진 조직화된 폭력"이다. 시적 언어는 일상 언어라는 '규범'으로부터의 일탈이며, 이 일탈을 통해 사물에 대한 지각(perception)을 새롭게 한다.

낯설게 하기

쉬클로프스키는 초기 러시아 형식주의의 대표적인 에세이, 「기법으로서의 예술(Art as a Technique)」에서 1897년 2월 29일 자 톨스토이의 일기를 인용한다. 톨스토이는 집안을 청소하다가 우연히 한 가구(침상)와 마주치게 되고, 자신이 그 가구의 먼지를 털었는지 털지 않았는지의 여부를 알지 못한다는 사실을 갑자기 깨닫게 된다. 청소를 하는 일이 너무나 '일상적인' 일이어서 거의 무감각 혹은 무의식적인 상태로 그 일을 하게 되었던 것이다. 이를 두고 톨스토이는 "만일 많은 사람들의 그 모든 복잡한 삶들이 무의식적으로 흘러간다면, 그런 삶들은 전혀 존재하지 않았던 것이나 다를 바 없다"고 생각한다. 간단히 말해 지각하지 못하는(느끼지 못하는) 인생은 인생이 아니라는 것이다.

쉬클로프스키는 반복된 행위로 인해 사물에 대한 감각을 상실하는 것을 "**습관화**(habitualization)" 혹은 "**자동화**(automatization)"라고 부른다. 그에 의하면 습관화는 우리의 "노동, 옷, 가구, 부인, 전쟁에 대한 공포" 등 모든 것을 무감각의 무덤으로 삼켜버린다. 아무리 좋은 물건도, 아무리 새로운 사람도, 사건도, 자꾸 반복되다 보면 그것을 느낄 수 없게 되고, 그것들을 느낄 수 없을 때, 그것들은 존재하지 않는 것이나 다를 바 없게 되는 것이다. 습관화, 자동화가 사물을 죽이는 바로 이 지점, 이 자리에서 러시아 형식주의자들이 말하는 예술의 기능, 필요가 탄생된다. 쉬클로프스키에 의하면 예술의 존재 이유는 삶에 대해 잃어버린 감각을 회복시켜주는 것이다. 예술은 "우리로 하여금 사물을 느끼게 하기 위해 존재한다." 다시 말해, 너무나 친숙해서 우리가 느끼지 못하는 사물을 다시 느끼게 해주는 것이 예술이라는 것이다. 쉬클로프스키는 예술의 이러한 기능을 **"낯설게 하기**(defamiliarization 혹은 estrangement)"라고 명명한다. 다음은 낯설게 하기에 대한 쉬클로프스키의 그 유명한 정의이다.

> 예술의 목적은 사물들의 감각을, 통상 알려진 대로가 아니라 지각된 방식으로 부여하는 것이다. 예술의 기법은 대상들을 '낯설게' 만드는 것이고, 형식을 난해하게 하는 것이며, 지각(perception)의 난이도와 그것에 걸리는 시간을 증대시키는 것이다. 왜냐하면 지각의 과정, 그 자체가 미적 목적이고 따라서 그것은 연장되어야만 하기 때문이다. **예술은 어떤 대상에 부여된 예술적 기교를 경험하는 한 방식이다; 대상 자체는 중요하지 않다.**(강조는 쉬클로프스키의 것)

이런 의미에서 낯설게 하기는 "사물들을 다양한 방식으로 지각의 자동화로부터 구해내는 것"이고, 예술의 기법이 그것을 수행하는 것이다. 이런 의미에서 쉬클로프스키에게 기법은 예술과 동의어이다. 다시 말해 '예술은 곧 기법 그 자체'인 것이다. 그가 "대상 자체는 중요하지 않다"고 말할 때, 여기서 말하는 대상이란, 예술 작품의 재현의 대상인 사물, 현실 등의 소재, 제재, 내용을 의미하는 것이다. 그에 의하면 예술은 우리에게 삶과 사물과 세계에 대한 새로운 지식이나 통찰을 제공하는 것이 아니다. 그것은 예술이 아닌 다른 영역, 가령 철학이나 사상, 종교 등도 할 수 있는 일이다. 예술만의 '고유한' 작업은 지식, 정보, 통찰의 제공이 아니라, 이미 존재하는 세계를 '새롭게', '낯설게' 느끼게 해주는 것이다. 가령 들판의 해바라기는 그 자체 어떤 "대상"일 뿐 예술이 아니다. 그것은 예술의 질료(소재)로서의 의미만을 갖는다. 그것에 화가의 붓 터치, 색의 선택, 명암 등의 인위적 기법들이 가미될 때, 자연물인 해바라기는 비로소 예술 작품으로 바뀐다. 예술을 경험한다는 것은 바로 자연물에 더해진 이 기법을 경험하는 것이다. 이런 의미에서 기법은 예술의 본질이며, 그리하여 쉬클로프스키는 문학을 "그 안에 사용된 모든 문체적 기법들의 총계"라고 정의한다. 그는 한 걸음 더 나아가 문학의 내용이란 이와 같은 형식(기법들)이 가동되기 위한 배경에 불과하다고 주장함으로써 소위 "기계론적" 형식주의라 비판을 받기도 한다. 그럼에도 불구하고 쉬클로프스키는 러시아 형식주의의 성격과 본질을 가장 명증하게 보여준 이론가이며, 문학에 대해 (형식주의자들 중에서) 가장 유물론적인 태도를 취했던 논자이다. 그에 의하면 문학은 (물질적) 기법들의 총계이지 상징주의 시인들이 이야기하는 것처럼 어떤 '신비로운' 뮤즈의 산물이 아니다. 쉬클로프스키는 문학을 기법이라는 객관적 '사실'로 규정하고 그것에 대한 과학적 연구를 수행했던 것이다.

쉬클로프스키는 「기법으로서의 예술」에서 낯설게 하기의 다양한 예를 들고 있다. 가령 톨스토이는 사물의 이름을 부르지 않고 그 사물을 마치 처음 본 것처럼 묘사한다. 또한 흔히 일어나는 일들을 마치 그 일이 처음 일어난 사건인 것처럼 묘사해서 낯설게 만든다. 톨스토이는 「수치 *Shame*」라는 작품에서 "태형(笞刑)"이라는 명사(이름) 대신에 "법을 어긴 사람들을 발가벗기고, 마룻바닥에 집어 던진 후, 회초리로 그들의 발가벗은 엉덩이를 때리는 것"이라고 묘사한다. 이런 묘사에서 '태형'이라는 (묘사) 대상의 속성이 달라지는 것이 아니다. 달라지는 것은 "태형"이라는 친숙한 (그래서 무덤덤하게 다가오는) 행위가 잔인하고도 고통스러운 '느낌'으로 새롭게 '지각'되는 것이다. 위에서 대상 자체가 중요한 것이 아니라, 그것의 재현 수단인 기법이 중요하다고 한 것은 바로 이런 의미에서이다. 톨스토이는 또한 사유재산제의 부당함을 지적하기 위해 「콜스토머 *Kholstomer*」라는 작품에서 사람이 아닌 말[馬]을 화자로 동원한다.

사람이 화자일 경우, 사유재산제는 너무나 '친숙'해서 '자연스러운' 것, 당연한 것으로 다가온다. 그러나 말의 시각에서 인간의 사유재산제를 바라보는 순간, 사유재산제는 이상하고도 낯선 괴물이 되어버리며 그것의 억지스러움, 어리석음, 비논리성이 일거에 폭로된다.

　　지금까지 살펴본 것처럼 낯설게 하기는 비문학(비예술)적인 재료를 문학(예술)으로 변형시키는 방식이다. 따라서 낯설게 하기는 문학만이 아니라 모든 예술 작품들이 필수적으로 경유하는 통로이고, 이 과정을 통과하지 않고 자연물(세계)이 문학(예술)으로 생산될 수 없다. 거꾸로 문학(예술) 작품에서 낯설게 하기를 삭제하는 순간, 모든 문학(예술)은 비문학(비예술)으로 환원된다. 1917년, 마르셀 뒤샹(Marcel Duchamp)은 뉴욕에서 열린 한 전시회에서 남성용 소변기에 「샘(fountain)」이라는 제목을 붙여 출품함으로써 논란을 일으켰다. 변기가 화장실에서 원래의 용도로 사용된다면 그것은 아무런 '새로움'을 갖지 않는다. 그러나 그것이 갤러리로 옮겨져 예술적 감상의 대상이 되는 순간, 그리고 그것이 "소변기"라는 이름 대신에 "샘"이라는 이름으로 은유되는 순간, 그것은 더 이상 소변기가 아니다. 소위 "레디메이드 예술(Ready-made art)"이라는 새로운 장르를 개척한(정확히 말하면 그가 1913년에 내놓은 "자전거 바퀴"라는 작품에서 이미 시작되었지만) 이 작품은 예술의 '형식적' 본질이 무엇인지를 보여주는 중대한 사건이다. 뒤샹에게 있어서 "레디메이드 예술"이란 소변기나 자전거 바퀴처럼 '이미 만들어진' (비예술적) 소재를 예술화하는 작업을 의미하지만, 어떤 의미로 모든 예술 작품의 내용이나 질료는 이미 존재하는, '레디메이드'로서의 진부한 대상에 불과하다. 고흐가 그린 농부의 신발이나 세잔이 그린 카드놀이하는 사람들의 풍경은 얼마나 흔하도록 낡아빠진 것인가. 그러나 이 '레디메이드'의 세계에 예술의 기법이 덧입혀지는 순간, 그것들은 전혀 새로운, 매우 낯선 대상으로 변형된다. 이 변형의 과정과 방식이 바로 '낯설게 하기'인 것이다.

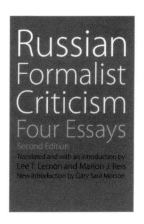

러시아 형식주의자들의 대표적인 에세이 네 편을 모아놓은 책 『*Russian Formalist Criticism: Four Essays*』. 이 책은 국내에도 『러시아 형식주의 문학이론』(청하, 1984)이라는 제목으로 번역 소개되었다

파블라(스토리)와 슈제트(플롯)

토마쉐프스키, 티니야노프, 쉬클로프스키 등 러시아 형식주의자들은 또한 서사(narrative) 장르에 있어서 "**파블라**"(fabula, **스토리**를 나타내는 러시아어. 이하 스토리)와 "**슈제트**"(sjuzet, **플롯**을 나타내는 러시아어. 이하 플롯)의 구분에 많은 관심을 기울였다. 그들은 왜 애써 스토리와 플롯을 구분하려 하였는가. 이 질문에 대한 대답은 의외로 간단한다. 그들은 스토리/플롯 논의를 통하여 문학을 비문학과 구별시켜주는 문학 고유의 자질, 즉 '문학성'을 해명하고자 한 것이다.

형식주의자들에 의하면 스토리란 사건을 단순히 인과관계에 따라 일어난 순서대로 나열한 것에 불과하다. 이에 반해 플롯은 스토리에 나타나는 인과관계와 연대기적 순서를 '특정한 미적 목적'을 위해 교란·해체하고 재구성한 것을 의미한다. 여기에서 '특정한 미적 목적'이란 바로 '낯설게 하기'를 가리킨다. 이런 의미에서 스토리는 문학작품의 질료이지 그 자체 문학이라고 할 수 없다. 원료인 스토리를 새롭고 낯설게 만들기 위하여 재배열하고 재구성한 것이 플롯이다. 이런 점에서 쉬클로프스키는 스토리를 "플롯의 구성을 위한 원료"에 불과하다고 하였다. 말하자면 스토리와 플롯 중, '문학적인' 것은 오로지 플롯 뿐인 것이다.

스토리와 플롯에 대한 이와 같은 설명은 다음의 예를 보면 쉽게 이해가 갈 것이다. 도스토예프스키의 『죄와 벌 Crime and Punishment』을 구성하는 서사는 그 자체 플롯이다. 그것은 이미 존재하는 어떤 스토리를 예술적으로 재구성한 결과이다. 그런데 독자들의 이해를 위해 『죄와 벌』의 줄거리를 요약한다고 가정해보라. 이 요약의 순간, 예술적 구성물로서의 『죄와 벌』은 사라지고, 이 작품 안의 모든 서사는 간단한 인과관계와 연대기로 환원된다. 이 환원된 연대기가 바로 스토리이다. 스토리는 그 자체 이미 문학이 아니다. 세계문학이라는 정전(正典)의 반열에 든 어떤 위대한 소설들도 그 줄거리를 요약하는 순간 '뻔한' 스토리로 전락하며 문학이 아닌 비문학의 자리로 돌아간다. 줄거리를 요약하는 것은 문학을 비문학으로 돌리는 가장 간단한 방법이다. 생각해보라. 『죄와 벌』의 스토리 자체는 매우 흔한 것이며 그만큼 특별할 것도 없다. 가난한 청년이 전당포 노파를 도끼로 살해하고 회개한다는 이야기는, 조폭 두목이 수감 생활을 하던 중 회개하고 성직자가 되었다는 스토리만큼이나 진부한 것이다. 그러나 그것이 플롯의 외피를 입는 순간, 그것은 매우 새롭고도 충격적인 서사로 변모한다. 플롯은 이렇게 우리에게 '친숙한' 서사를 '낯설게' 만들어주는 가장 대표적인 문학적 장치(기법) 중의 하나인 것이다.

쉬클로프스키는 「스턴의 『트리스트럼 샌디』─문체론적 논평 Stern's Tristram Shandy: Stylistic Commentary」이라는 글에서 18세기 영국 소설가인 스턴(Lawrence Sterne)의 『트리스트럼 샌디 Tristram Shandy』에 대해 논하면서, 이 글의 목적이 "로렌스 스턴의 소설을 분석하는 것이 아니라, 오히려 플롯에 대한 일반적인 법칙들을 설명하는 것"이라고 서두를 연다. 그에 의하면 스턴은 (문학예술상의) "극단적인 혁명가"로서, 그의 특징은 자신의 기법을 "드러내는 것 (to lay bare)"이다. 스턴의 소설은 미래주의의 시들처럼 문학의 장치들(devices) 에 주의를 환기시킨다. 이 소설은 일반적인 소설과 달리 인과관계와 사건의 연대기적 순서를 무시하는 매우 다양한 장치들을 동원한다.

쉬클로프스키의 설명을 빌면, 이 소설의 서두는 마치 자서전의 분위기를 띠면서 주인공 샌디에 대해 말하려는 것 같지만, 주인공의 조상들에 대한 묘사로 이야기가 흩어져버리고 만다. 결국 주인공의 탄생에 관한 이야기는 의도적으로 끼어든 다른 이야기들에 의해 오랫동안 지연된다. 소설의 구성 역시 뒤죽박죽이다. 제일 앞에 나와야 할 헌사(獻辭)는 책의 15페이지에 와서야 등장하고, 서문 역시 제자리에 있지 않고 제3권 20장에 등장한다. 가장 심한 환치(displacement)는 소설의 전체 장(章)을 뒤바꾸어 놓은 것(transposition)이다. 가령 제9권의 18~19장은 제25장 뒤에 나온다.

스턴의 소설에는 이렇게 구성상의 환치만이 아니라 소위 "시간의 환치"도 빈번히 등장한다. 가령 원인이 결과 뒤에 등장하는 경우도 있는데, 쉬클로프스키에 의하면 이런 의미에서 "문학적 시간은 분명히 자의적(arbitrary)이며, 그것의 법칙은 일상적 시간의 법칙과 일치하지 않는다." 여기에서 "일상적 시간"이 스토리의 시간이라면 "문학적 시간"은 플롯의 시간을 의미한다. 우리는 이런 예를 수많은 문학작품에서 볼 수 있는데, 가령 대부분의 고대 그리스 비극들은 사건을 일어난 순서대로 기술하지 않고, 사건의 '중간에서(in medias res)' 시작한다. 소포클레스(Sophocles)의 『오이디푸스 왕 Oedipus the King』은 오이디푸스의 출생부터 시작하는 것이 아니라, 오이디푸스가 아버지를 죽이고 왕이되어 어머니를 이미 부인으로 취하고 난 상태에서 시작한다. 말하자면 플롯의 전개에 따라 앞에서 일어난 일이 뒤늦게 다시 소개되는 것이다.

그렇다면 (스턴이 보여주는 바) 일상적 시간에 대한 이와 같은 다양한 교란은 왜 일어나며 그 효과는 무엇인가. 스턴은 소설의 구성과 시간을 뒤죽박죽 교란시켜 놓음으로써, 소설의 스토리보다 구성의 기법을 두드러지게 '전경화 (前景化 foregrounding)'시킨다. 앞에서 "예술은 대상에 부여된 예술적 기법을 경험하는 방식"이라고 하였거니와, 이 기법을 경험하게 만드는 것은 인위적 장치로서의 기법을 감추는 것이 아니라 드러낼 때 가능하다. **"기법을 드러내기"**는 이런 의미에서 독자로 하여금 문학의 본질로서의 기법을 직접 마주치게 하는 방식이다. 전통적인 의미에서 훌륭한 예술 작품을 칭찬할 때 우리는 흔히 '천의무봉(天衣無縫)'이라는 표현을 쓴다. 하늘의 옷은 너무나 완벽해서 꿰맨 자국이 없다는 것이다. 여기에서 "꿰맨 자국"은 바로 인위적인 기법을 의미하는 것으로서, 예술의 핍진성(verisimilitude)을 중시하는 리얼리즘 계열의 작품들은 인위적 기법을 최대한 감춤으로써 허구로서의 예술을 현실로 착각하도록 유도한다. 그러나 러시아 형식주의자들에게 있어서 예술 작품의 장치(기법)는 예술의 본질이므로 감추어야 할 대상이 아니라 오히려 드러내어 주목시켜야 할 대상이다.

모티프와 동기화

스토리/플롯과 관련하여 토마쉐프스키는 「주제론」이라는 에세이에서 **모티프(motif)**와 **동기화(motivation)**의 개념을 발전시킨다. 그에 의하면 주제 (theme)는 어떤 통일성을 가지고 있고 일정한 질서로 배열된 작은 "주제적 요소들(thematic elements)"로 구성되어 있다. 서사를 구성하는 가장 작은 단위의(토마쉐프스키의 표현을 빌면 "환원 불가능한 irreducible") 주제적 요소들을 그는 "모티프"라고 부른다. 상호 연관된 모티프들이 작품의 주제를 연결하는 띠를 형성한다. 이런 관점에서 보면 스토리는 "논리적이고 인과적·연대기적인 순서로 배열된 모티프들의 집합체"이고, 플롯은 "그것들과 동일한 그러나 원래의 작품이 가지고 있는 관련성과 순서를 가진 모티프들의 집합체"이다. 이렇게 보면 모티프들은 스토리와 플롯 양쪽의 구성물이지만, 스토리와 플롯에 따라 그것의 연결 방식에 차이가 난다. 토마쉐프스키가 볼 때, 플롯의 미적 기능은 그것에 독자들의 '주의'를 집중시키는 것이고, 이런 의미에서 플롯이야말로 전적으로 "예술적인 창조물"이다.

토마쉐프스키에 의하면 하나의 작품 안에는 통상 서로 다른 종류의 모티프들이 공존한다. 그는 이런 입장에서 모티프를 크게 두 종류, 즉 **필수 모티프(bound motif)**와 **자유 모티프(free motif)**로 나눈다. 필수 모티프란 스토리의 전개상 빠져서는 안 될 모티프를 지칭한다. 가령 『심청전』에서 심청의 아버지가 봉사였다든가, 심청이 공양미 300석에 팔렸다든가, 심청이 환생을 했다든가, 심청 아버지의 눈이 떠졌다든가 하는 모티프들은 그중 단 한 개만 생략되더라도 스토리에 큰 혼란이 일어날 것이다. 도스토예프스키의 『죄와 벌』에서도 라스콜니코프가 노파와 그 여동생을 살해하는 모티프, 소냐를 만나는 모티프, 그리고 회개를 하는 모티프들은 스토리 전개상 없어서는 안 될 필수 모티프들이다. 그러나 문학작품 안에는 생략되어도 스토리의 전개에 큰 무리가 되지 않는 다른 모티프들이 존재하는데, 그것을 자유 모티프라고 부른다. 그런데 필수 모티프들만으로는 스토리는 만들어질지언정 문학작품은 완성될 수 없다. 인과관계로 스토리 라인을 형성하는 필수 모티프들 사이에는 수많은 세부 묘사들이 등장하는데, 이것들은 거의 대부분 자유 모티프들이다. 만일 문학작품 안에서 자유 모티프들을 전부 제거한다면, 우리는 축약된 앙상한 스토리만을 만나게 될 것이다. 이런 점에서 볼 때 플롯을 형성하는 것, 즉 문학을 문학답게 하는 것은 바로 자유 모티프들이다.

필수 모티프/자유 모티프라는 구분 외에 토마쉐프스키는 또한 "**동적 모티프**(dynamic motif)"와 "**정적 모티프**(static motif)"의 개념을 끌어들인다. 동적인 모티프는 스토리상의 "상황을 변화시키는" 모티프를 말한다. 라스콜니코프는 노파를 살해함으로써 가난한 학생에서 범죄의 피의자로 변환되고, 심청은 아버지의 눈을 뜨게 하기 위해 죽음의 길로 간다. 이런 모티프들은 플롯보다는 스토리와 밀접한 연관을 가지고 있다. 정적 모티프란 상황의 변화를 가져오지 않는 모티프들을 일컫는다. 이런 점에서 토마쉐프스키는 "동적 모티프들은 스토리에 핵심적이며 스토리를 진행시키는 모티프들이고, 플롯에서는 정적 모티프들이 지배적이다"라고 말한다.

문학작품 안에는 이렇게 수많은 필수 모티프/자유 모티프, 동적 모티프/정적 모티프들이 복잡하게 연결되어 있다. 문제는 이렇게 다양한 모티프들을 어떻게 배열할 것인가이다. 문학작품들은 저마다 모티프들을 배열하는 고유한 법칙들을 가지고 있고, 이 각각의 법칙은 해당 작품에 모티프가 배열된 그 특정한 방식을 정당화해준다. 이런 점에서 "개별적인 모티프들 혹은 모티프 무리들의 도입을 정당화시켜주는 장치들의 네트워크"를 토마쉐프스키는 "동기화(motivation)"라고 명명한다. 문학작품에 사용되는 동기화의 종류는 매우 다양하지만, 토마쉐프스키는 이를 크게 세 종류로 나눈다.

첫째로 "**구성적 동기화**(compositional motivation)"가 있다. 구성적 동기화의 모티프 배열 원칙은 철저하게 "경제성(economy)"과 "유용성(usefulness)"에 토대해 있다. 작품 안에 '쓸모없는' 모티프들은 존재하지 말아야 하며, 모든 모티프들이 낭비가 없이 사용되어야 한다. 가령 체호프는 어떤 작가가 서사의 도입부에서 벽에 박힌 못에 대해 이야기했다면, 서사의 말미에서 주인공이 반드시 그 못에 목을 매달고 죽어야만 한다고 말하는데, 이런 예는 정확히 구성적 동기화에 해당된다. 작품의 서두에서 주인공이 벽에 못을 박는 장면이 나오는

데, 소설이 끝날 때까지 이 모티프와 연관된 다른 언급이 전혀 없다면, 이 모티프는 적어도 구성적 동기화의 차원에서는 쓸모없는 것이다.

둘째로 "**사실적 동기화**(realistic motivation)"가 있다. 사실적 동기화에 따르면 모티프들은 "개연적인(probable)" 배열을 통해 "실물과 똑같음(lifelikeness)"의 상태를 재현해야 한다. 그리하여 모든 묘사가 "사실적(realistic)"인 느낌을 주어야 하는 것이다. 모든 문학적 서사는 근본적으로 허구이지만, 사실적 동기화는 그 허구에 사실적인 느낌을 부여하도록 모티프를 배열할 것을 요구한다. 문예사조로 보면 리얼리즘, 자연주의 계열의 작품들에서 우리는 흔히 사실적 동기화가 작동되고 있음을 목격할 수 있다.

셋째로 "**예술적 동기화**(artistic motivation)"가 있다. 예술적 동기화의 원칙은 한마디로 '낯설게 하기'이다. 예술적 동기화의 원칙에 따르면 모티프들은 오로지 친숙하고 습관화되고 자동화된 대상을 새롭고 참신하게 보이도록 하기 위해서 배열된다. 예술적 동기화는 때로 위에서 설명한 사실적 동기화의 원칙과 충돌하기도 한다. 가령 스위프트(Jonathan Swift)의 『걸리버 여행기 *Gulliver's Travels*』에 등장하는 소인국, 거인국, 말의 나라에 관한 모티프들은 사실적 동기화의 원칙을 철저히 위배하지만, 예술적 동기화의 입장에서 보면 아무런 문제가 되지 않는다.

장치에서 미적 기능으로

위에서 우리는 낯설게 하기, 스토리와 플롯, 기법을 드러내기, 모티프와 동기화 등, 러시아 형식주의의 주요 논제들을 살펴보았다. 이 논제들은 각각 다른 이야기를 하고 있는 것 같지만, 사실은 모두 '문학성'의 해명에 초점이 맞추어져 있다. 문학과 비문학을 구별시켜주고 문학을 문학이게끔 해주는, 문학 고유의 자질인 '문학성'에 대한 해명이야말로 러시아 형식주의자들의 최대의 과업이었던 것이다. 결국 문학을 문학이게 해주는 것은 문학의 형식적 측면, 즉 기법 혹은 장치들이라는 것이 러시아 형식주의자들의 주장인데, 이런 입장을 가장 강하게 밀어붙인 이론가는 물론 쉬클로프스키이다. "기계론적 형식주의"라는 비판까지 감수하면서 그가 주장한 것은 결국 문학적 장치(기법)만이 문학의 고유한, 유일무이한 영역이라는 것이었다. 앞에서도 언급했지만, 그에 의하면 문학은 '장치들의 총계'이며, 문학작품의 내용은 형식이 가동되기 위한 배경에 불과하다.

형식주의자들의 이런 입장은 1924년 (마르크스주의자인) 트로츠키(Leon Trotsky)의 『문학과 혁명 Literature and Revolution』의 출간과 더불어 본격적인 비판의 대상이 된다. 트로츠키는 형식주의자들의 성과를 일부 인정했지만, 예술 작품을 대하는 그들의 전반적인 입장을 "사회적 인간의 심리적 요소를 간과한" 것으로 비판했다. 그에 의하면 문학예술은 사회적 존재들에 의해 만들어진 사회적 구성물이다. 따라서 문학작품에 대한 해석은 문학작품의 사회성·정치성의 해명에 주력해야 한다는 것이다. 문학 혹은 형식 바깥에 존재하는 사회적, 정치적, 이념적 제 요소들에 대한 형식주의자들의 배제는 이후 러시아 마르크스주의자들의 혹독한 비판의 대상이 된다.

러시아 형식주의—마르크스주의 사이의 이와 같은 긴장 관계에서 러시아 형식주의에 일정한 출구를 마련해준 이론가가 있다. 그는 바로 야콥슨과 함께 1926년 〈프라하 언어학회〉를 창설한 체코의 이론가 무카로프스키(Jan Mukarovsky)이다. 그에 의하면 문학성의 해명에 있어서 문학적 장치가 매우 중요하지만 장치 자체에 대한 논의만으로는 부족하다. 그리하여 무카로프스키는 장치 개념에 소위 **미적 기능(aesthetic function)**의 개념을 추가할 것을 제안했다. 그에 의하면 모든 장치들은 진공 상태에서 존재하는 것이 아니라, 특정한 사회·역사적 맥락 속에서 존재한다. 이 말은 결국 동일한 장치도 그것이 어떤 맥락에서 사용되느냐에 따라 그 '미적 기능'이 달라진다는 것이다. 『현대 문학 이론개관 *A Reader's Guide to Contemporary Literary Theory*』의 저자인 셀던(Raman Selden)의 예에 의하면 "교회는 예배의 장소이자 동시에 미술품일 수도 있고, 돌은 문짝의 버팀돌일 수도 있으며 동시에 무기, 건축자재 혹은 예술적 감상의 대상이 될 수도 있다." 또한 "정치적 연설, 전기, 편지, 선동 글 등도 서로 다른 사회적 맥락과 시대에 따라 미적 가치를 가질 수도 있고, 갖지 않을 수도 있다."

이렇게 무카로프스키의 '미적 기능' 개념을 도입하면 형식주의자들의 '장치'에 대한 논의는 일거에 사회·역사적 함의를 갖게 되고 문학 내적인 문제에만 갇혀 있다는 혐의에서도 일정하게 벗어나게 된다. 또한 미적 기능 개념에 의하면 낯설게 하기에 관한 논의 역시 새로운 지평을 맞이하게 되는데, 가령 어떤 맥락에서 진부한 장치가 다른 맥락에서는 새로울 수도 있고, 그 반대의 가정역시 가능하게 된다. 말하자면 새로운 장치가 낯설게 하기를 곧바로 보장하는 것이 아니라, 그것 역시 맥락에 따라 달라진다는 논의가 가능해지는 것이다.

후속 논의들

러시아 형식주의는 문학 형식에 관한 배타적인 접근으로 많은 논란을 불러일으켰다. 또한 형식주의는 야콥슨, 무카로프스키, 프로프(Vladimir Propp) 등을 통하여 자연스럽게 구조주의로 이어졌고, 문학 고유의 속성에 대한 탁월한 설명으로 무려 거의 100년이 지난 지금까지도 '현대' 문학이론의 반열에서 밀려나지 않고 있다.

그러나 형식에 대한 과도한 관심 그리고 일상 언어와 시적 언어에 대한 이분법적 구분 등은 다른 논자들의 비판적 입장들을 불러들이기도 했다. 가령 이글턴(Terry Eagleton)은 『문학이론입문 *Literary Theory: An Introduction*』이라는 책에서, 시적 언어를 일상 언어라는 "규범(norm)"으로부터의 일탈로 간주하는 형식주의자들의 주장에 반대하였다. 그에 의하면 "일탈"이 가능하려면 일탈의 대상인 "규범"이 전제되어야 하는데, "사회의 모든 구성원들이 동등하게 공유하는 공통의 통용체(currency)로서 어떤 단일하고도 '규범적인(normal)' 언어가 있다는 생각은 환상이다." 가령 옥스퍼드대학 철학자들의 일상 언어와 (글래스고 지역) 부두 노동자들의 일상 언어는 거의 공통적인 것이 없다. 이글턴에 의하면, 우리가 실제 사용하는 언어는 고도로 복잡한 수많은 담론들로 구성되어 있으며 계급, 종교, 젠더, 지위 등에 따라 서로 구분된다. 그리하여 이것들은 결코 어떤 단일하고도 동질적인 언어 공동체로 단정하게 통합될 수 없다. 다시 말해 한 사람의 '규범'이 다른 사람에게는 '일탈'이 될 수도 있다는 것이다.

바흐친 학파(The Bakhtin school)의 바흐친(Mikhail Bakhtin)과 메드베제프(Pavel Medvedev)도 공저인 『문학 연구에 있어서의 형식적 방법 *The Formal Method in Literary Scholarship*』을 통하여 일관되게 형식주의를 비판한다. 그들은 형식주의자들이 시적 언어를 전경화하면서 문학으로부터 객관적 현실을 배제하는 것은 근본적으로 잘못되었다고 본다. 그들에 의하면 문학작품은 본질적으로 사회적인 현상으로서 문학은 문학 외적인 다른 것들, 즉 과학적, 윤리적, 이데올로기적인 창조물들과의 비교, 대조를 통해 해명될 수 있다고 본다.

제임슨(Fredric Jameson) 역시 『언어의 감옥: 구조주의와 러시아 형식주의에 대한 비판적 이해 *The Prison-House of Language: A Critical Account of Structuralism and Russian Formalism*』라는 저서를 통해 (구조주의와) 러시아

형식주의가 문학을 언어외적 세계로부터 분리시킴으로써, 스스로 "언어의 감옥"에 갇히고 말았다고 비판한다.

이 모든 소음들 그리고 그 모든 결점에도 불구하고, (문학의) 형식으로 제한해서 이야기하자면, 러시아 형식주의자들만큼 이 문제를 집요하게 파고든 이론도 흔치 않다. 더욱이 문학의 생명을 "낯설게 하기"에 둔 것은, 새롭지 않으면 더 이상 예술이 아니라는 슬로건과 등치되면서 문예(예술) 창작 영역에도 나름의 큰 영향력을 행사해오고 있다. 그러나 모더니즘을 거쳐 포스트모더니즘의 단계에 이르러 작가들은 '형식의 고갈'을 이야기한다. 더 이상의 새로운 형식은 없다는 것이다. 어찌할 것인가. 러시아 형식주의는 우리에게 계속 질문을 던진다.

참고문헌 혹은 더 읽을 책들

■ 권철근. 『러시아 형식주의』. 한국외국어대학교출판부. 2001.

■ 빅토르 어얼리치. 박거용 역. 『러시아 형식주의』. 문학과지성사. 2001.

■ 제임슨, 프레드릭. 윤지관 역. 『언어의 감옥: 구조주의와 형식주의 비판』. 까치. 1985.

■ 츠베탕 토도로프. 김치수 역. 『러시아 형식주의』. 이화여대출판부. 1997.

■ Erlich, Victor. *Russian Formalism: History and Doctrine*. Yale Univ. Press, 1981.

■ Jameson, Fredric. *The Prison-House of Language: A Critical Account of Structuralism and Russian Formalism*. Princeton Univ. Press. 1972.

■ Lemon, Lee T. & Reis, Marion J.. *Russian Formalist Criticism: Four Essays*. 2nd ed. Univ. of Nebraska Press. 2012.

■ Steiner, Peter. *Russian Formalism: A Metapoetics*. 2nd ed. sdvig press. 2014.

제 4 장

구조주의

제4장

구조주의

구조란 무엇인가

구조주의(structuralism)를 알기 위해서는 먼저 '구조(structure)'의 개념을 이해할 필요가 있다. 세계는 수많은 현상들(phenomena)로 이루어져 있다. 현상들은 눈에 보이는 것들, 즉 가시적이며 개별적인 것들이다. 가령 축구 경기를 관람한다고 가정해보자. 모든 축구 경기마다 선수들의 이동 경로가 다르고 그것을 보는 관중들의 반응들도 천차만별이다. 한마디로 말해 동일한 경기는 없다. 그러나 셀 수 없이 다양한 축구 경기들은 놀랍게도 소수의 규칙들에 의해 가동된다. 경기들이 구체적인 현상으로서 눈에 보이는 것들이라면, 그것들의 배후에 있는 규칙들은 눈에 보이지 않는다는 의미에서 추상적인 것이다. 현상의 배후에서 현상들을 생산하고 조정하는 이 소수의 추상적인 규칙 혹은 체계(system)를 우리는 '구조'라고 부른다.

다양한 일기(日氣) 현상을 예로 들어도 좋다. 동일한 날씨는 없다. 우리가 만나는 모든 일기 현상들은 그 자체 무한히 다양한 개별 현상들이다. 겉으로 보기에 매우 혼란스러워 보이지만, 그것들의 배후에는 '자연의 원리'라는 규칙이 존재한다. 외견상 혼란스러운 날씨들은 자연의 원리라는 '구조'에 의해 한

치의 오차도 없이 정확하게 가동된다. 대기 중에 던져진 모든 물체들은 지상으로 낙하한다. 다양한 물체들이 지상으로 낙하하는 거의 무한대의 사건들은 그 자체 개별적인 현상들이다. 그러나 그것들의 배후에는 중력의 법칙이라는 규칙이 존재하고 이 모든 낙하 현상들은 이 법칙의 지배를 받는다.

구조를 이해하는 것은 이렇게 다양한 현상의 배후에서 그 현상들을 지배·조정·생산·규정하는 소수의 규칙 체계를 인식하는 것이다. 우리는 구조를 이해함으로써 개별 현상들을 설명할 수 있을 뿐만 아니라, 아직 일어나지 않은 현상까지도 예견할 수 있다. 가령 축구의 규칙을 이해하면, 골키퍼를 제외한 어떤 선수가 경기 중 공에 손을 댔을 경우 반칙으로 인정되고 공을 상대에게 넘겨주어야 한다는 사실을 미리 알 수 있다. 아무리 복잡한 일기 현상도 자연의 원리라는 구조를 앎으로써 이미 벌어진 현상을 설명할 수 있고 아직 일어나지 않은 현상을 예견할 수 있다.

카드놀이 같은 경우도 마찬가지다. 만일 카드놀이가 가동되는 구조(규칙)를 모른다면, 카드놀이에서 오가는 패의 경로는 온통 혼란으로 보일 것이다. 모든 카드놀이들은 그 자체 무한대의 개별 현상으로서, 개체 단위로 볼 때 동일한 카드놀이는 없다. 그러나 무한대의 카드놀이 역시 겉으로 보이지 않는 소수의 규칙 체계에 의해서 움직이는 것이다. 그 규칙, 즉 구조를 알 때, 아무리 많은 개체 수의 카드놀이도 일거에 이해할 수 있는 것이다.

구조주의는 개별 현상에는 관심이 없다. 구조주의는 개별 현상들의 근저에서 개별 현상들을 가동시키는 소수의 보편적 규칙의 발견을 목표로 하며, 이 추상적 규칙을 '구조'라 부른다. 구조를 이해함으로써 우리는 다양하고도 혼란스러운 현상들을 단번에 설명할 수 있을 뿐만 아니라, 아직 발생하지 않은 일들까지도 예견할 수 있다. 이것이 바로 구조주의의 힘이고, 우리가 구조주의를 인식론상의 '혁명'이라고 부르는 이유이다.

구조언어학

(1950년대 후반) 구조주의 인류학을 위시하여 구조주의 문학이론이 나오기 훨씬 이전인 1910년대에 이미 구조언어학(structural linguistics)이 있었다. 구조주의에 관련된 모든 이론은 사실 언어학으로서의 구조주의에서 시작된 것이며, 따라서 구조주의에 대한 모든 이해는 구조주의 언어학의 기본 개념을 이해하는 데서 출발해야 한다. 구조언어학은 또한 그 내부에 포스트구조주의(poststructuralism)의 '씨앗'을 가지고 있으므로 1960년대 말 이후 최근까지 유행하고 있는 포스트구조주의를 제대로 이해하기 위해서도 반드시 경유해야 할 통로이다.

구조언어학은 스위스의 언어학자인 소쉬르(Ferdinand de Saussure)에 의해 시작되었다. 언어학뿐만 아니라 20세기 인문학의 전(全) 영역에 엄청난 영향력을 행사했던 소쉬르의 『일반 언어학 강의 Course in General Linguistics』는 그의 사후인 1916년에 출판되었다. 이 책은 소쉬르가 직접 저술한 것이 아니라, 그가 생전에 제네바에서 했던 강의 노트를 제자들이 재편찬한 것이다.

우리는 소쉬르 이전의 언어학의 입장을 다음과 같이 요약할 수 있다. 첫째, 소쉬르 이전의 언어학은 시간의 흐름에 따라 변화하는 언어의 제 요소들, 즉 언어의 '통시적(通時的, diachronic)' 측면을 주로 연구하였다. 둘째, 언어를 언어 바깥에 있는 (실물의) 세계와의 관련 속에서 이해하려 하였다. 가령 '사과'라는 낱말은 실물의 사과를 지시하는 것이고, 그것과의 관련 속에서만 의미를 갖는다고 보았다. 셋째, 개별 현상으로서의 언어를 주로 연구하였으며, 그 현상들을 지배하는 보편적 규칙에 대해서는 상대적으로 관심이 없었다.

소쉬르는 이와 같은 기존 언어학의 입장에 정면으로 반기를 들었고, 언어학의 연구 대상을 새로이 정립하는 것을 자신의 언어학의 출발점으로 삼았다. 그에 의하면 언어는 크게 두 가지 측면을 가지고 있다. 앞에서도 설명했다시피 언어는 시간의 흐름에 따라 변화하는 통시적 측면이 있는데 그는 이를 '통시태(通時態, diachrony)'라 부른다. 또한 언어에서 시간 개념을 삭제하고 동일한 시간대(주어진 어떤 시점)에서 언어가 가지고 있는 보편적 속성을 가정할 수 있는데 이를 '공시태(共時態, synchrony)'라고 부른다. 소쉬르가 볼 때 언어학의 연구 대상은 통시태가 아니라 언어의 공시적 측면 즉 공시태가 되어야 한다. 통시적인 것은 시간에 따라 수시로 변화하는 것이며, 따라서 그것을 추적하는 것은 언어의 보편적 원리를 설명하는 데 도움이 되지 않기 때문이다.

또한 그는 언어를 **랑그**(langue)와 **파롤**(parole)로 나눈다. 그에 의하면 모든 언어는 개별 낱말들과 그것들의 배열을 지배하는 추상적 규칙들을 가지고 있는데 이 법칙들을 그는 랑그라고 부른다. 파롤은 랑그에 의해서 구체적으로 실현된(practiced) 언어, 즉 '개별 발화(individual utterance)'들을 지칭한다. 말(speech)이나 글(writing)의 형태로 표현된 모든 언어는 파롤이다. 개체로서 파롤의 수는 거의 무한대이나, 이 무한대의 파롤들은 제멋대로 생산되는 것이 아니라 그 배후에 있는 소수의 추상적 규칙 체계 즉 랑그의 지배를 받는다. 소쉬르가 볼 때 수많은 현상들에 불과한 파롤은 언어학의 연구 대상이 되지 못한다. 그에 의하면 언어학은 파롤이 아니라 그것들을 지배하는 보편적 규칙 체계인 랑그를 연구해야 한다. 랑그를 이해함으로써 개별 현상으로서의 파롤들을 일거에 설명할 수 있기 때문이다. 앞에서 예로 들었던 개별 현상들로서의 축구 경기, 날씨, 카드놀이가 파롤이라면, 그것들의 근저에서 그것들을 지배하는 경기 규칙, 자연의 원리, 카드놀이 규칙은 랑그로 이해할 수 있을 것이다.

그는 또한 단어 혹은 낱말(word)이라는 용어 대신에 기호(sign)라는 용어를 채택하였다. 그에 의하면 모든 기호는 동전의 양면처럼 분리될 수 없는 두 개의 측면으로 이루어져 있다. 이 두 측면은 바로 **기표(記標, 시니피앙, signifiant,** signifier)와 **기의**(記意, 시니피에, signifié, signified)이다. 기표란 일종의 음성 이미지(sound image)고 기의는 그것이 담고 있는 개념(concept)을 지칭한다. 즉 "나무"라는 기호는 [나무 namu]라는 음성(기표)과 "줄기나 가지가 목질로 된 여러해살이 식물"이라는 개념(기의)의 결합으로 이루어져 있는 것이다. 여기에서 소쉬르가 기표를 "음성 이미지"라고 한 이유는, 발화의 순간, 기표의 음성적 측면이 심리적인 차원에서 어떤(이 경우엔 나무의) 이미지를 자동적으로 떠올리게 하기 때문이다.

여기에서 중요한 것은 기표와 기의 사이의 관계이다. 관습적으로 보면 기표와 기의의 관계는 자연스럽고도 필연적인 것처럼 보인다. 그러나 소쉬르에 의하면 기표와 기의 사이의 관계는 필연적이지도 당연하지도 않은, **자의적(恣意的, arbitrary)** 관계이다. 기표와 기의 사의의 관계가 필연적이려면 하나의 기표는 하나의 기의만을 가져야 한다. 그러나 소쉬르가 볼 때 하나의 기표는 거의 무한대의 기의를 가지고 있다. 가령 "빨강"이라는 기표는 "정열"이라는 기의를 가질 수도 있고, 그 외에 "혁명", "피", "적십자사", "혈액원", "공산주의자", "건강한 자궁" 등 거의 무한대의 개념(기의)을 가지고 있으며, 경우에 따라서는 특정 정당을 지칭할 수도 있다. 하나의 기의는 또한 하나의 기표가 아니라 여러 개의 기표를 동시에 가지고 있다. "나무"라는 기의는 한국어로는 "나무"라는 기표를 가지고 있지만, 영어로는 "tree", 독일어로는 "Baum", 스페인어로는 "árbol"이라는 기표와 연결된다. 이중 어떤 것도 나무라는 기의의 필연적 기표라는 지위를 가지지 못한다. 기표와 기의 사이의 관계는 이렇듯 순전히 우연에 의하여 결합된 사회적 관습에 불과한 것이다. 셀던(Raman Selden)은 기표와 기의 사이의 관계를 신호등의 예를 들어 설명하기도 한다. 교통신호인 초록, 노랑, 빨간색들은 그 자체 기표들이고, 그것들이 가지고 있는 개념들, 즉 "가라(to go)", "대기하라(to wait)", "멈추라(to stop)" 등은 기의에 해당된다. 그런데 생각해보라. "가라"는 기의는 왜 꼭 "초록"이라는 기표를 가져야 하는가, 이런 점에서 "가라"와 "초록" 사이의 관계는 필연적인 것이 아니다. 그것은 자의적으로 이루어진 관습에 불과한 것이다. 실제로 최근의 교통신호 시스템을 보면 횡단보도의 경우 행인의 모습을 형상화한 흰색 등이 "가라"의 의미를 갖기도 한다.

인문학의 고전이 되어버린 소쉬르의 『일반 언어학 강의 Course in General Linguistics』

소쉬르의 기호 개념은 20세기의 언어학뿐만 아니라, 철학·인류학·문학이론 등, 다양한 영역에 중대한 영향을 끼쳤다. 그중에서도 중요한 것은 그가 언어의 개념에서 실물 세계의 개념을 배제한 것이었다. 그에 의하면 언어는 일종의 시스템으로서 수많은 기호들이 저장되어 있는 독립된 창고이고, 기호들이 의미를 갖는 것은 언어 체계 바깥에 있는 사물과의 관계를 통해서가 아니다. 기호는 실물을 지시하지 않는다. 기호가 의미를 갖는 것은 오로지 다른 기호들과의 '관계(relation)'와 '차이(difference)'에 의해서이다. 가령 "종(鐘)"이라는 단어가 의미를 갖은 것은 실물의 종이 아니라, 언어 체계 안에서 다른 기호들 즉

"봉(蜂)", "총(銃)", "방(房)" 등과의 관계와 차이에 의해서라는 것이다. 앞에서 신호등의 예를 들었지만 빨간색이 의미를 갖는 것은 빨간색 자체가 아니라, 색깔의 체계 안에서 다른 색깔들, 즉 노란색, 초록색과의 관계와 차이에 의해서인 것이다. 영어에서도 "kill"과 "kiss"라는 두 단어의 의미는 언어 체계 내부에서 /l/과 /s/라는 두 음소(音素, phoneme: 의미의 차이를 가져오는 음성의 최소 단위)들 사이의 관계와 차이에 의해서 발생된다.

구조주의 언어학은 또한 다양한 음운 현상(phonological phenomenon)들을 상반되는 두 개의 항목들, 즉 **이항대립(binary oppositions)**의 개념으로 설명한다. 가령 모든 음성은 모음(+vowel)이거나 아니면 비(非)모음(–vowel)이고, 비음(鼻音, +nasal)이거나 비(非)비음(–nasal)이다. 모음/비모음, 비음/비비음 같은 상호 반대되는 일련의 짝들을 구조주의자들은 이항대립이라고 부른다. 가령 어떤 사물이나 문화를 설명할 때에도 몇 개의 이항대립물들을 대입시키면 그 대상의 속성을 과학적으로 설명할 수 있게 된다. 가령 모든 생물은 동물/식물의 이항대립으로 설명 가능하며, 모든 동물은 포유류/비포유류의 이항대립으로 설명이 가능할 것이다. 이항대립의 개념을 사용함으로써 우리는 개체 수보다 훨씬 소수의 규칙으로 무한대의 개체가 가지고 있는 구조적 속성을 일관되게 설명할 수 있게 된다. 구조주의 언어학의 이와 같은 이항대립 개념은 레비스트로스(Claude Lévi-Strauss)의 구조인류학에도 고스란히 적용된다.

구조인류학

구조주의의 정신을 더 깊이 이해하기 위해 우리는 구조인류학(structural anthropology)을 살펴볼 필요가 있다. "20세기 인류학의 아버지"라 불리는 레비스트로스는 구조주의적 개념을 인류학에 적용시킨 대표적인 논자이다. 그에 의하면 지구상에 존재하는 수많은 문화들은 개체 단위로 보면 유일무이하고 (unique) 이질적이지만, 구조적 관점에서 보면 유사한 원리 혹은 규칙들을 공유하고 있다. 이런 관점에서 보면 수많은 문화들은 동일한 원리의 변종들 (variations)일 수 있다. 레비스트로스는 주로 친족 관계와 신화 분석을 통해 이질적인 문화의 저변 혹은 배후에 존재하는 보편적 규칙을 발견하였다는 점에서 전형적인 '구조주의' 인류학자이다. 그가 개별적이고도 특수한 현상들보다는 그것들의 배후에 있는 구조에 훨씬 더 큰 관심을 가졌다는 것은, 그가 자신에게 가장 큰 영향을 준 학문으로 크게 지질학·정신분석학·마르크스주의를 들고 있는 것에서도 드러난다. 지질학은 다양한 지표(地表) 현상의 근저에 있는 지질의 구조를 연구하는 학문이고, 정신분석학이나 마르크스주의 역시 표면에 나타나는 현상이 아니라 심층의 구조들(프로이트에게 있어서는 무의식, 마르크스에게 있어서는 하부구조)을 중시한다는 점에서 유사하다.

그의 초기작인 『친족 관계의 기본 구조 The Elementary Structures of Kinship』에서 레비스트로스는 부족들의 다양한 친족 관계가 형성되는 심층적 구조, 보편적 규칙을 발견하고자 했다. 그에 의하면 원시 부족들이 "자연 (nature)"의 단계에서 "문화(culture)"의 단계로 넘어오면서 친족을 형성하는 새로운 규칙이 형성되는데 그것은 바로 근친상간(incest)에 대한 금지(taboo)였다. 레비스트로스에 의하면 근친상간의 금지 이전에는 "문화라는 것은 여전히 비존재적인 것이다. 근친상간의 금지와 더불어 인간에 대한 자연의 지배가 종식된다. 근친상간 금지가 일어난 곳에서 자연은 그 자체를 넘어선다." 문화의 단계로 넘어서면서 근친상간이 불가능해지고, 부족의 남성들은 친족 안에서 배우자를 찾을 수 없게 된다. 남성들은 친족의 여성들을 다른 부족에게 '선물'의 개념으로 주게 되고 그 대가로 자신들도 다른 부족의 여성을 선물로 받는다. 상이한 사회 집단들 사이에 수평적 연대(alliance)와 교환(exchange)으로 이루어지는 여성의 교환은 레비스트로스가 설명한 바, 친족 관계의 가장 기본적인 '구조'이다. 이와 같은 친족 관계 개념은 레비스트로스가 마르셀 모스(Marcel Mauss)의 "선물(gift)" 개념의 영향을 받아 발전시킨 것으로, 그는 위의 책에서 수많은 예들을 동원하여 친족 관계의 이와 같은 심층 구조를 설명하고 있다.

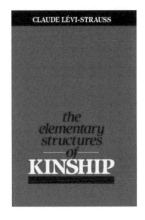

레비스트로스, 『친족 관계의 기본 구조 *The Elementary Structures of Kinship*』

레비스트로스는 또한 언어학적 모델을 이용하여 신화를 분석한 것으로도 유명한데, 언어학에서의 음소 개념을 이용하여 **"신화소(神話素, mytheme)"**라는 독특한 개념을 만들어냈다. 음소가 언어에 있어서 의미의 차이를 가져오는 음성의 최소 단위라면, 신화소란 신화의 의미를 생산하는 신화의 최소 단위이다. 음소들이 언어 체계 안에서 이항대립을 이루고 있는 것처럼 신화소 역시 신화 안에서 이항대립의 형태로 존재한다. 레비스트로스에 의하면 오이디푸스 신화 안에는 대립항을 이룬 여러 개의 신화소가 존재한다. 가령 인류의 기원과 관련된 다음과 같은 신화소의 대립항을 보라. 하나는 인류가 대지(땅)에서 태어났다는 신화소이고, 다른 하나는 인류가 남녀 간의 성교를 통해 태어났다는 것이다. 전자는 동일한 모체에서 생산이 반복된다는 점에서 근친상간을 인정하는 신화소이고 후자는 그 반대의 것이다. 오이디푸스 신화 안에는 이 두 가지의 신화소들이 서로 충돌하며 오이디푸스 서사의 뼈대를 이룬다. 이외에도 오이디푸스 신화 안에는 다른 신화소들도 존재하는데 가령 친족 관계에 대한 과대평가와 과소평가의 대립물 같은 것들이 그것이다. 전자는 오이디푸스가 어머니와 결혼을 하거나 안티고네가 불법적으로 오빠의 장례를 치른 사례에, 후자는 오이디푸스가 아버지를 살해하거나 폴리네이케스가 동생을 살해한 행위에 상응하는 것이다.

　　레비스트로스가 친족 체계나 신화의 분석을 통해 밝혀내고자 했던 것은 수많은 개별적 사례들의 근저에 그것들을 지배하는 공동의 규칙이 존재한다는 사실이었고, 이런 점에서 그의 인류학은 정확하게 구조주의적인 것이었다.

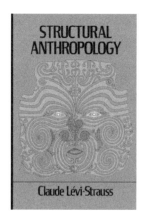

레비스트로스, 『구조인류학 Structural Anthropology』

구조주의 문학이론

언어학에서 시작된 구조주의적 발상은 1950년대 말 이후 인류학과 문학이론으로 확산된다. 문학이론으로서의 구조주의는 주로 내러티브(서사, narrative: 이하 서사로 통일)에 대한 분석, 즉 서사학(narratology)으로 집중되었는데, 이는 서사야말로 인간의 정신세계를 가장 잘 보여주는 장르라는 사실과 무관하지 않다. 인류는 역사의 시작과 동시에 수많은 서사를 만들어내기 시작했고 서사로 세계를 설명했다. 서사가 없는 역사는 존재하지 않는다. 서사는 스토리(이야기)를 핵심적 요소로 가지고 있는 모든 언어적 표현물을 지칭하는데, 이런 의미에서 서사는 인류 역사의 초기 단계에서 생산된 신화나 전설, 민담뿐만 아니라 동화·비극·희극·서사시·현대 소설 등, 이야기로 구성된 모든 담론을 포괄하는 개념이다. 인간은 수많은 서사 형식으로 세계를 이해하고 재현하고 해석해왔다. 서사 장르에 대한 구조적 분석은 이런 점에서 궁극적으로 세계를 해석하는 인간의 정신 구조에 대한 과학적 탐구라고도 할 수 있을 것이다.

블라디미르 프로프

구조주의적 서사 분석은 1950년대 후반에 들어 본격적으로 시작되었는데, 이 연구의 출발을 우리는 러시아의 민담 연구자인 블라디미르 프로프(Vladimir Propp)에서 시작하지 않을 수 없다. 그의 기념비적 저서인 『민담의 형태론 *Morphology of the Folktale*』은 원래 1928년에 러시아어로 출판되었으나 근 30년 동안이나 널리 알려지지는 않았다. 넓게 보아 러시아 형식주의의 범주에 속해 있는 이 연구서는 그러나 1958년에 영어로 번역되면서 구조주의자들의 관심을 한 몸에 받았고, 구조주의적 서사 분석의 본격적 출발이자 대표적인 모델로 자리를 잡았다. 프로프의 뒤를 잇는 대표적인 논자들인 그레마스(Algirdas Julien Greimas), 클로드 브레몽(Claude Bremond), 츠베탕 토도로프(Tzvetan Todorov) 같은 쟁쟁한 이론가들을 "프로프의 자손들(the progeny of Propp)"(로버트 스콜즈, Robert Scholes)이라고 명명하는 것은 서사 이론에 있어서 프로프의 중요성과 대표성을 강조하는 수사이다.

프로프는 『민담의 형태론』에서, 전래되어온 수많은 러시아 민담들을 수집하고 그것들을 분류하고 조직한다. 그에 의하면 민담을 모티프들이나 민담을 구성하는 요소를 중심으로 분류해온 기존의 방식은 비체계적이고 자의적이다. 그는 수많은 민담들 안에 있는 변하지 않는 "**항수**(the constant)"와 "**변수**(the variable)"를 구분한다. 항수는 민담 안에서 변하지 않고 계속 반복되는 요소들을 지칭하는 것이며, 변수란 반복되지 않으며 특정한 사례로 다양하게 존재하는 요소들을 말하는 것이다. 프로프는 러시아 민담에 수많은 다양한 인물들이 등장하지만(변수), 이 인물들이 민담 안에서 가지고 있는 "**기능**(function)"들은 항상적(항수)이며 그 숫자가 제한되어 있다는 사실을 발견한다. 그가 말하는 기능이란 "인물의 행위를 말하는 것으로서, 행위의 과정에서 그것이 가지고 있는 중요성의 관점에서 정의되는 것"을 의미한다. 그는 등장인물의 기능과 관련하여 다음과 같은 네 가지 법칙을 제시한다.

1. 인물들의 기능들은 민담에서 어떻게, 누구에 의해 완수되느냐와 관계없이 안정되고 항상적인(불변하는) 요소들로 작용한다. 이것들은 민담의 근본적인 구성 요소들이다.
2. 동화에 알려진 기능들의 수는 한정되어 있다.
3. 기능들의 연속체는 항상 동일하다.

4. 모든 동화들은 그 구조에 관한 한, 하나의 유형이다.

위의 법칙들을 요약하면, 러시아 민담(동화)에는 수많은 인물들이 등장(변수)하지만 그들의 행위, 즉 기능은 일정하게 반복되어 나타나며(항수) 그 숫자가 제한되어 있다는 것이다. 또한 이 제한된 숫자의 기능들은 일정한 연속체로 나열할 수 있고, 이렇게 볼 때 아무리 많은 수의 민담들이 존재한다 할지라도 그 구조는 동일하다는 것이다.

프로프는 러시아 민담에서 변하지 않고 반복되는 (인물의) 기능이 모두 합쳐 31개를 넘지 않는다고 주장한다. 그가 발견한 31개의 기능들은 다음과 같다.

1. 가족 중 한 사람이 집을 떠난다.

2. 주인공(hero)에게 (어떤) 금지 명령이 내려진다.

3. 금지 명령이 위반된다.

4. 악한이 (주인공의 상태에 대한) 정찰을 시도한다.

5. 악한이 자신의 희생자에 대한 정보를 입수한다.

6. 악한이 희생자나 희생자의 재산을 빼앗기 위해 희생자를 속인다.

7. 희생자가 속임수에 넘어가고, 자신도 모르게 적을 도와준다.

8. 악한이 가족의 한 구성원에게 해를 끼치거나 상해를 가한다.

8a. 가족의 한 구성원이 무엇인가를 결여하고 있거나 무엇인가를 갖고자 욕망한다.

9. 불행 혹은 결핍(결여)의 내용이 알려진다. 주인공이 요청이나 명령에 의해 접근한다. 즉 그는 그곳에 가도록 허락을 받거나 파송된다.

10. 추구자(seeker)는 (악한의 행위에 대한) 대응(counteraction)을 하는 것

에 동의하거나 그것을 결심한다.

11. 주인공이 집을 떠난다.

(중략)

25. 어려운 과업이 주인공에게 주어진다.

26. 그 과업이 (주인공에 의해) 해결된다.

27. 주인공이 인정받는다.

28. 가짜 주인공 혹은 악한의 정체가 노출된다.

29. 가짜 주인공의 외모가 새롭게 바뀐다.

30. 악한이 처벌받는다.

31. 주인공이 결혼을 하고 권좌에 오른다.

프로프는 이렇게 31개의 기능들을 순서대로 배열한 후, 두 가지 조건을 부여한다. 첫째, 어떤 민담도 31개의 기능을 모두 취하는 경우는 없다. 둘째, 이 기능들은 위에서 배열된 순서를 지켜야만 한다. 간단히 말해, 프로프는 개체 단위로 보면 서로 다른 수많은 러시아 민담들이 사실은 위에 열거된 동일한 행위 연속체의 변종들이라는 사실을 발견한 것이다. 개별 민담들을 구체적으로 실현된 발화로 간주한다면 그것들은 일종의 파롤이며, 그 배후에서 민담들의 조직 원리로 작동되고 있는 31개의 기능들은 추상적 규칙으로서의 랑그에 해당되는 셈이다. 민담들은 위에 열거된 행위 중 전부가 아닌 일부를 순서대로 이어 놓은 일종의 연속체들인 것이다.

러시아 민담은 아니지만, 만일 위의 원리를 한국의 『춘향전』에 적용한다면 어떻게 될 것인가. 춘향전은 다음과 같이 31개의 기능 중 일부를 선택하여 배열한 이야기가 된다.

25. 어려운 과업이 주인공에게 주어진다. → 이몽룡에게 장원급제라는 어려운 과제가 주어진다.

26. 그 과업이 (주인공에 의해) 해결된다. → 이몽룡이 장원급제에 성공한다.

27. 주인공이 인정받는다. → 이몽룡이 인정받는다.

28. 가짜 주인공 혹은 악한의 정체가 노출된다. → 변학도의 정체가 폭로된다.

29. 가짜 주인공의 외모가 새롭게 바뀐다. → 『춘향전』에서 변학도는 정체가 폭로된 후에 외모의 변용(metamorphosis)이 일어나지 않으므로, 이 기능은 『춘향전』에는 해당되지 않는다.

30. 악한이 처벌받는다. → 변학도가 처벌받는다.

31. 주인공이 결혼을 하고 권좌에 오른다. → 이몽룡이 성춘향과 정식으로 결혼한다.

이와 같은 적용을 통하여 우리는 러시아 민담만이 아니라 『춘향전』에서도 위에서 말한 두 가지 법칙, 즉 31개의 기능 중, 전부가 아닌 일부가 하나의 서사를 구성한다는 규칙과, 기능들이 모든 서사에 순서적으로 적용된다는 원칙을 확인할 수 있다.

　　프로프의 이와 같은 발상은 모든 서사가 일반 구문(syntax)의 원리를 따른다는 사실에 대한 분명한 인식에서 기인한 것이다. 이런 발상은 프로프뿐만 아니라 모든 구조주의적 서사론(narratology)의 근간을 이룬다. 사실 모든 서사는 '누군가가(주부, 主部, subject) 무엇인가를 한다 혹은 어떤 상태에 있다(술부, 述部, predicate)'라는 문장들의 배열인 것이다. 구문(주부+술부)은 서사의 최소 단위이고, 프로프는 러시아 민담이 그 무한한 개체 수(변수)에도 불구하고 한정된 31개의 구문들(항수)의 무한 반복이라는 사실을 발견한 것이다.

프로프, 『민담의 형태론 *Morphology of the Folktale*』

프로프는 『민담의 형태론』에서 31개의 기능들 외에 일곱 가지의 "**행위 유형**(spheres of action)"이라는 개념을 덧보탠다. 그가 말하는 행위 유형이란 민담에서의 행위 주체(subject) 즉 등장인물들의 '역할'을 의미하는 것으로서 다음과 같다.

1. 악한
2. 증여자(제공자)
3. 조력자
4. 공주(추구의 대상이 되는 인물)와 그녀의 아버지
5. 파송자
6. 주인공(추구자 혹은 희생자)
7. 가짜 주인공

프로프가 행위 유형의 개념을 도입한 것은, 러시아 민담에 아무리 많은 인물들이 등장할지라도(변수) 결국은 이 일곱 가지 유형의 반복(항수)이라는 사실을 지적하기 위한 것이었다. 이 경우에도 프로프는 두 가지 조건을 다는데, 첫째로 민담에서는 한 인물이 위의 행위 유형 중 한 가지 이상을 맡을 수도 있고(주인공이 동시에 악한일 수도 있고, 파송자가 동시에 조력자일 수도 있다), 둘째로 여러 인물이 한 역할을 동시에 맡을 수도 있다는 것(가령 악한은 한 명이 아니라 여러 명일 수 있다)이다.

프로프는 이렇게 31개의 기능들과 7개의 행위 유형 개념으로 러시아의 모든 민담들을 일거에 설명해냈다. 아무리 많은 서사들이 존재할지라도 그 배후에 그것을 가동시키는 소수의 규칙이 존재한다는 프로프의 발견은 구조주의 정신의 핵심을 요약하고 있는 것으로서, 수많은 후속 논의들을 이끌어냈다. 그러나 프로프의 한계는 첫째, 분석의 대상이 러시아 민담으로 제한되어 서사에 대한 '보편 과학'의 상태에 이르지 못했다는 것이고, 둘째, 기능들과 행위 유형의 내용들이 각기 중첩되는 부분들이 있고, 그리하여 구조주의적 '단순성'에 도달하지 못했다는 것이다.

프로프의 뒤를 잇는 그레마스, 토도로프 등의 논의는 프로프의 기본 입장을 받아들이되 그것을 구조주의적으로 다시 다듬고 정련해서 과학의 단계로 끌어올리려는 과정에 다름 아니다.

A. J. 그레마스

프로프가 분석의 대상을 러시아 민담으로 제한했다면, 그레마스는 『구조의미론 *Structural Semantics: An Attempt at a Method*』이라는 저서를 통하여 대상을 서사 일반으로 확대한다. 그는 특정 장르가 아니라 말 그대로 '모든' 서사의 가동 원리를 설명할 수 있는 '보편적인 문법'을 읽어내는 것을 목적으로 했다는 점에서 프로프보다 훨씬 더 구조주의적이다.

그레마스는 프로프의 일곱 가지 행위 유형 개념을 "**행위자(actant)**"라는 용어로 대체하고, 그것을 다음과 같은 세 쌍의 이항대립물로 제시한다. 즉 주체 (Subject)/객체(Object), 발신자(Sender)/수신자(Receiver), 조력자(Helper)/적대자 (Opponent)의 쌍들이 그것이다. 로버트 스콜즈의 설명에 의하면, 여기에서 주체는 프로프의 "주인공"에, 객체는 프로프의 "공주(추구의 대상이 되는 인물)"에 상응하는 행위자이다. 발신자는 (명확하지는 않지만) 공주를 구하기 위해 누군가를 파송하는 공주의 "아버지"가 해당된다. 수신자는 프로프의 "파송자"인데, 이는 대체로 주인공의 탐색을 위해 보내는 사람(파송자)이 목표물을 최종적으로 수령하는 사람이기 때문이다. 조력자는 프로프의 "증여자(제공자)"와 "조력자"에 해당되며, 적대자는 프로프의 "악한"과 "가짜 주인공"에 상응하는 것이다.

이처럼 그레마스의 세 쌍의 "행위자" 개념이 프로프의 일곱 가지 "행위 유형"을 모두 설명할 수 있다는 사실은, 그레마스의 개념이 프로프의 민담 분석을 포괄하면서 동시에 민담을 넘어선 모든 서사를 설명할 수 있는 가능성을 보여준다. 여기에서 세 쌍의 행위자 개념이 의미하는 것은 한마디로 말해 지구상에 존재하는 모든 서사의 인물들이 이 여섯 가지 범주를 벗어나지 않는다는 주장에 다름 아니다. 게다가 그레마스의 행위자들은 언어학의 음소와 레비스트로스의 신화소처럼 이항대립으로 구성되어 있는데, 이는 그의 분석이 근본적으로 구조주의적 패러다임에 토대하고 있음을 보여주는 것이다.

그레마스는 또한 프로프의 일곱 가지 행위 유형을 세 쌍의 행위자 개념으로 바꾸면서, 한 인물이 여러 행위자의 역할을 동시에 할 수 있다는 프로프의 입장을 그대로 유지한다. 앞에서 프로프의 개념을 『춘향전』에 적용했던 것처럼, 그레마스의 행위자 개념을 『춘향전』에 적용하면 다음과 같다.

첫째, 이몽룡은 성춘향을 욕망하고 추구하므로 행위의 "주체"이고 성춘향은 욕망의 대상이므로 "객체"이다. 그러나 거꾸로 성춘향도 이몽룡을 욕망한다는 관점에서 보면, 성춘향은 객체이자 동시에 주체가 되고, 이몽룡 역시 주체이자 객체이다. 주체와 객체 사이에는 이렇게 추구, 욕망, 목표의 행위들이 일어난다.

둘째, 변학도가 새로 부임을 한 후 성춘향의 수청을 요구하자, 그의 부하들은 혼인식을 올리지는 않았지만 성춘향이 사실상 기혼자이고 남편 이몽룡을 기다리고 있으므로 수청 들기가 어렵다는 메시지를 전달한다. 그러나 변학도는 양반인 이몽룡이 한때 놀아났던(?) 천한 여성인 성춘향을 다시 찾을 리 없다며 이들 사이의 사실혼 관계를 부정한다. 여기에서 변학도의 부하들은 메시지의 전달자이므로 "발신자"에 해당되며, 변학도는 "수신자"에 해당된다. 발신자와 수신자 사이에는 '소통(communication)'이 일어나는데, 『춘향전』은 메시지를 두고 발신자와 수신자 사이에 벌어진 오해(miscommunication)의 이야기로 읽을 수 있다. 또한 『춘향전』에서 방자와 향단은 처음부터 끝까지 둘 사이를 오가며 메시지를 전달하는 역할을 한다. 이런 점에서 방자와 향단은 "발신자"이고, 이몽룡과 성춘향은 "수신자"이다. 이 경우 발신자와 수신자 사이에서는 앞의 경우와 달리 효과적인 소통이 일어난다.

셋째, 이몽룡과 성춘향 사이의 명백한 "조력자"는 방자와 향단이다. 이들은 각각 이몽룡과 춘향의 몸종으로서 이들이 사랑을 완성하는 데 효과적인 도움을 준다. 한편 한양으로 이사를 갈 때 성춘향을 데리고 가려던 이몽룡의 뜻을 묵살하고 이들을 강제로 떼어놓았던 이몽룡의 어머니는 "적대자"이다. 그녀는 춘향의 천한 신분이 아들이 벼슬을 하는 데 방해가 된다는 생각으로 이들의 지속적인 관계를 원하지 않았다. 변학도 역시 성춘향과 이몽룡의 사랑을 방해하는 인물이므로 "적대자"이다. 성춘향의 어머니인 월매는 이해타산에 충실하면서 상황에 따라 조력자와 적대자 사이를 오가는 인물이므로 조력자이면서 동시에 적대자이다. 이렇게 조력자와 적대자는 주체와 객체 사이에서 그들을 돕거나 방해한다.

한편 그레마스에게 있어서 행위자는 반드시 '인물'만을 지칭하는 것이 아니다. 그레마스는 "주제론적(thematic)" 측면에서 앎(지식)을 욕망하는 "고전시대"의 철학자를 중심으로 한 행위자들을 다음과 같이 배분하기도 한다.

주체……철학자

객체……세계

발신자……신(God)

수신자……인류

적대자……물질

조력자……정신

마찬가지로 소위 "투사(鬪士, militant)에 의해 표현된 마르크스주의 이데올로기"도 다음과 같은 행위자들로 배분한다.

주체……인간

객체……계급 없는 사회

발신자……역사

수신자……인류

적대자……부르주아계급

조력자……노동자계급

이렇게 되면 그레마스의 "행위자" 개념은 개체로서의 인물만이 아니라 사회집단과 특정한 주제 내용까지 포괄하는 개념으로 확장된다.

그레마스, 『구조의미론 Structural Semantics: An Attempt at a Method』

그레마스는 또한 프로프의 31개의 기능들이 "구조화하기(structuration)에 지나치게 방대한 항목들"이라고 주장하면서 그것들을 20개로 "축소(reduction)"시킨 후, 이것을 다시 세 가지 구조의 서사로 분류하였다. 그는 20개로 축소된 사건들의 연속체 내부에도 일정하게 반복되는 세 가지의 패턴이 있다는 사실을 발견한 것이다.

첫째로, **계약적 구조**(contractual structure)는 1) 계약의 부재 혹은 결핍 상태에서 계약이 새로 만들어지는 이야기 혹은 2) 계약이 존재하나 그것을 위반함으로써 처벌받는 서사 구조로 이루어져 있다. 우리는 수많은 이야기들 안에서 이와 같은 동일한 구조가 반복됨을 알 수 있다. 오이디푸스의 아버지 라이어스는 자식을 낳자마자 죽이라는 아폴로 신과의 계약을 위반함으로써 아폴로의 예언대로 아들에게 죽임을 당한다. 안티고네는 친오빠인 폴리네이케스의 장례를 치루지 말라는 외삼촌 크레온의 명령을 위반하며 그 대가로 죽게 된다. 「창세기」에서도 우리는 이런 구조를 발견할 수 있는데, 신은 모든 것이 "혼돈"인 상태에서 천지만물을 창조한 후에 인간과 계약을 맺는다. 선악과를 따먹지 말라는 것이 그것이다. 이런 서사는 계약의 부재에서 계약의 생성을 보여주는 경우이다. 또한 이렇게 해서 맺어진 계약을 위반함으로써 인간은 낙원에서 쫓겨난다. 이는 계약과 그것의 위반, 그리고 그로 인한 처벌의 이야기이다.

둘째로, **수행적 구조**(performative structure)는 어떤 과업의 수행과 고난, 시험, 갈등, 성취의 내용을 담고 있는 서사들의 구조를 말한다. 가령 중세 로맨스의 주인공들인 기사(knight)들은 과업의 수행을 위해 원정 여행에 나서고, 그 과정에서 온갖 시험을 거친 후에 목적을 성취하고 인정받는다. 중세 로맨스의 수행적 구조는 현대판 로맨스인 로드 필름(road film), 로드 소설(road novel)에서도 반복해서 나타난다.

셋째로, **이접적 구조**(disjunctive structure)는 한 공간에서 다른 공간으로의 이동(이접, disjunction)을 근간으로 하는 서사 구조를 말한다. 호머의 『오디세이』는 주인공 오디세우스의 트로이에서 고향 이타카(Ithaca)로의 긴 여행 이야기, 즉 출발, 이동, 도착의 서사 구조를 가지고 있다.

츠베탕 토도로프

토도로프는 언어 구조와 서사 구조 사이의 상동성(homology)을 발견하는 데서 논의를 시작한다. 모든 구문이 '주부(主部, Subject)+술부(述部, Predicate)'로 구성되어 있는 것과 마찬가지로, 서사에도 주부와 술부로 이루어진 서사의 최소 단위들이 존재하는데 토도로프는 그것을 "**명제**(proposition)"라 지칭한다.

명제는 행위의 주체들, 즉 X, Y, Z가 어떤 상태에 있거나(형용사적 술부) 혹은 어떤 행동을 하는(동사적 술부) 내용을 담고 있다. 즉 'X는 왕이다', 'Y는 실직 상태에 있다'와 같은 이야기들은 전자에 해당되며, 'X는 괴물을 살해했다', 'Y는 건물을 매입했다'와 같은 서사들은 후자에 해당된다.

그에 의하면 명제는 서사의 최소 단위로서 그것만으로는 서사가 구성될 수 없다. 명제가 몇 개 모여야 상위 단계의 이야기를 구성하는데, 토도로프는 그것을 "**연속체**(sequence)"라 부른다. 하나의 연속체가 만들어지기 위해서는 어떤 상태 혹은 속성이 먼저 존재하고, 그것에 일정한 변화가 일어나야 하며, 그로 인해 어떤 새로운 상태 혹은 속성이 만들어져야 한다. 가령 '가난한 상태 → 사업의 번창 → 부유해짐' 혹은 '평화 → 전쟁 → 새로운 평화' 같은 연속체들을 우리는 얼마든지 상상할 수 있을 것이다.

토도로프에 의하면 하나의 완성된 이야기(텍스트)는 최소한 하나 이상의 연속체가 결합되어야 한다. 즉 명제들이 모여 연속체가 형성되고, 연속체들이 모여 하나의 텍스트가 구성되는 것이다. 그에 의하면 최종 단계의 서사가 완성되기 위해 연속체가 배열되고 조직되는 방식은 크게 다음의 세 가지이다. 첫 번째는 "**끼워 넣기**(embedding)"이다. 끼워 넣기는 하나의 연속체 안에 다른 연속체를 삽입하는 방식을 의미한다. 소설의 경우 액자소설은 이러한 경우를 대표한다. 두 번째는 "**연결하기**(linking)"이다. 연결하기는 다양한 이야기들을 연이어 나열하는 방식을 지칭한다. 세헤라자데가 죽음을 면하기 위해 천 일하고도 하루 동안 샤리아 왕에게 들려준 이야기, 즉 『천일야화』(아라비안나이트)는 연결하기의 훌륭한 예라 할 수 있을 것이다. 세 번째는 "**교차시키기**(interlacing)"이다. 교차시키기는 두 가지 이야기를 교대로 배치하는 방법을 말하는데, 가령 구효서의 소설 『낯선 여름』은 동일한 사건 혹은 상황을 두 남녀 주인공이 서로 번갈아가면서 서술하는데 이는 교차시키기의 좋은 예이다. 토도로프에 의하면, 모든 서사들은 이 세 가지 방식 중의 하나 혹은 이 세 가지 방식의 다양한 혼합으로 이루어진다.

지금까지 살펴본 토도로프의 서사 이론은 특정한 서사가 아니라 서사 일반의 보편적 원리에 대한 설명이다. 토도로프는 『데카메론의 문법 *Grammaire du Décaméron*』이라는 저서를 통하여 보카치오(Giovanni Boccaccio)의 『데카메론』에 나오는 수많은 서사들의 이와 같은 '구조적' 구성 원리를 치밀하게 설명하였다.

프로프, 그레마스, 토도로프 외에도 제라르 쥬네트(Gerard Genette), 조너선 칼러(Jonathan Culler)의 서사 이론과 롤랑 바르트(Roland Barthes) 등의 기호학 이론, 로만 야콥슨(Roman Jakobson)의 은유/환유 이론 등은 수많은 서사 혹은 문화 현상들을 지배하는 보편적인 구조 혹은 문법을 설명하려는 다양한 시도들을 보여준다. 아울러 『비평의 해부 *Anatomy of Criticism: Four Essays*』를 통해 개진된 노스럽 프라이(Northrop Frye)의 "신화 비평" 혹은 "원형 비평(archetypal criticism)"도 수많은 서사들의 근저에서 끊임없이 반복되는 패턴을 집요하게 분석하고 있다는 점에서 구조주의의 정신을 유감없이 보여준다고 할 수 있을 것이다.

남는 문제들

소쉬르의 구조언어학에서 시작된 구조주의는 1950년대 이후 인류학, 문학이론뿐만 아니라 인문학의 거의 모든 영역으로 그 영향력을 확산한다. 개별 현상이 아니라 그 현상을 지배하는 보편적 구조를 읽어내자는 구조주의의 슬로건은 인식론상의 새로운 전환을 가져왔으며, 그런 의미에서 일종의 '혁명'이었다. 구조주의는 또한 기호학 이론 등으로 확산되면서 모든 문화적 현상들이 '언어적 구성물'로 이루어졌다는 사실을 밝혀냈고, 이리하여 '언어'를 사유의 회피할 수 없는 '관문'으로 만들었다. 구조주의 이후 문학이론이든 철학이론이든 언어에 대한 사유를 경유하지 않을 수 없었고, 언어에 대한 진지한 성찰이 없는 사유는 가짜이거나 핵심을 빼먹은 이론으로 간주되었다. 말하자면 구조주의는 '언어의 편재성(遍在性, omnipresence)'을 설파한 언어 보편주의 혹은 언어 환원론의 십자군이다.

구조주의에 의하여 언어가 이렇게 사유 영역에서 전경화(前京化, fore-grounding)되면서, 구조주의적 분석의 문제점들도 드러나기 시작했다. 우리가 앞에서 소쉬르의 구조언어학에 대해 설명하면서도 살펴보았지만, 구조주의는 언어를 (현실로부터) 독립된 체계로 간주함으로써 언어와 사물 사이의 지시적 관계성(referential relationship)을 배제하였다. 구조주의에 의하여 객관적, 물적 현실은 사유의 배후로 밀려나게 되었고, 객관 현실은 기호들의 체계로 대체되었다. 이런 논의의 극단적 경우를 우리는 보드리야르(Jean Baudrillard)의 시뮬레이션과 시뮬라크르(simulation and simulacra) 이론에서 만날 수 있다.

구조주의는 또한 텍스트가 '무엇을' 의미하는지(what)에 대해서는 관심이 없다. 구조주의는 텍스트의 의미(내용)보다는 의미가 생산되는 '방식(how)'의 분석에 주력한다. 이런 점에서 구조주의는 넓은 의미의 기능주의이며 형식주의이다. 제임슨(Fredric Jameson)이 러시아 형식주의와 더불어 구조주의를 "언어의 감옥"에 갇혀 있다고 비판한 부분은 바로 이런 이유에서이다. 구조주의는 또한 텍스트의 공시적 측면에 대한 연구에 주력함으로써, 문학예술의 통시적 측면, 가령 문학사가 보여주는 바 문학의 역사성을 설명하는 데 있어서 무력할 수밖에 없다. 시간 개념에 대한 구조주의의 이와 같은 무시는 구조주의를 비(非)역사적(ahistorical) 접근 방법이라고 비판할 수 있는 여지를 준다. 구조주의는 이렇게 객관 현실과 역사를 논의의 대상에서 지워버림으로써 그것을 중시하는 입장들, 가령 마르크스주의로부터 종종 비판을 받는다.

또한 앞에서 살펴보았듯이 구조주의는 개별 현상들이 아니라 그것들을 지배하는 보편적 구조만을 문제 삼는다. 구조주의의 이와 같은 '보편주의 (universalism)'는 문학 연구에 있어서 개별 텍스트의 특수성을 설명할 수 없게 만든다.

러시아 형식주의와 구조주의를 비판적으로 설명한 제임슨의 『언어의 감옥 *The Prison-House of Language: A Critical Account of Structuralism and Russian Formalism*』

구조주의의 이런 한계 혹은 문제점들은 사실 구조주의적 통찰의 이면들이다. 폴 드망(Paul de Man)의 책 제목 『맹목과 통찰 *Blindness and Insight*』처럼 모든 통찰의 다른 이름은 맹목이다. 통찰의 성과 이면에는 바로 그 성찰 때문에 놓치는 것들이 존재한다. 구조주의는 이후 알튀세(Louis Althusser), 골드만(Lucien Goldmann) 등의 마르크스주의와 융합을 이루기도 하고, 사실상 분과 학문이 되어 버린 기호학(semiology, semiotics), 푸코(Michel Faucault), 라캉(Jaques Lacan), 데리다(Jacques Derrida) 등의 포스트구조주의 논의로 이어지면서 해체와 발전 그리고 확산을 거듭하고 있다.

참고문헌 혹은 더 읽을 책들

■ 그레마스, A. J.. 김성도 역. 『의미에 관하여: 기호학적 시론』. 인간사랑. 1997.

■ 김성도. 『현대 기호학 강의』. 민음사. 1998.

■ 김치수. 『구조주의와 문학비평』. 기린원. 1989.

■ 레비스트로스, 클로드. 김진욱 역. 『구조인류학』. 종로서적. 1983.

■ 레비스트로스, 클로드. 박옥줄 역. 『슬픈 열대』. 한길사. 1998.

■ 레비스트로스, 클로드. 임옥희 역. 『신화와 의미』. 이끌리오. 2000.

■ 바르트, 롤랑. 정현 역. 『신화론』. 현대미학사. 1995.

■ 바르트, 롤랑. 이화여대 기호학연구소 역. 『현대의 신화』. 동문선. 1997.

■ 바르트, 롤랑. 김화영 역. 『텍스트의 즐거움』. 동문선. 1997.

■ 바르트, 롤랑. 이상빈 역. 『롤랑 바르트가 쓴 롤랑 바르트』. 동녘. 2013.

■ 바르트, 롤랑. 김웅권 역. 『S/Z』. 연암서가. 2015.

■ 발르, 프랑스와 외. 민희식 역. 『구조주의란 무엇인가』. 고려원. 1985.

■ 소쉬르, 페르디낭 드. 최승언 역. 『일반언어학 강의』. 민음사. 2006.

■ 스콜즈, 로버트. 위미숙 역. 『문학과 구조주의』. 새문사. 1997.

■ 앨런, 그레이엄. 송은영 역. 『문제적 텍스트 롤랑 바르트』. 2006.

■ 우치다 타츠루. 이경덕 역. 『푸코 바르트 레비스트로스 라캉 쉽게 읽기 교양인을 위한 구조주의 강의』. 갈라파고스. 2010.

■ 임봉길 외. 『구조주의 혁명』. 서울대학교출판부. 2000.

■ 정신재. 『구조주의 문학론』. 문학예술사. 1983.

■ 제임슨, 프레드릭. 윤지관 역. 『언어의 감옥: 구조주의와 형식주의 비판』. 까치. 1985.

■ 토도로프, 츠베탕. 유제호 역. 『산문의 시학』. 예림기획. 2003

■ 프로프, 블라디미르. 최애리 역. 『민담의 역사적 기원』. 문학과지성사. 1996.

■ 프로프, 블라디미르. 안상훈 역. 『민담의 형태론』. 박문사. 2009.

■혹스, 테렌스. 정병훈 역. 『구조주의와 기호학』. 을유문화사. 1984.

■Barthes, Roland. *Elements of Semiology*. tran. Annette Lavers. Jonathan Cape. 1967.

■Barthes, Roland. *The Pleasure of the Text*. trans. Richard Miller. Hill and Wang. 1975.

■Barthes, Roland. *A Barthes Reader*. trans. ed. Susan Sontag. Fontana. 1983.

■Culler, Jonathan. *The Pursuits of Signs: Semiotics, Literature, Deconstruction*. Routledge, 2001.

■Culler, Jonathan. *Structuralist Poetics: Structuralism, Linguistics and the Study of Literature*. Routledge. 2002.

■de Saussure, Ferdinand. *Course in General Linguistics*. trans. Wade Baskin. Fontana/Collins. 1974.

■Genette, Gérald. *Narrative Discourse*. trans. Jane E. Lewin. Basil Blackwell. 1980.

■Greimas, A. J.. *Semantique Structurale*. trans. Daniele McDowell, Ronald Schleifer and Alan Velie. Univ. of Nebraska Press. 1983.

■Jakobson, Roman. *Fundamentals of Language*. Mouton. 1975.

■Jameson, Fredric. *The Prison-House of Language: A Critical Account of Structuralism and Russian Formalism*. Princeton Univ. Press. 1972.

■Lévi-Strauss, Claude. *Structural Anthropology*. trans. Claire Jakobson and Brook G. Schoepf. Allen Lane. 1968.

■Lévi-Strauss, Claude. *The Elementary Structures of Kinship*. Beacon Press. 1969.

■Prop, Vladimir. *The Morphology of the Folktale*. trans. Laurence Scott. Texas Univ. Press. 1968.

■Scholes, Robert. *Structuralism in Literature: An Introduction*. Yale Univ. Press. 1974.

■Todorov, Tzvetan. *The Poetics of Prose*. trans. Richard Howard. Cornell Univ. Press. 1977.

제5장

바흐친 학파

바흐친 학파

들어가며

바흐친 학파(the Bakhtin school)의 초기 활동은 러시아에서 1920년대 후반
에 집중적으로 이루어졌다. 이 시기는 러시아 형식주의가 위축되고 사회주의 리
얼리즘으로 대표되는 문학이론이 본격적으로 형성되고 완성되어 가던 시기였다.
이 시기를 대표하는 바흐친 학파의 3부작이 있는데, 볼로쉬노프(Valentine
Voloshinov)의 『프로이트주의: 비판적 개관 *Freudianism: A Critical Sketch*』(1927),
바흐친(Mikhail Bakhtin)과 메드베제프(Pavel Medvedev)의 공저인 『문학 연구에 있
어서 형식적 방법: 사회학적 시학의 비판적 소개 *The Formal Method in Literary
Scholarship: A Critical Introduction to Sociological Poetics*』(1928), 볼로쉬노프의
『마르크스주의와 언어 철학 *Marxism and the Philosophy of Language*』(1929)이
그것이다.

이 저서들에서 바흐친 학파는 프로이트주의와 형식주의, 구조주의를
비판하고 그 과정을 통하여 바흐친 학파 특유의 패러다임을 다져나간다. 말하
자면 이들은 프로이트주의, 형식주의, 구조주의에 대한 비판을 통해 자신들이
그들과 어떻게 다른지를 보여주었고, 이 '다름'과 '새로움'이 바로 그들의 입장

이었던 것이다. 초기 3부작들을 통해 드러난 그들의 입장을 전체적으로 요약하면 다음과 같다. 그들은 한편으로는 프로이트주의, 형식주의, 구조주의를 비판하고 다른 한편으로는 구조주의와 마르크스주의의 중요한 유산들을 결합하려 하였다. 그들이 구조주의를 비판하면서도 구조주의로부터 버리지 않았던 것은 바로 '언어'에 대한 사유의 중요성이었다. 그들이 스탈린주의를 경계하면서도 마르크스주의적 상상력을 계속 유지한 부분은 바로, 언어의 사회성, 이념성, 역사성이라는 부분이었다. 구조주의자들이 언어를 전경화(foregrounding)시키면서 언어의 사회성·역사성을 배제했다면, 전통 마르크스주의자들은 사회·역사·이데올로기에 대한 성찰을 강조하면서 다른 한편으로는 언어에 대한 사유를 게을리하였다. 바흐친 학파는 언어의 '편재성(omnipresence)'이라는 구조주의적 성찰을 받아들이면서, 그것에 언어가 가지고 있는 사회적, 역사적, 이데올로기적 속성을 결합하려 했다는 점에서 매우 독특하고도 새로운 사유의 지평을 보여준다. 말하자면 그들은 두 개의 칼을 들고, 한 칼로는 구조주의와 속류 마르크스주의의 맹목(blindness)의 부위를 치면서 다른 칼로는 구조주의와 마르크스주의에서 중요한 성찰들(insights)을 떼어다가 새로이 융합시키는 작업을 한 것이다.

이런 토대 위에 (바흐친의) 단독 저서들인 『도스토예프스키 시학의 제 문제 *Problems of Dostoevsky's Poetics*』, 『대화적 상상력 *The Dialogic Imagination*』, 『스피치 장르들과 다른 에세이들 *Speech Genres and Other Late Essays*』, 『라블레와 그의 세계 *Rabelais and His World*』 등을 통해, 토도로프(T. Todorov)가 "20세기 최고의 문학이론가", 클라크(K. Clark)와 홀퀴스트(M. Holquist)가 "20세기의 대표적인 사상가 중의 한 사람"이라고 찬미했던 바흐친의 본격적인 문학이론이 만들어진다. 위의 책들은 대부분 1970~80년대에 걸쳐 영역되었지만, 대부분은 1930~40년대를 거쳐 집필된 것들이고, 카니발 이론으로 유명한 『라블레와 그의 세계』 역시 1940년에 쓰였고 1965년이 되서야 처음으로 러시아에서 출판되었다. 바흐친은 위의 저서들을 통해 그 유명한 '바흐친 표' 상품들, 즉 "대화적 관계(dialogic relation)", "다성성(polophony)", "미결정성(unfinalizability)", "크로노토프(chronotope)", "이어성(heteroglossia)", "카니발화(carnivalization)" 등의 개념들을 생산해내고, 이 과정을 통해 소위 "바흐친 사상"의 커다란 체계를 형성해나간다.

　　우리가 "바흐친 학파"라는 용어를 사용하지만, 이 학파의 구성원들은 위에서 언급한 세 논자들, 즉 바흐친, 메드베제프, 볼로쉬노프에 불과하다. 게다가 1971년, 바흐친 탄생 75주기를 기념하는 한 학술대회에서 소련의 언어학자인 이바노프(V. V. Ivanov)에 의해 저작권 문제가 제기되면서, 바흐친 학파의 거의 모든 글들이 바흐친에 의해 집필된 것이라는 주장이 제기되었다. 메드베제프, 볼로쉬노프가 실제 생존 인물이었고 바흐친과 가까이 지적 교류를 나누었던 논자들임에도 불구하고 이들의 이름으로 출판된 대부분의 글들이 실제로는 바흐친이 쓴 것이라는 주장은 아직도 사실 여부가 확인되고 있지 않다. 또한 메드베제프나 볼로쉬노프의 이름으로 출판된 저서들이 바흐친이 쓴 것이 아니라 저서에 명기된 대로 해당 필자들이 집필했다는 반론도 만만치 않다. 이 모든 논쟁은 스탈린 치하에서 1929년에 바흐친이 정치적인 이유로 체포되고 자유롭게 글을 쓸 수 없었던 상황 때문에 나온 것인데, 현재까지 그 진실이 판명되지 않았으므로 우리는 일단 각 저서에 기명된 저자명을 그대로 사용하기로 한다. 다만 바흐친과의 공동 저서인 경우에는 일단 저자들의 이름을 밝힌 후 바흐친으로 통일해서 언명하기로 한다.

프로이트주의 비판

바흐친 학파 초기 3부작의 첫 번째 저서는 볼로쉬노프의 『프로이트주

의: 비판적 개관』이다. 이 책에서 볼로쉬노프는 마르크스주의적 입장에서 프로이트주의의 문제점을 지적하고 이 과정을 통해 발화의 '사회성'에 대한 논의를 처음으로 열어나간다. 볼로쉬노프는 마르크스주의 심리학의 두 가지 조건을 내세우고 그것에 근거하여 프로이트주의를 비판하는데, 그것은 마르크스주의 심리학이 1) 인간 의식의 문화적, '사회적' 특성을 다루어야 한다는 것과 2) 과학적·객관적 방법에 토대해야 한다는 것이었다. 그의 프로이트주의 비판은 따라서 1) 프로이트주의가 인간 심리의 '사회적' 특성을 제대로 다루지 않는다는 것과, 2) 과학적·객관적 방법 대신에 주관적 해석에 빠져 있다는 것으로 요약된다.

볼로쉬노프가 볼 때, 프로이트주의의 새로움은 첫째, 그것이 인간의 정신세계에 대한 소박한 "심리학적 낙관주의(psychological optimism)"에서 벗어났다는 것이다. 프로이트는 심리적 삶을 평화, 조화, 안정이 아니라 의식/무의식, 이성/본능 사이의 치열한 갈등(strife), 혼란(chaos), 역경(adversity)으로 설명했다는 점에서 합목적성(purposiveness)과 조화를 중시하는 다윈주의의 생물학적 낙관주의와 다르다. 둘째, 프로이트주의는 심리 분석의 근본을 인간의 발화(utterance)로 삼았다는 점에서 독특하다. 프로이트주의는 환자의 발화에 대한 해석을 통하여 무의식의 영역에 감추어져 있는 (환자의) 억압의 계기와 역사를 읽어낸다. 볼로쉬노프의 표현을 빌리자면, "프로이트에게 있어서 무의식적 산물들은 의식의 언어로 번역됨으로써만 획득될 수 있다." 즉 억압된 무의식이 언어적 출구(verbal outlet) 혹은 언어적 표현(verbal expression)을 찾도록 만드는 것이 프로이트적 의미의 치료 방법이다. 따라서 프로이트에게서 발화는 의사가 환자의 무의식의 세계를 여는 통로이고, (프로이트는) 모든 증상이 발화를 통해 나타나고 발화를 통해 위장된다고 보았으므로, 프로이트의 심리학은 "발화에 대한 특별한 종류의 해석"이라고 할 수 있을 것이다.

이와 같은 성과에도 불구하고 문제는 발화에 대한 프로이트의 해석에 있다. 볼로쉬노프가 볼 때, 발화는 근본적으로 '사회적'인 현상이다. 그것은 (환자와 의사의 그것까지 포함하여) 발화자들 사이의 상호작용(interaction)의 결과이고, 발화가 일어나는 전체적이고도 복잡한 '사회적 상황'이라는 더 큰 맥락의 산물이다. 그러나 프로이트는 발화의 이와 같은 객관적 측면 즉 사회적 맥락을 배제하고 발화 자체 속에서 행위의 동기들을 찾아보려고 했다. 그에 의하면 이런 점에서 프로이트주의는 심리적 삶에 대한 객관적·과학적 이해가 아니라, "인간의 행위를 해석하는 주관적 의식의 편향된 목소리"에 불과하다. 그가 볼 때 프로이트는 사회적이고 객관적인 현상들마저도 개인(개체)적이고 주관적인 현상들로 환원시키고 있기 때문이다. 볼로쉬노프가 볼 때 사회적이지 않은 발화란 존재하지 않는다. 의사와 환자 사이의 대화도 나이, 성, 직업, 지위 등이 서로 다른 사람들 사이의 복잡한 사회적 관계에 해당된다. 심지어 프로이트가 사용하는 심리학적 기제들조차도 사회적 현상이다. 볼로쉬노프에 의하면 프로이트가 말하는 "무의식(unconscious)"도 따지고 보면 "환자의 개인적 의식(conscious)만이 아니라, 의사라는 타자, 즉 의사의 요구 사항들, 의사의 견해와 대립 관계에 있다"는 점에서 사회적인 현상이다. 프로이트가 말하는 "저항(resistance, 환자가 자신의 무의식에 대한 의사의 해석을 거부하는 현상)" 역시 순전히 개인적이고도 주관적인 현상이 아니라, 주로 "의사, 청자(listener), 즉 보편적인 의미의 타자"에 대한 저항이라는 점에서 사회적인 것이다. 결국 볼로쉬노프는 프로이트주의에 대한 비판이라는 경로를 통해 발화의 편재성, 즉 인간의 삶의 모든 영역에 발화가 개입된다는 사실(발화 외적 현실은 없다!)과 발화의 대화적 특성 혹은 사회성이라는, 바흐친 학파의 기본 개념들을 만들어가고 있는 것이다. 그에 의하면 혼잣말에 해당되는 "내적 언술(inner speech)"조차도 "외적 언술(outward speech)"과 마찬가지로 청자를 가정한다는 점에서, "사회적 소통(social intercourse)"의 산물이고 표현이다.

볼로쉬노프가 볼 때 프로이트의 "주관적 심리주의(subjective psychologism)"는 인간의 모든 행위를 "성적인 것(the sexual)"으로 환원시키는 것에도 드러난다. 그가 볼 때 프로이트의 정신분석학은 성적인 것에 대한 과대평가를 통하여 사회적인 것, 이데올로기적인 것들을 배제하고 인간의 행위를 "동물 같은 상태(animalian state)"로 퇴행시킨다. 프로이트의 정신분석학에서는 맥락 없는 성적인 것, 즉 "비사회적(asocial)"인 것이 고립된 상태로 전면에 내세워지면서 "사회적인 것(the social)"을 대체해버린다. 볼로쉬노프는 프로이트 정신분석학의 핵심 개념이라 할 '오이디푸스 콤플렉스'에 대해서도 프로이트가 이 개념을 통해 "가족과 모든 가족 관계들을 도매금으로 성애화(性愛化, sexualization)"하고 있다고 비판한다. 볼로쉬노프가 볼 때 가족은 "자본주의의 성(城)이자 아성(牙城)"인데, 프로이트의 오이디푸스 콤플렉스는 가족이 가지고 있는 사회적, 경제적 측면을 지움으로써 그것을 제대로 이해할 수 없게 만든다. 결론적으로 볼로쉬노프는 이렇게 말한다. "오이디푸스 콤플렉스는 가족 단위를 '이상한(strange)' 것으로 만드는 실로 대단한 방식이다. 가령 오이디푸스 콤플렉스 안에서 기업가와 그의 상속자라는 부자(父子)간의 사회적 관계는, 오로지 어머니의 연인일 뿐인 아버지와 그의 연적(戀敵)인 아들의 관계로만 묘사된다." 볼로쉬노프가 볼 때 인간의 행위는 주관적인 심리만이 아니라 복합적인 사회적 관계의 결과인데, 프로이트는 이를 주관적이고 개인적인 단위로만 설명한다는 것이다.

형식주의와 구조언어학 비판, 그리고 마르크스주의 언어 철학

바흐친과 메드베제프(이하 바흐친으로 통일)의 공동 저서인, 그리고 순서로 볼 때 초기 3부작의 두 번째 저서인 『문학 연구에 있어서 형식적 방법: 사회학적 시학의 비판적 소개』는 제목에서 드러나다시피 형식주의적 문학 연구를 비판하고 사회(학)적 입장에서 문학을 연구해야 한다는 주장을 담고 있다.

바흐친은 이 책의 서두에서 문학 연구가 넓은 의미에서 이데올로기 연구의 한 분야라는 점을 먼저 밝히고 있다. 이 말은 사실상 (앞으로 살펴볼) 언어와 문학에 대한 바흐친 학파의 입장을 총괄하는 것이기도 하다. 바흐친이 볼 때, 이데올로기는 우리 삶의 모든 영역을 관통하는 것이고 그 대상에 있어서 언어와 문학도 예외가 아니다. 바흐친은 이 책에서 "순수한 관념(pure ideas), 순수한 가치(pure value), 초월적 형식들(transcendental forms)이 아니라, 항상 물질적이고 역사적인, 구체적이고도 이데올로기적인 현상들을 연구할 것"을 주장한다. 그에 의하면 언어와 문학은 문자 그대로 '순수한' 가치와 관념, '초월적' 형식이 아니라, '물질적이고, 역사적이며, 이데올로기적이고', 사회적인 현상이다. 뒤에서도 살펴보겠지만, 바흐친 학파는 이와 같은 입장을 처음부터 끝까지 일관되게 유지한다. 바흐친이 언어와 이데올로기를 자꾸 연결시키는 것은 이데올로기가 언어기호의 형태로만 실현되기 때문이다. 바흐친에 의하면 "이데올로기는 말, 행위, 의복, 풍습, 사람들과 사물의 조직체들, 즉 일정한 기호적 물질(semiotic material) 안에서만 현실로 구현된다. 이데올로기는 기호라는 물질을 통해서 인간을 에워싸고 있는 현실의 실제적 일부분이 되는 것이다." 게다가 이데올로기는 고립된 개별 현상이 아니라 사회적 소통의 과정에서 발생되는 것이다.

이런 입장에서 볼 때 러시아 형식주의는 문학에서 내용적 측면을 배제함으로써, 문학과 사회, 문학과 이데올로기의 관계에 대한 논의를 선험적으로 차단한다는 점에서 문제가 된다. 바흐친이 볼 때 문학의 질료(material)는 "직접적으로 이데올로기적 의미를 가지고 있는 모든 것이며, 이전에는 이것이 문학의 본질, 즉 내용으로 간주되었다. 그런데 형식주의에 있어서 내용은 단순히 장치를 동기화하는(형식을 가동시키는) 질료에 불과하며, 따라서 다른 것으로 얼마든지 대체될 수 있고, 심지어 없어도 상관이 없는 존재이다." 결론적으로 말해

"(문학의) 질료에 대한 형식주의적 개념의 근본 경향은 내용을 철폐하겠다는 것이다." 바흐친이 볼 때, 이런 점에서 형식주의는 문학이 진공상태가 아니라 다양한 목소리들이 서로 충돌하고 개인과 집단의 다양한 이해관계가 교차하는 공간이라는 사실을 설명할 수 없다. 바흐친이 "사회학적 시학"이라고 부르는 연구 방법은, 이렇게 형식주의자들에 의해 배제된 문학의 사회적, 이데올로기적 측면을 논의 안으로 다시 끌어들임으로써 문학을 사회·이데올로기와의 총체적 연관 속에서 읽어내는 것을 의미한다.

앞의 저서가 형식주의에 대한 비판이었다면, 초기 3부작 중 세 번째 저서인 볼로쉬노프의 『마르크스주의와 언어 철학』은 구조주의에 대한 본격적인 비판이다. 볼로쉬노프는 당시의 언어 연구를 크게 두 가지 경향으로 나누는데, 그것은 "개인주의적 주관주의(individualistic subjectivism)"와 "추상적 객관주의(abstract objectivism)"이다. 전자는 언어의 연원(淵源)을 개인적 심리에서 찾고, 언어 행위를 순전히 개인 단위의 창의성이라는 측면에서 읽어낸다. 개인주의적 주관주의의 언어 개념에 언어의 '사회성'이 들어갈 자리는 없다. 후자는 구체적이고도 사회적인 소통으로서의 언어적 현실을 무시하고, 그것들의 배후에서 가동되는 추상적인 규칙 체계를 연구하는 경향을 말한다. 볼로쉬노프는 언어 연구의 이 두 가지 경향을 동시에 비판하는데, 그중에서도 추상적 객관주의 언어학에 대하여 비판을 집중한다.

그가 볼 때 추상적 객관주의 언어학의 대표 주자는 소쉬르(Ferdinand de Saussure)의 구조언어학이다. 구조주의는 개별 발화로서의 파롤(parole)보다는 그것들의 배후에서 그것들을 조종하고 가동시키는 규칙, 문법, 즉 추상적, 보편적 체계로서의 랑그(langue)를 중시한다. 그러나 볼로쉬노프가 볼 때, 발화자들 사이의 이해관계, 가치 평가 등의 상호작용이 구체적으로 기록되고 각인되는, 살아있는 언어는 추상적 체계가 아니라 구체적으로 실현된 발화들이다. 추상적 체계로서의 언어는 죽은 언어이며, 살아있는 삶의 내용들을 기록하지 못한다. 가령 "당신을 사랑해요."라는 말에는 발화의 속도, 억양, 강세 등에 따라 발화자의 구체적인 감정이 기록되어 있다. 그러나 추상적 체계로서의 언어(문법, 랑그)에는 아무런 가치의 강세들이 존재하지 않는다. 그것은 객관적인 규칙들의 불변하는 체계일 뿐이다. 소쉬르는 또한 언어의 통시적(diachronic) 측면을 무시하고, 공시적(synchronic) 성격을 중요시했는데, 언어의 공시적 측면에는 구체적인 역사적 시기의 다양한 가치들이 표현되지 않는다. 그것은 사회적, 역사적 특수성이 배제된 공허하고도 보편적인 원리에 불과하다.

볼로쉬노프에게 있어서 기호는 언어 사용자들의 다양한 사회적, 대화적 관계 속에서만 유의미하다. 구조주의자들에게 있어서 추상적 체계(랑그)로 규정되면서 유구불변의 만능열쇠로 만들어진 언어는 바흐친 학파에 의하여 탈(脫)신비화된다. 구조주의자들에게 있어서 개별 발화(파롤)는 랑그의 자기 반복적 가동에 의해 생산되는 용병들에 불과하다. 체계는 시간을 초월한(synchronic) 절대 권력을 휘두르면서 개별 발화라는 로봇들을 찍어낸다. 그러나 바흐친 학파가 볼 때 이 같은 "과학적 추상화"는 "언어의 구체적 현실을 설명하는 방식으로는 적절치 못하다." "언어를 규범적으로 동질화된 형식들의 안정된 체계로 간주하는 것은 오로지 (구조주의라는) 특정한 실천적, 이론적 목적과의 관계 안에서만 생산적이다." 그것은 말하자면 '죽은' 언어에 대한 연구이다. 바흐친 학파는 무엇보다도 사회적 관계 속에서, "구체적으로 살아있는 삶의 총체성 안에서의 언어"에 관심을 갖는다. 그리하여 구조주의자들에 의해 폐기 처분된 개별 발화(파롤)는 바흐친 학파에 의하여 사회적 삶의 다양한 이해관계들이 교차하는, 현실적이고도 물질적인 장으로 다시 복원된다. 언어가 대상을 굴절시키고 왜곡한다면 그것은 순전히 언어 내부의 속성 때문만이 아니다. 언어는 무엇보다도 그것을 사용하는 사람들 사이의 사회적 관계 속에서 가동된다. 하나의 동일한 기호 공동체 안에서 다양한 지향을 가진 이해관계들이 서로 충돌함으로써 기호는 본질적으로 이데올로기적 속성을 갖게 된다.

볼로쉬노프는 『마르크스주의와 언어 철학』에서 언어(language)라는 용어보다는 "말(speech or word)"이라는 표현을 선호하는데, 이는 언어라는 용어가 구조언어학에서 랑그, 즉 추상적 체계로서의 언어를 지칭하기 때문이다. 그가 말하는 말이라는 용어는 구조언어학의 개념으로 보면 결국 발화된, 실현된 언어로서의 파롤에 해당되는 것인데, 그는 파롤이라는 용어의 사용도 의도적으로 회피한다. 이는 구조주의의 용어를 사용함으로써 자신의 사유가 구조주의에 갇히는 것을 거부하고자 하는 볼로쉬노프적 욕망의 표현이다.

그는 또한 "문자 그대로 사회적 소통의 모든 영역—가령 직장에서의 협업, 이데올로기의 교환, 일상적인 삶에서의 우연한 접촉, 정치적 관계 등—에 '말'이 개입되고, 사회적 소통의 모든 영역을 관통하는 셀 수 없이 다양한 이데올로기의 끈들이 말 안에 그 효과를 기록한다."고 주장한다(여기에서의 말은 추상적 체계로서의 랑그가 아니라 구체적으로 실현된 개별 발화들을 지칭하는 것이다.). 이 주장은 다음과 같이 정리할 수 있다. 첫째, 언어의 편재성이다. 사회적 소통의 모든 영역에 항상 언어가 개입된다는 것이다. 이는 언어 없는 현실이 없으며, 따라서 언어에 대한 사유 없이 사회적 현상을 설명할 수 없다는 것이고, 이런 원칙은 심지어 마르크스의 상부구조와 하부구조의 관계에 대한 논의에서도 예외가 아니다. 둘째, 언어뿐만 아니라 이데올로기의 개입이 없는 사회적 소통도 존재하지 않는다는 것이다. 사회적 소통의 모든 영역에 이데올로기가 항상 개입된다. 셋째, 무형의 이데올로기는 항상 언어(말)의 외피를 입음으로써 생생하게 살아있는 존재가 된다는 것이다. 이리하여 언어–이데올로기–사회적 소통은 상호 간 분리 불가능한 관계가 된다.

볼로쉬노프에 의하면 "말은 사회 변화의 그 모든 일시적이며, 미묘하고도 순간적인 단계들을 기록할 수 있는 능력"을 가지고 있으며, 바로 이런 이유 때문에 "말은 사회 변동의 가장 민감한 지표"이다. 그에 의하면 모든 기호들은 소쉬르의 주장처럼 추상적 체계의 산물이 아니라, "사회적으로 조직된 사람들 사이의 상호작용의 과정에서 만들어지는 구성물"이다. 따라서 기호의 형식들은 추상적 언어 체계가 아니라 "관련된 참여자들의 사회적 조직에 의해 조건 지어지며 또한 그들 사이의 상호작용이라는 직접적 조건들에 의해 구성된다."

문제는 서로 다른 이해관계를 가진 다양한 계급들이 하나의 언어 공동체 안에 존재한다는 사실이다. 그러다 보니 모든 말들, 단어들 위에서 다양한 이해관계들이 서로 교차하고 충돌할 수밖에 없다. 가령 "자유"라는 단어에서는 그 단어를 사용하는 수많은 개인들과 집단, 계급의 이해관계만큼이나 다양한 가치의 "강세들(accents)"이 서로 충돌하고 있다. 사상범, 청소년, 파업 노동자, 연예인, 자본가들은 각기 서로 다른 입장에서 '자유'의 의미를 이야기할 것이다. 볼로쉬노프는 이런 의미에서 다음과 같이 말한다. "다양한 계급들이 하나의 동일한 언어를 사용한다. 그 결과 서로 다른 지향을 가진 강세들이 모든 이데올로기적 기호 안에서 교차된다. 그리하여 기호는 계급투쟁의 장이 된다."

바로 이런 이유 때문에 모든 (이데올로기적) 기호들은 본질적으로 "다강세적(multiaccentual)"이고, 기호의 이와 같은 사회적 **다강세성(multiaccentuality)**이 기호를 역동적으로 변화시키고 생생하게 살아있는 것으로 만든다. 볼로쉬노프가 볼 때, 사회적 위기 혹은 혁명적 변혁의 시기에 기호의 다강세성이 가장 활발하게 개방된다. 그에 의하면 지배계급은 기호의 다강세성을 억압하는 경향이 있는데, 이를 그는 **단일강세화(uniaccentualization)**라고 부른다. 사회적 위기나 혁명적 변화의 시기에는 지배계급의 단일강세화에 의해 억압당해온 주변의 목소리들이 다시 살아날 것이고, 그리하여 기호의 다강세성이 더욱 자유롭게 드러날 것이다.

볼로쉬노프의 이런 논의들은 후에 바흐친의 단독 저서들에서 다성성, 이어성, 카니발화 등의 다른 이름을 입고 더욱 발전된다.

바흐친 학파의 초기 3부작. 왼쪽부터 볼로쉬노프의 『프로이트주의: 비판적 개관 *Freudianism: A Critical Sketch*』(1927) 바흐친과 메드베제프의 공저인 『문학 연구에 있어서 형식적 방법: 사회학적 시학의 비판적 소개 *The Formal Method in Literary Scholarship: A Critical Introduction to Sociological Poetics*』 (1928), 볼로쉬노프의 『마르크스주의와 언어 철학 *Marxism and the Philosophy of Language*』(1929)

다성성, 대화적 상상력, 이어성

바흐친은 이미 1921년경부터 도스토예프스키(Fyodor Dostoyevsky) 연구를 진행해왔는데 1929년에 드디어 『도스토예프스키 시학의 제 문제』를 출판한다. 이 책의 출판 이후 바흐친은 스탈린 정권에 의해 체포되어 유배 생활을 하게 되나, 1963년에 후속 논자들의 관심에 힘입어 이 책의 개정판을 내게 된다. 이 책에서 바흐친은 도스토예프스키 소설의 특수성을 주로 **"다성성(多聲性, polyphony)"**의 개념으로 설명한다. 여기에서 다성성이란 말 그대로 '많은 소리들로 이루어진 상태(multi-voicedness)'을 의미하는데, 이는 "단성성(單聲性, monology)"의 반대말이기도 하다. 단성적인 것은 많은 소리가 아니라 '하나의 소리로 이루어진 상태(one-voicedness)'를 의미한다.

바흐친이 볼 때, 전통적인 소설들은 다양한 인물들로 구성된 복잡한 플롯으로 이루어져 있다 할지라도, 또한 아무리 다양한 관점들과 철학적 입장들이 등장할지라도, 이 모든 다양한 목소리들은 늘 하나의 목소리로 통합된다. 그것은 바로 작가의 목소리이다. 외피의 다양성이 사실은 작가라는 배후의 통제에 귀속된다는 것이다. 이런 소설들을 바흐친은 단성적 소설이라고 부른다. 단성적 소설의 외적 다양성은 작가에 의해 단일화된다. 등장인물들은 작가의 디자인에 의해 판단되고 고정되고, "작가에 의해 단성적으로 이해되고 지각된 세계의 단일성 안에서 최종적 이미지를 획득한다." 이에 반해 도스토예프스키의 소설은 작가가 등장인물들을 자신의 관점에서 구속하지 않음으로써 다양한 목소리들이 자유롭게 제 소리들을 내게 해준다. 바흐친의 표현을 빌리면 도스토예프스키의 소설은 "다성적 소설의 다층성과 다성성(multi-leveledness and multi-voicedness)"을 잘 보여준다. 그는 단일한 순간에 가능한 최대한의 양적 다양성을 압축시켜 넣으려 하며, 이런 의미에서 그의 "예술적 시각화의 양식은 (다양성의) **공존**(coexistence)과 **상호작용**(interaction)"이다(강조는 바흐친의 것). "공존과 상호작용 안에서 모든 것을 볼 줄 아는 도스토예프스키의 비상한 예술적 능력이야말로 그의 최대의 강점이다."

바흐친에 따르면 도스토예프스키의 다성적 소설에 비해 톨스토이(Lev Tolstoy)의 소설은 훨씬 더 단성적이다. 바흐친은 톨스토이의 단편 「세 죽음

Three Deaths」(1858)에 대한 분석을 통해 그가 말하는 단성적 태도가 무엇인지를 보여준다. 이 소설은 세 가지 죽음, 즉 부유한 귀부인, 마부, 그리고 나무의 죽음을 다루고 있다. 한 마부가 병들어 죽어가는 귀부인을 태우고 간다. 그는 길가 마차 역에서 다른 마부가 죽어가는 것을 목격하고 그의 발에서 새 장화를 벗겨낸다. 장화를 얻은 대가로 그는 마부가 죽은 후 나무를 잘라(죽여) 그 무덤 앞에 십자가를 세워준다. 이 단편에서 이 세 죽음들은 외견상으로는 연결되어 있지만, 내적으로는 완전히 분리되어 있다. 이들은 각자의 삶 속으로 들어가지 않으며, 서로를 반영하지도, 의식하고 있지도 않다. 한마디로 말해 이들 사이에는 '상호작용'이 없다. 바흐친에 의하면 이들은 모두 "내적으로 폐쇄 상태에 있으며(self-enclosed) 서로를 알지 못한다." 이들 사이의 내적 연결은 전혀 없으며, 이들은 단지 외적으로만 연결되어 있고, 작가의 큰 기획, 즉 죽음 앞에서의 다양한 삶의 모습을 조명하기 위한 수동적 장치로만 가동된다. 바흐친은 동일한 소재를 도스토예프스키가 사용했더라면 전혀 다른 결과를 보여주었을 것이라고 가정하며 다음과 같이 설명한다. 그에 의하면 도스토예프스키는 무엇보다도 이 세 지평의 삶들로 하여금 서로를 반영하게 했을 것이라고 주장한다. 여기서 반영이란 곧 "대화적 관계"를 의미한다. 도스토예프스키였다면 마부와 나무의 삶과 죽음을 귀부인의 시각과 의식의 영역으로 끌어들였을 것이며(내적 연결), 작가가 보고 알고 있는 이 모든 기본적인 것들을 등장인물들도 알게 함으로써, 작가 자신에게 그것을 넘어서는 어떤 "잉여적" 특권도 부여하지 않았을 것이다. 그는 귀부인과 마부, 나무의 진실을 서로 맞대면시켰을 것이며, 그것들이 서로 동등한 권리로 "대화적 접촉"을 하도록 유도했을 것이라는 것이다. 바흐친에 의하면 도스토예프스키는 절대로 등장인물들의 운명을 결정짓거나 "최종화(finalization)"하지 않는다. 도스토예프스키 소설의 인물들은 작가가 그 최종 결정권을 휘두르지 않기 때문에 항상 "내적으로 최종화되지 않은(internally unfinalized)", "미결정(indeterminacy)" 상태에 있다. 그리하여 도스토예프스키는 결정된 삶이 아니라 "**위기와 전환점**에 있는 삶", 즉 항상 "**문턱에 있는 삶**(lives on the threshold)"(강조는 바흐친의 것)을 묘사하는 것이다.

도스토예프스키의 소설을 다성성의 개념으로 설명한 바흐친은 『대화적 상상력』에서 소설 장르의 특성을 소위 "**이어성(異語性, hetrroglossia)**"의 개념을 빌려 다시 조명한다. 물론 다성성이나 이어성이나 담론들 사이의 대화적 관계를 지칭한다는 점에서는 다를 바 없으나. 다성성이 상대적으로 (소설 속) 인물들(개인들)의 목소리라면, 이어성의 개념은 소설 언어를 '사회적 언어'의 차원에서 설명하는 것이다. 바흐친이 볼 때 "소설 속의 모든 언어는 실제의 다양한 사회집단들의 관점이며 사회적-이데올로기적 개념의 시스템"이기 때문에 만일 그렇지 않다면 소설 안으로 들어올 수 없고, 따라서 그것은 "추상적이고 순전히 의미론적인 지위가 아니라, 구체적이고도 사회적으로 구현된 관점"이어야만 한다.

바흐친은 소설 장르를 종합적인 의미에서 "사회적 스피치 유형(speech type)들의 다양성과 예술적으로 조직된 개별적 목소리들의 다양성"으로 정의한다. 소설 안에는 다양한 세대, 연령, 집단들의 언어, 특정한 경향을 가진 언어, 권위적 언어, 다양한 모임과 유행의 언어, 특정한 사회·정치적 목적들에 이바지하는 언어 등, 수많은 이질적인 언어들이 들어오며 그것들은 소설 안에서 서로 교차하고 충돌하면서 대화적 관계를 형성한다. 모든 이어성의 언어들은 세계에 대한 특정한 관점들과 말로 세계를 개념화하는 특정한 형식들을 가지고 있고, 이런 관점들과 형식들이 저마다 다른 소리들을 내고 서로가 서로에게 밀고 들어감으로써, 소설의 언어는 하나의 거대한 오케스트라, 대화적 언어, 상호관계성의 언어, 혼성화(hybridization)의 언어가 된다. 바흐친에 의하면 "소설적 혼성(novelistic hybrid)은 **서로 다른 언어들을 다른 언어와 접촉하게 하기 위해 예술적으로 조직된 체계**, 다른 언어로 한 언어를 조명하는 것을 목적으로 가지고 있는 체계, 다른 언어의 살아있는 이미지를 개척해내는 체계"(강조는 바흐친의 것)이다.

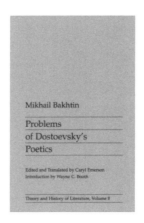

바흐친, 『도스토예프스키 시학의 제 문제 *Problems of Dostoevsky's Poetics*』

유쾌한 상대성, 카니발의 세계

프로이트주의, 형식주의, 구조주의에 대한 비판을 통해 바흐친 학파가 자신들의 이론적 토대를 만들어갔다면, 그리고 위에서 살펴본 바흐친의 단독 저서들을 통하여 그 후 바흐친의 고유한 이론적 체계들이 구성되었다면, 그 완성은 아무래도 바흐친의 『라블레와 그의 세계』에서 찾을 수 있을 것이다. 『라블레와 그의 세계』는 영역본 제목이고, 이 책이 러시아어로 처음 간행되었을 때에는 『프랑수아 라블레와 중세 및 르네상스의 민중문화 *François Rabelais and the Folk Culture of the Middle Ages and Renaissance*』라는 제목을 달고 있었다. 이 책은 원래 1940년에 박사학위 논문으로 제출한 것인데 전쟁(제2차 세계대전)으로 인하여 논문 심사가 1947년까지 미루어졌으며, 바흐친에게 호의적이지 않은 지적 환경 때문에 1951년에야 통과되었고, 출판은 1965년이 되어서야 이루어졌다.

이 저서는 중세에 유행했던 민중들의 축제인 **카니발**(carnival)을 분석하고, 그 분석의 토대 위에서 카니발의 정신이 프랑스 르네상스기의 대표적 작가인 라블레의 소설 『가르강튀아와 팡타그뤼엘 The Life of Gargantua and of Pantagruel』에 미친 영향을 구체적으로 분석하고 있다. 카니발은 중세 때 사순절 이전에 열렸던 민중들의 축제인데, 사순절이 예수의 고난을 묵상하며 욕망을 절제하는 금욕의 시공간(크로노토프)이었다면, 카니발은 금욕의 기차 안으로 들어가기 이전에 민중들이 마음껏 먹고 마시고 즐기는 해방의 크로노토프이었다. 중세의 엄격한 종교적, 신분적 위계도 이 기간만큼은 일시 정지되었으며(이제 곧 가혹한 금욕의 시간이 닥쳐오므로), 그리하여 카니발은 그 누구의 통제도 받지 않는 문화적 '해방구'가 되었다. 카니발 안에서 모든 위계는 뒤집어졌으며 엄숙한 공식문화(official culture)는 민중들의 야유와 조롱의 대상이 되었다. 욕설, 음담패설, 폭식, 폭음의 문화가 점잖고 세련된 고급문화에 짓눌리지 않았으며, 통제받지 않는 욕망의 담론들이 격식을 무시하고 자유롭게 표현되었다.

바흐친은 카니발의 특징을 다음과 같이 요약한다. 1) 카니발은 비(非)카니발적 삶을 구성하는 공식적인(official) 사회적–위계적 관계와는 전혀 다른 개인들 간의 새로운 상호 관계의 양식이 구현되는 장소이다. 2) 카니발은 기괴성(eccentricity)을 특징으로 한다. 카니발의 공간 안에서는 개인들 간의 친밀한 접촉들이 일어나면서, 인간 본성의 은폐된 부분들이 노골적으로 드러나고 구체적인 감각의 형태로 표현된다. 3) 카니발의 세 번째 범주는 카니발적 메잘리앙스(carnivalistic mésalliances, 카니발적 결혼)이다. 비(非)카니발적 위계질서에 의해 고립되고 분리되어 있던 모든 것들이 카니발의 공간 안에서 서로 만나고 연계된다. 카니발은 개체들을 한데 모으고 결혼시키며, 신성한 것과 불경스러운 것, 숭고한 것과 저속한 것, 위대한 것과 대수롭지 않은 것들을 서로 뒤섞고 연결한다. 4) 마지막으로 카니발은 비속화(卑俗化, profanation)를 그 특징으로 한다. 그것은 성스러운 텍스트와 말씀들에 대한 카니발적 패러디를 통해 신성모독, 격하, 세속화를 감행하되 이는 대지와 육체의 재생산성과 연관되어 있다.

앞에서 바흐친이 개념화한 다성성, 다강세성, 이어성이 문학 텍스트가 아니라 인간의 집단적, 문화적 현실 공간에서 위장 없이 실현되는 대표적 사례가 있다면, 그것은 바로 카니발이다. 카니발 안에서는 주변화되고 억압되었던 목소리들이 자유롭게 제 목소리를 냄으로써, (바흐친의 표현을 빌리면) "유쾌한 상대성(jolly relativity)"이 완벽하게 실현된다. 바흐친이 볼 때, 위계적 공식문화에 대한 카니발의 민중적 전복성은 르네상스 문화에서 다양한 형태로 실현되는데, 그 중요한 예가 바로 라블레의 소설이다. 라블레의 『가르강튀아와 팡타그뤼엘』은 공식문화에서 배제되었던 것들을 소설의 전면에 과감히 끌어들인다.

바흐친이 『라블레와 그의 세계』에서 설명하고 있는 바, 카니발의 민중성은 추상적인 것이 아니라 공식문화와의 대화적, 대립적 관계 속에서 가동된다는 점을 이해해야 한다. 바흐친은 민중문화의 특징을 일차적으로 '민중적 웃음'에서 찾아내고 있다. 그에 의하면 민중적 웃음이 표현되는 것은 주로 다음과 같은 세 가지 형태를 통해서이다. 1) 제의적 구경거리들: 카니발의 행렬, 장터의 우스꽝스러운 쇼들. 2) 다양한 골계문학들(comic verbal compositions): 라틴어나 속어로 구전되고 쓰인 패러디들. 3) 욕설의 다양한 장르들: 욕설, 신에 대한 맹세, 블라종(blason, 주로 여성의 신체 부위를 풍자한 프랑스의 시가).

그렇다면 이와 같은 민중적 표현 형식들은 무엇을 '향해' 있는가? 민중들의 웃음은 다름 아닌 지배계급의 문화, 바흐친의 표현을 빌리면 '공식문화'를 향해 있는 것이다. 민중문화는 마치 프로이트의 의식/무의식의 관계처럼 공식문화 아래에서 공식문화를 조롱하고 야유하며 교란시킨다. 바흐친이 『라블레와 그의 세계』의 전편을 통해 일관되게 소개하고 있는 것은 민중문화의 이 같은 전복성이다. 카니발은 공식문화가 가장 혐오해 마지않는 오줌, 똥, 성기, 엉덩이, 딸꾹질, 방귀, 트림, 구토 등, 가능한 한 가장 '그로테스크'한 기표들을 동원하여 공식문화를 희화화한다. 카니발의 공간 안에서 초월적 기표란 존재하지 않는다. 이글턴(Terry Eagleton)에 의하면 "기호 체계의 폭동 속에서 카니발은 모든 초월적 기표들을 혼란시키고, 그것들을 조롱하고 상대화한다. '유머의 급진주의'에 의하여, 그리고 그로테스크한 패러디를 통하여 권력 구조들은 생소한 것들이 되고, '필연성'은 풍자적 질문으로 내던져지며, 대상들은 정반대로 자리를 바꾸거나 부정된다." 그것은 모든 "아버지의 법칙(father's law)"들을 능멸하며, 삶과 죽음, 성공과 실패, 고급과 저급, 영혼과 육체를 가르는 모든 기준과 원칙들을 '해체'한다.

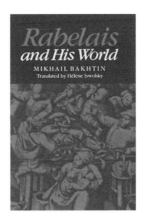

바흐친, 『라블레와 그의 세계 *Rabelais and His World*』

바흐친의 카니발 이론은 문학 텍스트만이 아니라 다양한 대중문화의 분석에도 자주 활용된다. 권력에서 소외된 다양한 '하위 주체들(subalterns)', 즉 노동자, 성적 소수자, 청소년, 유색인종, 여성, 농민 등, 주변부의 문화가 가지고 있는 전복성과 저항성을 설명하기에 카니발은 매우 유용한 도구이다. 가령 그린돈(G. Grindon)은 아나키스트 운동과 국제 상황주의(Situationist International), 그리고 바흐친을 연결시켜 카니발을 "자본에 대한 저항(Carnival against capital)"으로 읽어내는가 하면, 잭슨(P. Jackson)은 런던의 노팅힐 카니발(Notting Hill

Carnival)을 영국의 카리브 연안 국가들에 대한 식민 지배와 연관시켜 해석함으로써 카니발의 정치학을 매우 현실적인 "거리의 삶(Street of Life: the Politics of Carnival)"으로 읽어낸다. 카니발을 시, 비극, 고전, 현대 연극, 영화에 적용한 해석들은 일일이 열거하기 힘들 정도로 다양하다. 카니발에 관련된 이와 같은 풍성한 해석적 '산업들'은 거의 대부분 카니발이 가지고 있는 전복성, 유토피아성, 타자로서의 민중성을 다른 문화 텍스트들에 적용하는 과정에서 생산되는 것이다.

바흐친 학파가 이룬 것과 남긴 것들

바흐친 사상의 특징을 요약하면 다음과 같다. 바흐친 학파는 언어의 편재성을 주장하면서도 구조주의자들처럼 언어를 언어 외적 현실로부터 분리시키지 않았다. 사회적 삶의 모든 영역에 언어가 개입되지만, 바흐친 학파가 말하는 언어(말)는 추상적 체계가 아니라 바로 그 사회적 삶의 일부이며 세계와 복잡하게 얽혀 있고 현실 세계의 변화와 갈등을 그 위에 기록하는 살아 있는 매체이다. 언어와 객관 현실을 이렇게 대화적 관계 혹은 '겹침'의 관계로 설정함으로써, 바흐친 학파는 구조주의를 거쳐 포스트구조주의에 와서 완성되는 소위 "텍스트 환원론"에 빠지지 않는다. 구조주의의 "언어적 전회(linguistic turn)" 이후 포스트구조주의를 거치면서 모든 문화적 현상들은 텍스트로 환원되었다. "텍스트 밖에는 아무것도 존재하지 않는다."라는 데리다(Jacques Derrida)의 유명한 전언은 텍스트 환원론의 주장을 요약하고 있다. 이런 점을 고려할 때 바흐친 학파는 언어에 대한 사유의 끈을 놓지 않되, "언어의 감옥(prison-house of language)"(프레드릭 제임슨, Fredric Jameson)에 갇히지 않았다는 점에서 매우 독특하다 할 것이다.

일관되게 사회학적 혹은 마르크스주의적 입장을 유지하고 있는 바흐친 학파가 적어도 마르크스주의의 전통 안에서 새로이 이룬 것이 있다면, 논의의 처음부터 끝까지 언어에 대한 사유를 놓지 않았다는 것이다. 바흐친 학파가 활동을 시작했던 1920년대 후반 이전에 전통 마르크스주의 내부에서 언어에 대한 본격적인 사유는 거의 이루어지지 않았다. 구조주의, 포스트구조주의로 이어지는 현대 사상의 유구한 맥락을 고려할 때, 언어에 대한 사유의 부재는 전통 마르크스주의적 사유의 치명적 한계로 기록될 것이었다. 그러나 바흐친 학파는 스탈린 치하에서 정통 마르크스주의의 사유를 치열하게 유지하면서도 그것을 언어에 대한 사유와 박치기시킴으로써, 마르크스주의적 사유의 지평을 더욱 널리 열어놓았다.

바흐친 학파의 종착점인 카니발 이론 역시 자본주의 시스템 안에서 일어날 수 있는 다양한 저항의 전략으로 해석되어오고 있다. 가치와 권력의 위계에서 주변화된 다양한 목소리들의 해방이라는 카니발의 이상은 잘못된 권력과 권위에 대한 도전과 해체라는 정치적 함의를 가지면서 그 활용의 외연을 점점 더 넓히고 있다. 한편 바흐친의 다성성, 다강세성 등의 개념은 (포스트구조주의적 의미의) 미결정성 등의 개념으로 확대 해석되면서 주로 자유주의적 연구자들에 의해 포스트구조주의로 전유되는 현상마저 보여주고 있다. 바흐친에 대한 이런 해석은 바흐친 사상의 다양한 해석, 활용의 가능성을 보여주는 것이기도 하지만, 다른 한편으로는 바흐친을 포스트구조주의자로 전유하면서 그에게서 마르크스주의라는 뇌관을 계속해서 지워나가는 것으로서, 바흐친 사상에 대한 중대한 왜곡을 보여준다는 점에서 문제이다. 앞에서 자세히 살펴보았듯이 모든 담론과 행위의 사회성, 역사성, 이념성에 대한 바흐친의 강조는 본질적으로 마르크스주의적인 것이다. 포스트구조주의자들이 말하는 미결정성, 다의성 등의 개념이 언어 내부의 속성에서 비롯되는 것이라면, 미결정성을 포함해 다성성, 이어성 등 (포스트구조주의적 상상력을 부채질하는) 바흐친의 모든 개념은 사회성, 역사성, 이데올로기성에서 시작되는 것이므로 그 내용이 전혀 다르다. 바흐친은 (마르크스주의의 왜곡된 형태인) 스탈린주의를 부정한 것이지 마르크스주의에 저항한 것이 아니다. 마르크스주의에 사상적 뿌리를 두되, 상·하부 구조의 문제에까지 언어에 대한 사유를 끈질기게 끌어들인 것, 그러면서도 언어의 감옥에 갇히지 않은 것이야말로 바흐친 사상의 새로움이고 가능성이다.

참고문헌 혹은 더 읽을 책들

- 김욱동. 『대화적 상상력: 바흐친의 문학이론』 문학과지성사. 1988.
- 김욱동. 『바흐친과 대화주의』. 나남. 1990.
- 바흐친, 미하일. 이득재 역. 『문예학의 형식적 방법』. 문예출판사. 1992.
- 바흐친, 미하일. 전승희 외 역. 『장편소설과 민중언어』. 창비. 1998.
- 바흐친, 미하일. 이덕형 역. 『프랑수아 라블레의 작품과 중세 및 르네상스의 민중문화』. 아카넷. 2001.
- 바흐친, 미하일. 김윤하, 최건영 역. 『프로이트 주의』. 뿔. 2011
- 여홍상 편. 『바흐친과 문화이론』. 문학과지성사. 1995.
- 여홍상 편. 『바흐친과 문학이론』. 문학과지성사. 1997.
- 이강은. 『미하일 바흐친과 폴리포니야』. 역락. 2011.

- Bakhtin, Mikhail. *The Dialogic Imagination: Four Essays*. trans. C. Emerson and M. Hoquist. Univ. of Texas Press. 1981.
- Bakhtin, Mikhail. *Problems of Dostoevsky's* Poetics. trans. Caryl Emerson. Manchester Univ. Press, 1984.
- Bakhtin, Mikhail. *Rabelais and His World*. trans. Hélène Iswolsky. Indiana Univ. Press. 1984.
- Bakhtin, Mikhail and Medvedev, P. N.. *The Formal Method in Literary Scholarship: A Critical Introduction to Sociological Poetics*. trans. A. J. Wehrle. Harvard Univ. Press. 1985.
- Bakhtin, Mikhail. *Speech Genres and Other Late Essays*. trans. Vern W. McGee. 2nd ed. Univ. of Texas Press, 1986.
- Clark, Katerina and Holquist, Michael. *Mikhail Bakhtin*. Harvard Univ. Press. 1984.

- Hirshkop, Ken and Shepherd, David. eds. *Bakhtin and Cultural Theory*. Manchester Univ. Press. 1991.
- Holquist, Michael. *Dialogism: Bakhtin and His World*. 2nd ed. Routledge, 2002.
- Lodge, David. *After Bakhtin: Essays on Fiction and Criticism*. Routledge. 1990.
- Voloshinov, Valentin. *Marxism and the Philosophy of Language*. trans. L. Matejka and I. R. Titunik. Harvard Univ. Press. 1986.

제6장

마르크스주의

제6장

마르크스주의

마르크스와 엥겔스

마르크스주의 문학이론의 기원을 이야기할 때, 우리는 당연히 마르크스(Karl Marx)와 엥겔스(Friedrich Engels)를 떠올리지 않을 수 없다. 마르크스와 엥겔스는 완결된 문학이론의 생산자들은 아니었지만, 정치경제학에 관련된 방대한 저술들 속에 문학과 예술에 대한 견해를 산발적으로 피력하였다. 그러나 이 파편적이고 언뜻 보기에 불연속적인 논의들은 문학예술에 대한 매우 중대한 통찰을 담고 있었고, 이 통찰들은 후대 마르크스주의 이론가들에 의해 더욱 체계적이고 세련된 형태로 발전되어왔다. 그들이 볼 때 문학은 사회의 다른 영역들, 즉 경제·문화·역사·이데올로기 등과 불가분의 관계를 맺고 있다. 사회를 구성하고 있는 이 다양한 영역들과 문학이 떼려야 뗄 수 없는 관계를 맺고 있고, 그 총체적 관계에 대한 해명 속에서만 문학에 대한 올바른 이해에 도달할 수 있다는 인식은 마르크스 이래 거의 모든 마르크스주의 문학이론가들이 공유하고 있는 입장이기도 하다. 그런데 마르크스주의 문학이론에 대한 잘못된 인식과 왜곡은 대부분 이 대목에서 발생된다. 그 첫 번째 오해는 문학을 사회, 역사와의 총체적 관계 속에서 이해하려는 마르크스주의자들의 입장을 곧바로 문학의 독립성, 자율성에 대한 부정 내지는 침해로 간주하려는 경향이다. 두 번째 오해는 마르크스주의자들이 문학을 물질적 하부구조의 기계적, 직접적 반영으로 간주한다는 견해이다. 이 두 가지 오해는 별개라기보다는 상호 밀접히 연관된 것으로 마르크스의 상·하부구조의 개념에 대한 잘못된 인식과도 궤를 같이하는 것이다.

마르크스는 『정치경제학비판 *Zur Kritik der Politischen Ökonomie*』(1859)의 서문에서 "물질적 삶의 생산양식이 사회적·정치적·지적 삶의 과정 일반을 **조건 짓는다**. 인간의 의식이 인간의 존재를 결정짓는 것이 아니다. 거꾸로 사회적 존재가 인간의 의식을 결정한다."고 말하고 있다. 이는 하부구조가 일종의 토대로 존재하고 그 위에 그에 상응하는 상부구조가 일어나되, 하부구조에 의해 상당 부분 '조건' 지워짐을 의미한다. 상부구조의 영역에 속하는 문학은 하부구조의 영향을 일정하게 받게 되는 것이다. 그러나 이것이 곧바로 하부구조에 의한 상부구조의 일방적 **결정**으로 읽혀서는 안 될 것이다. 마르크스는 『개요 *Grundrisse*』에서 문학적 발전의 한 정점으로 그리스 비극의 예를 들면서, "물질적 생산의 발전과 예술적 발전 사이에 **불균등한** 관계(불일치)"가 존재함을 지적하였다. 이는 물질적(즉 하부구조의) 발전이 곧바로 예술(상부구조)의 발전을 보장해주지 않는다는 것을 의미하며, 따라서 마르크스가 문학예술의 자율성 혹은 반자율성(semi-autonomy)을 일정 정도 인정하고 있다는 증거가 된다. 물질적 생산력이 저급한 단계의 사회에서 탁월한 수준의 예술작품이 생산된 그리스의 사례가 이것을 증명해주는 것이다. 물론 이 대목에서도 우리는 마르크스의 주장이 마치 예술작품의 생산이 물질적 토대와 무관하다는 입장인 것처럼 곡해해서는 안 된다. 그에 의하면 그리스의 예술과 서사시는 당시 그리스 사회의 발전단계와 불가분의 관계를 맺고 있었으며, 서사시와 같은 장르는 오히려 당시의 그리스 사회가 저발전된 사회적 단계에 있었기 때문에 가능했다. 문제는 그렇게 해서 생산된 그리스의 예술작품들이 어찌하여 생산력이 고도로 발전된 현대에 이르기까지 우리에게 여전히 예술적 기쁨을 가져다주며, 게다가 (어떤 면에서) "도저히 도달할 수 없는 예술적 규범(norm)"으로까지 작용하는가이다. 이에 대한 마르크스의 설명은, 유년기로 돌아갈 수 없는 성인에게 있어서 유년의 삶은 영원한 향수의 대상일 수밖에 없으며, 이런 의미에서 그리스인들은 우리들에게 영원한 "규범으로서의 어린이들"이라는 것이다.

엥겔스는 또한 블로흐(Joseph Bloch)에게 보내는 편지에서 다음과 같이 말하고 있다. "역사에 대한 유물론적 관점에 따르면, 역사에 있어서 결정적인 요소는 **궁극적으로** 실제 삶에 있어서의 생산과 재생산이다. 마르크스나 내가 이 이상의 주장을 하는 것이 아니다. 따라서 누군가 만일 이 주장을 경제적 요소만이 유일한 결정 요소라는 주장으로 왜곡한다면, 그는 이 진술을 무의미하고, 추상적이며, 터무니없는 구절로 바꾸어버리는 것에 다름 아니다. 경제적 상황은 일종의 토대이다. 그러나 상부구조의 다양한 요소들 역시 역사적 투쟁의 과정에 영향력을 행사하며 많은 경우 스스로의 형식을 결정하는 데 있어서 우위를 점한다."

마르크스주의 문학이론의 일반적 입장을 요약하자면 다음과 같다. 즉 문학은 인간의 다른 모든 생산 활동의 산물들과 마찬가지로 그것이 생산된 사회의 경제·정치·문화·이데올로기와 불가분의 관계를 맺고 있으며, 따라서 문학작품에 대한 올바른 이해는 바로 이 관계에 대한 정확한 인식과 통찰에서 출발해야 한다. 마르크스 이후 현대에 이르기까지 수많은 마르크스주의자들이 하고 있는 일은 바로 이 같은 관계들의 불가피성, 다양성 그리고 복합성에 대한 해명에 다름 아니다.

다음으로 제반 마르크스주의 문학이론이 공통적으로 갖고 있는 경향이 있다면, 그것은 현실에 대한 개입(commitment)이다. 문학이 객관현실과 불가분의 관계를 맺고 있는 것이라면, 문학은 그 안에서 현실을 좀 더 나은 현실로 만드는 데 다양한 방식으로 기여할 수 있을 것이다. "지금까지 철학자들은 세계를 다양한 방식으로 단지 해석해왔을 뿐이다. 문제는 그것을 바꾸는 것"이라는 마르크스의 진술은 현실에 대한 '다양한' 방식의 참여와 변혁에 대한 마르크스주의 일반의 정치적 지향을 요약해준다. 마르크스주의 일반이 갖고 있는 '비판적' 경향은 당면한 현실에 대한 이 같은 정치적 입장에서 비롯되는 것이다. 물론 마르크스주의자들이 문학을 정치적 도구로 간주하고 있으며, 예술을 정치적 관념의 메가폰으로 전락시키고 있다는 오해를 불러일으켜온 속류 마르크스주의자(Vulgar Marxist)들이 없었던 것은 아니다. 그러나 현실에 대한 개입 못지않은 마르크스주의 문학이론가들의 관심사는 문학 형식의 범주를 어떻게 설명할 것인가이다. 문학이 현실 속에서 갖고 있는 정치적 실천이라는 과제와 어떠한 예술형식을 선택할 것인가는 별개의 문제가 아니다. 문학을 비(非)문학과 구별시켜주는 고유의 형식적 자질을 부인하지 않으면서 문학이 현실과 맺는 다양한 관계를 해명하고, 나아가 정치적 실천의 문제까지 아울러 고민해나가는 것은 간단한 작업이 아니다. 우리는 이제부터 이 같은 고민을 둘러싼 여러 마르크스주의자들의 다양한 입장들을 살펴보게 될 것이다.

마르크스, 엥겔스의 문학, 예술에 관한 글들을 모아놓은 영역본 『Marx and Engels on Literature and Art』

사회주의 리얼리즘: 민중성, 당파성, 세계관 그리고 창작방법

사회주의 리얼리즘(socialist realism)은 마르크스주의 문학이론 중에서도 아마 가장 좌파적인 이론에 해당될 것이다. 게다가 1980년대에 한국에서 전개되었던 소위 민족문학 혹은 민중문학론의 형성에 일정한 몫을 행사했을 뿐만 아니라, 문학작품에 대한 해석, 평가라는 차원을 넘어서 창작방법의 문제까지 건드리고 있다는 점에서 우리의 주목을 요한다.

사회주의 리얼리즘은 1917년 이후 혁명기 러시아에서 발생되었다는 점에서, 사회주의 체제의 건설이라는 당대 러시아의 정치적 기획과 맞물려 있다. 사회주의 리얼리즘이 러시아에서 당의 공식적인 강령으로 채택된 것은 1934년 제1차 소비에트 작가대회에서였다. 1920년대에서 30년대에 걸쳐 진행된 이론상의 논쟁은 러시아 최초의 마르크스주의자인 플레하노프(Georgi Plekhanov)에서 시작되어 20년대의 경직된 사회학주의를 거쳐, 30년대의 세계관과 창작방법에 관한 논쟁으로 결산되는 과정으로 요약될 수 있다. 이 과정은 널리 보면 마르크스-레닌주의적 문학이론이 러시아에서 정착되어가는 과정이기도 하다.

계급성, 당파성 그리고 민중성

사회주의적 관점에서 볼 때, 모든 예술작품은 그 계급적 토대, 즉 계급성을 갖는다. 그리고 계급성이란 작품 속에 어떤 계급의 이데올로기가 관철되어 있느냐 하는 관점에서 결정된다. 이 말을 바꾸면 어떤 문학작품도 특정한 계급의 이데올로기 혹은 계급적 관점을 가질 수밖에 없으며 따라서 계급 이데올로기가 어떠한 형태로든 개별 작품 속에 녹아들어 있다는 말이 된다. 이러할 때, 사회주의 리얼리즘은 미적 반영에 있어서 철저한 프롤레타리아 계급 당파성의 입장을 목적의식적으로 견지하고자 한다. 무당파성은, 레닌(Vladimir Lenin)에 의하면, "단지 배부른 자들의 당파에 대한, 지배자들의 당파에 대한, 착취자들의 당파에 대한 지지의, 기만적인 은폐의, 소극적인 표현"에 불과하다. 즉 "무당파성은 부르주아적 이데올로기"이다.

사회주의 리얼리즘 논의에 있어서 "**당파성**(partisanship)"의 개념을 우리는 크게 두 가지로 나누어 생각할 수 있다. 그 하나는 좁은 의미로 레닌이 「당조직과 당문학 Party Organization and Party Literature」이라는 글에서 개진한 바, 프롤레타리아 계급의 이익에 복무하는 당조직의 계획적·조직적 구성 요소로서의 '**당성**' 개념이다. 레닌은 위의 글에서 "문학은 프롤레타리아의 공동대의의 **일부분**이 되어야 하며, 전(全) 노동계급의 정치적으로 의식화된 전위계급에 의해 가동되는, 단일하고도 거대한 사회민주주의적 기제의 '톱니바퀴와 나사'가 되어야만 한다. 문학은 조직적·계획적·통일적인 사회민주**당 과업의 구성요소**가 되어야만 한다."고 주장한다. 레닌에 의해 주장된 이 같은 당파성 개념은 사회주의 건설의 조직적 전위로서의 당의 기획과 일치하는 당문학(party literature)으로서의 사회주의 리얼리즘의 원리를 이야기하고 있는 것이다.

당파성의 또 다른 개념으로 우리는 루카치(Georg Lukács)에 의해 개진된 소위 "**객관성의 당파성**(partisanship of objectivity)" 개념을 들 수 있다. 루카치는 그의 『작가와 비평가 Writer and Critic and Other Essays』에서 객관성의 당파성을 "개인에 의해 외부세계에 의해 자의적으로 소개되는 것이 아니라, 현실 자체에 내재하는 추동력"이라고 정의하고 있다. 따라서 객관성의 당파성은 현실의 근저에서 그 현실을 변화시키고 발전시키는 객관적이고도 필연적인 자기운동법칙이라고 보아도 좋을 것이다. 가령 장미 씨앗은 적당한 온도와 햇빛 그리고 수분이 주어진다면, 그 내적인 필연성의 법칙에 의해 장미로만 자라나지, 그 어떤 우연성의 개입에 의해서도 절대 호박꽃으로 피어나지 않을 것이다. 루카치가 볼 때, 이 같은 필연성의 법칙은 자연현상만이 아니라 사회와 역사를 지배하는 원리이기도 하다. 루카치는 같은 책에서 이 같은 객관적 당파성이 "위대한 예술작품 속에서 분명하고 명쾌하게 재현되며, 참다운 형상화란 바로 이러한 당파성을 표현해내는 것"이라고 주장한다.

당파성 개념과 더불어 사회주의 리얼리즘 논의에서 중요한 것은 바로 **"민중성"**의 범주이다. 민중성의 범주가 사회주의 리얼리즘의 계급성 논의 안에서 중심 개념으로 부상한 것은 러시아에서 1935년 제7차 코민테른의 인민전선(people's front)론이 대두되면서부터이다. 민중성 개념은 직접적으로는 당시의 반파시즘 인민전선이라는 정치 상황에 상응하는 것으로서, 파시즘에 맞선 광범위한 **민중연대**의 시기에 필요했던 '전선 형성'의 원리로 보아도 좋을 것이다. 사회주의 리얼리즘의 옹호자들은 당파성을 민중성이 최고도로 구현된 형태로 이해하며, 그런 의미에서 사회주의 리얼리즘이야말로 새로운 미적 형식이고 완성될 사회주의 사회의 새로운 인간형, 즉 '사회주의적 인간'의 창출에 효과적으로 기여한다고 본다.

세계관과 창작방법

민중성, 당파성의 범주와 더불어 1930년대에 소비에트 문예이론의 쟁점이 되었던 것은 다름 아닌 세계관과 창작방법의 문제이다. 1920년대에 프롤레트쿨트(Proletkult)와 라쁘(RAPP, 러시아 프롤레타리아트 작가동맹)를 중심으로 전개된 사회학주의적 접근들은 세계관과 창작방법을 도식적으로 등치시키는 오류를 범하였다. 세계관이 곧 창작방법에 다름 아니며, 따라서 사회주의적 세계관이야말로 올바른 사회주의 리얼리즘의 성취에 필수불가결한 요소라는 것이다. 훌륭한 세계관이 곧바로 훌륭한 창작방법을 보장한다는 식의 이런 논지는 그러나 로젠탈(M. Rozental) 등의 후발 논자들에 의해 심각한 비판의 대상이 되었다.

로젠탈 등이 라쁘파의 기계적 도식주의에 대한 비판을 감행함에 있어서 이론적 토대가 되었던 것은 바로 엥겔스의 리얼리즘론이었다. 엥겔스에 의하면 발자크(H. de Balzac)는 귀족이자 왕당파였음에도 불구하고 그의 소설들을 통해 19세기 프랑스 사회에서 귀족계급의 몰락과 근대 시민사회의 도래의 필연성을 묘사하는 데 성공하였다. 창작방법으로서의 리얼리즘이 귀족에 대한 그의 계급적 연민, 즉 그릇된 세계관을 극복시켜주었다는 것이다. 엥겔스가 "리얼리즘의 위대한 승리"라 명명했던 이 논의는 그러나 많은 논란거리를 남겨두고 있다. 엥겔스의 말을 문자 그대로 받아들여, 리얼리즘이 세계관의 문제라기보다는 창작방법의 문제이며 따라서 그릇된 세계관의 작가도 얼마든지 훌륭한 리얼리즘 작가가 될 수 있다고 읽어내는 관점이 있는가 하면, 반면에 엥겔스의 주장을 당시의 사회·문화적 맥락 속에서 읽어야 하며, 엥겔스가 이런 주장을 하게 된 것은 사회주의적 메시지(내용)를 노골적으로 전달하는 데에만 급급하여 형식적 완성도를 현저하게 떨어뜨렸던 당대의 작가들에게 예술형식의 중요성에 대한 경각심을 불러일으키기 위한 것이라고 보는 논자들도 있다.

리얼리즘 그리고 예술형식의 문제: 루카치와 브레히트

리얼리즘 이론을 체계화한 가장 대표적인 논자로 우리는 헝가리 출신의 이론가 루카치를 들 수 있다. 루카치에 의하면 리얼리즘이란 "객관현실의 미적 반영(reflection)"에 다름 아니다. 우리는 앞에서 루카치의 객관성의 당파성 개념을 살펴보았는데, 루카치식의 반영으로서의 예술 개념이 성립되려면 몇 가지 전제가 필요하다. 그 첫 번째는 우리의 의지와 무관하게 독립된 상태로 존재하는 객관적 현실(objective reality)에 대한 인정이다. 가령, 이사 중인 사람들의 '의지'에 의하면 이사 당일 비나 눈이 내리지 않는 것이 좋을 것이다. 그러나 우리의 이런 의지와 무관하게 자연의 법칙은 한 치의 오차도 없이 가동되게 마련이며 따라서 비나 눈이 내릴 수도 있을 것이다. 그런데 이 객관현실은 끊임없이 변화하고 일정한 목표를 향해 발전해나가는 현실이다. 더 중요한 것은 현실의 이러한 움직임이 우연성의 개입에 의해 자의적으로 이루어지는 것이 아니라 내적 필연성의 법칙에 의해 가동되고 있다는 사실이다. 현실에 대한 정확한 인식은 따라서 사물의 외양이 아니라, 현실의 근저에 있는 이 필연성의 법칙을 "의식 속에 반영"하는 것에 다름 아니다. 루카치에 의하면 "의식과 존재 사이의 이 같은 관계가 보여주는 근본적인 사실은 또한 현실의 예술적 반영에도 마찬가지로 적용될 수 있다."

그렇다면 객관현실에 대한 올바른 (예술적) 반영이란 어떤 것일까? 루카치에 의하면 객관현실(사회)이란 본질적으로 보편성과 특수성, 추상성과 구체성, 개념과 감각, 집단성과 개별성의 변증법적·총체적 결합에 다름 아니다. 자본주의는 이 양자 사이의 관계를 끊임없이 파편화하며 소외시킨다. 훌륭한 작가는 자본주의의 이 같은 파편화, 소외의 전략에 맞서서 이 양자들을 변증법적으로 연결, 배열함으로써 한 사회를 총체적으로 형상화할 수 있다. 가령 소설 속에서 우리는 구체적이고도 특수한 사건 혹은 현실에 대한 묘사들을 발견할 수 있다. 그러나 이 같은 재현이 파편화된 현실에 대한 세부 묘사 즉 특수성의 차원으로 끝나버릴 경우, 우리는 그것을 한 사회의 총체적 재현(total representation)이라고 볼 수 없을 것이다. 특수하고도 구체적인 현실을 다루되 그것을 토대로 그 특수한 상황을 야기한 좀 더 보편적인 삶의 원리들을 발견해낼 때, 우리는 비로소 현실에 대한 풍요로운 인식에 도달할 수 있을 것이다. 루카치가 말하는 리얼리즘이란 바로 이 같은 인식에 도달한 예술작품을 지칭하는 것이다. 이와 관련하여 루카치의 리얼리즘론에서 또한 중요한 위치를 차지하는 것은 바로 '전형(典型)론'이다. 리얼리즘은 인물과 상황의 설정에서 시작하지만 궁극적으로는 '전형적(typical)' 인물과 상황의 재현에 도달해야 한다는 점에서 동시에 보편성을 지향한다.

이런 관점에서, 루카치는 자연주의(naturalism)와 모더니즘(modernism)을 동시에 비판한다. 자연주의는 파편화된 현실의 세부 묘사에는 성공하지만 그 현실의 근저에 있는 역사의 객관적 운동법칙을 읽어내는 데에는 실패한다. 그들은 특수성에서 출발하되 여전히 특수성에 갇혀 있을 뿐, 그 특수한 현실의 원인이라 할 보편성의 원리를 인식하지 못하는 것이다. 조이스(James Joyce), 카프카(Franz Kafka), 벤(Gottfried Benn) 등으로 대표되는바 모더니즘은 세계에 대한 올바른 인식의 전제인 객관현실의 중요성을 간과하며, 그 자리를 "병적인 내면세계"로 가득 채우고 있다. 현실에 대한 절망과 고뇌로 가득 찬 그들의 문학은 그들이 바라본바 바로 그 절망적 현실이 (자본주의라는) 사회·역사적인 이유와 원인을 가진 현상이라는 사실을 인식하지 못하며, 그것을 영속적이고 본질적인 (따라서 다른 형태로 바꿀 수 없는) 것으로 간주해버림으로써 세계에 대한 비판적 인식에서 벗어나지 못한다. 이런 의미에서, 루카치에게 있어서 모더니즘은 타락한 부르주아지의 타락한 예술형식에 불과하다.

루카치, 『역사와 계급의식』 영역본

루카치는 자연주의와 모더니즘에 대한 이 같은 비판과 동시에 발자크로 대표되는 19세기 리얼리즘을 훌륭한 예술의 거의 유일한 모델로 상정하였다. 1930년대에 루카치와 브레히트(Bertolt Brecht) 사이에 벌어진 리얼리즘-표현주의(expressionism) 논쟁은 바로 이 대목에서 발생하였다. 브레히트는 루카치와 마찬가지로 마르크스주의자였지만, 여러 면에서 루카치와 성향을 달리한다. 루카치가 문학이론가이자 한때 잘나가던 당 관료였음에 반하여, 브레히트는 무엇보다도 상상력과 자유를 중시하는 작가였으며, 마르크스주의자였음에도 불구하고 한 번도 동독 공산당원이 되어본 적이 없는 이단자였다. 브레히트가 '현실의 올바른 재현'이라는 리얼리즘 고유의 입장 자체를 반박한 것은 아니었다. 브레히트에 의하면 현실이 끊임없이 변화한다면, 변화하는 현실을 담는 그릇으로서의 예술형식 역시 변하지 않으면 안 된다. 현실을 재현하는 "방법들은 낡게 마련이고, 그것들이 갖고 있는 자극의 효과들도 떨어지게 되어 있다. 새로운 문제들이 부상될 것이고 그에 걸맞은 새로운 기법을 요구하게 될 것이다. 현실은 변한다. 따라서 그것을 재현하는 수단 역시 바꾸지 않으면 안 된다." 브레히트가 볼 때, 루카치는 19세기 리얼리즘이라는 특수한 형식만을 유일하게 올바른 것으로 인정하고 있다는 점에서 "형식주의자"이다. 루카치가 볼 때, 브레히트는 거꾸로 타락한 부르주아지의 예술형식들을 마르크스주의 내부로 차용하는 데 몰두하고 있다는 점에서 형식주의라는 혐의에서 벗어날 수 없다. 브레히트는 (마르크스주의적) 내용을 효과적으로 전달하기 위한 것이라면, 그 형식을 19세기 리얼리즘만으로 제한할 것이 아니라 (그것이 설사 부르주아의 것일지라도) 어떤 형식이든 끌어들일 필요가 있다고 주장했다는 점에서, 문학 형식의 선택에 있어서 루카치보다 훨씬 유연하고도 적극적인 입장을 보여주고 있다. 가령 그의 서사극(epic theater) 이론이나 소격효과(alienation effect) 등의 개념은 개연성과 공감을 중시하는 전통 리얼리즘 드라마의 재현 방식에 대한 정면 도전이었는데, 형식에 대한 브레히트의 이 같은 고민들은 '내용의 효과적 전달'이라는 목적에서 비롯된 것이니만큼 '정치적 실천으로서의 문학'에 대한 그의 강력한 지향을 아울러 보여준다고 할 수 있다.

구조 혹은 탈중심화된 텍스트: 골드만, 알튀세, 그리고 마슈레

골드만(Lucien Goldmann)에 의하면 문학 텍스트는 개인의 창조물이 아니라 특정한 사회집단(혹은 계급)의 세계관의 표현이다. 그에게 있어서 **"세계관"**이란 일종의 "초개인적 정신구조(trans-individual mental structure)"로서 "한 집단의 구성원들을 서로 엮어주고 동시에 그들을 다른 집단의 구성원들과 구별시켜주는, 사상과 소망과 감정의 복합체"이다. 그렇다면 문학작품의 생산에 있어서 작가가 하는 기능은 무엇인가? 그에 의하면 작가들은 철학자들과 더불어 자신이 속해 있는 사회적 집단, 계급의 세계관을 단지 고도의 일관성을 띤 형태로 표현할 수 있는 "예외적 개인들(exceptional individuals)"에 불과하다. 따라서 문학작품이 실제로 작가의 손을 거쳐 생산된다 해도 그것은 작가의 개인적 세계관이 아니라 그가 속해 있는 집단(계급)의 세계관이므로, 더 이상 개인적 산물일 수가 없다는 것이다.

그는 자신의 비평적 방법론을 "발생론적 구조주의(genetic structuralism)"라 부른다. 문학 텍스트를 하나의 작은 구조로 가정한다면, 그것은 그 자체 독립된 구조가 아니라, 그것을 에워싸고 있는 더 큰 구조의 표현이다. 그에게 있어서 '더 큰 구조'는 다름 아닌 집단의 세계관이다. 하나의 작은 구조가 그것보다 더 큰 구조의 표현이라면, 이 두 구조 사이에는 일정한 동질성이 존재할 것이다. 이 같은 동질성을 그는 **"구조적 상동성(structural homology)"**이라 부른다. 그렇다면 문학 연구자들이 할 일은 문학작품을 그것이 생산된 사회집단의 세계관과 결부시키고 양자 사이에 존재하는 구조적 상동성을 찾아내는 일일 것이다. 골드만은 그의 대표적 저서라 할 『숨은 신 *Le Dieu Caché*』(1955)에서 라 씬느(Jean. B. Racine)의 비극작품들과 파스칼(Pascal)의 『팡세 *Pensées*』, 그리고 프랑스의 종교운동인 장세니즘(Jansenism)과 법복(法服) 귀족이라는 사회집단 사이에 존재하는 구조적 상동성을 찾아내는 일에 몰두하고 있다. 또한 『소설 사회학을 위하여 *Pour Une Sociologie du Roman*』(1964)에서는 시장 자본주의 와 현대 소설 사이에 존재하는 상동성을 주로 물화(物化, reification)의 개념을 통해 설명해내고 있다. 그의 발생론적 이론은 나름대로 참신한 발상에서 출발하고 있음에도 불구하고, 문학작품과 그것을 감싸고 있는 사회집단의 세계관을 너무 기계적으로 연결시키고 있다는 점에서 상·하부구조 결정론이라는 비판을 받기도 한다.

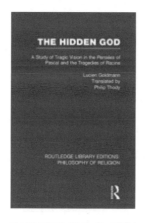

루시앙 골드만, 『숨은 신』 영역본

알튀세(Louis Althusser)에게 있어서 예술은 이데올로기와 과학, 그 사이에 위치한다. 예술은 과학처럼 우리에게 엄밀한 의미에서의 세계에 대한 '지식 (knowledge)'을 제공해주는 것은 아니지만 지식과 나름대로의 "특수한 관계"를 맺고 있다. 예술의 특수성은 우리로 하여금 "현실을 보고, 지각하고, 느낄 수 있게 해주는" 데에 있다. 알튀세 이론의 독특함은 바로 여기에서 드러난다. 예술이 우리로 하여금 '볼 수 있게' 만드는 현실이란 다름 아닌 이데올로기를 지칭하는 것이다. 그에 의하면, **"이데올로기"**란 "개인들이 그들의 실제 존재조건과 맺고 있는 상상적 관계의 재현"을 의미한다. 예술은 이데올로기 속에서 태어나고 그 속에서 살아 숨 쉬지만, 동시에 그것으로부터 거리를 취함으로써 우리로 하여금 이데올로기를 볼 수 있게 해준다. 물론 여기에서 '보다(to see)'와 '안다(to know)'는 것은 서로 다르다. 우리가 이데올로기의 본질을 '알' 수 있는 것은 오로지 과학을 통해서이다. 예술은 이데올로기 안에서 그것과 '내적 거리(internal distance)'를 취함으로써 이데올로기를 인식하지는 못하지만 '볼(지각할)' 수 있게 해준다는 점에서 이데올로기와 그리고 동시에 과학과도 구별되는 것이다. 그렇다면 예술은 어떤 방식으로 우리로 하여금 이데올로기를 보고, 느끼고, 지각할 수 있게 해주는가? 이에 대한 좀 더 체계적인 대답을 우리는 마슈레(Pierre Macherey)에게서 찾을 수 있다.

마슈레는 그의 『문학생산이론 Pour une Théorie de la Production』을 통해 루카치에서 골드만으로 이어지는 헤겔(Georg W. Hegel)적 전통에서 벗어난다. 그의 이론은 알튀세와 마찬가지로 철저하게 과학, 혹은 지식의 상태를 지향한다. 그가 일차적으로 요구하는 것은 문학이론의 과학화이다. 이론이 이론으로서의 지위를 갖기 위해서 그것은 명백히 과학의 상태를 지향하지 않으면 안 될 것이다. 과학이라는 말이 암시하다시피 그것은 주관적 판단—마슈레의 용어를 빌면 "적대적 평가(a hostile judgment)"—에서 벗어나야 한다. 문학이론은 '평가'라기보다는 '설명(explanation)'이다. 아울러 대상에 대한 설명은 대상과의 일정한 '거리'를 전제로 한다. 이러한 거리화에 의해 대상은, 경험적으로 그냥 주어진 단순한 연구 영역의 범주를 넘어서 우리의 설명으로 생산되어질 과학적 대상으로서의 성격을 갖게 된다. 지식은 대상 안에 잠재되어 있거나, 잊혀 있거나 혹은 숨겨진 의미의 단순한 발견 혹은 재구성이 아니다. 그에 의하면, 지식은 그것이 유래된 현실에 무엇인가를 새로이 제기하거나 추가한다는 점에서 "생산"이다. 가령 원에 대한 개념은 이미 원 자체도 아니며 실재하는 원의 존재에 의존하지도 않는다. 문학이론은 이처럼 일종의 지식이 되어야 하며 따라서 그냥 경험적으로 주어진 것으로서의 대상이 아니라, 이론에 의해 앞으로 '생산'될 대상을 갖는다. 그는 작품을 이미 경험적으로 주어진 완결된 형식으로 파악하는 모든 주장들을 "순진한 소비자(the naive consumer)" 혹은 "가혹한 판관(the harsh judge)" 등의 오명을 붙여 폐기한다. 우리는 지식으로서의 문학이론에 대한 마슈레의 이 같은 입장 속에서 그의 문학이론이 왜 **"문학생산이론"**인가를 이해하게 된다.

마슈레에 의하면 문학 텍스트는 겉으로 보이는 것처럼 그렇게 완벽하거나 한정적이고 닫힌 실재가 아니다. 그것은 겉보기와 달리 다양한 틈새, 흠집들을 가지고 있다. 그러나 텍스트의 이 같은 "불균등성(unevenness)"은 결점이 아니라 오히려 그 존재론적 특성에 해당된다. 그에 의하면 "불균등성은 모든 텍스트의 특징을 이룬다." 골드만이 문학 텍스트를 일종의 '구조'로 이해하고 있다면, 마슈레에게 있어서 문학작품은 일종의 '탈중심화된 구조(decentered structure)'이다. 그에 의하면 "작품의 담론은 결정되어 있으면서 동시에 끝이 없고, 완성되어 있으나 끝없이 다시 시작되며, 산만하면서 동시에 응축되어 있고, 그것이 감추지도 드러내지도 못할 어떤 '부재하는 중심(an absent center)'의 주위를 감싸고 있다." 텍스트는 이 같은 불완전성, 결핍, 해체된 중심에 의존하고 있다. 그렇다면 텍스트의 이 같은 자질은 무엇에서 비롯되는가? 마슈레에게 있어서 이것은 무엇보다도 이데올로기와 그것의 변형(혹은 생산)으로서의 텍스트 사이에 존재하는 모순에 기인한다. 그에 의하면, 문학작품의 원료는 이데올로기이다. 문학작품은 원료로서의 이데올로기에 일정한 노동을 가함으로써 그것의 형태를 변화시킨다. 이 변형 혹은 가공의 과정 때문에 문학작품은 이론과 마찬가지로 '생산'으로서의 성격을 갖게 되는 것이다. 문학은 이데올로기를 '써

넘으로써' 이데올로기를 보여준다. 이렇게 해서 텍스트 안으로 들어온 이데올로기는 이미 원료로서의 그것과는 다른 형태를 갖게 되며, 따라서 텍스트와 그것의 원료로서의 이데올로기는 서로 모순관계에 이르게 된다. '보이지 않는' 이데올로기가 텍스트에 의해 물적 형식을 부여받고 비로소 '보이는' 대상이 되었을 때, 텍스트 안에서 그것은 필연적으로 자기가 아닌 '타자성'을 함유할 수밖에 없을 것이다. 텍스트 안의 이러한 모순이 바로 의미의 충돌, 텍스트의 불균등성, 미완성성, 흠집, 갈라진 틈을 구성한다. 마슈레에 의하면, 문학작품은 그것이 보여주는 부분뿐만 아니라 이 같은 불균등성, 미완성, 빈틈, 즉 "부재(absence)를 통하여 더욱 많은 것을 말하고 있다." 그것은 '침묵의 웅변'이다. 그의 독서 전략은 텍스트의 이러한 침묵의 부분을 건드림으로써, 텍스트로 하여금 더욱 많은 이야기를 하게 만드는 것이다. 그의 이 같은 전략은 그의 이론의 모체인 알튀세의 소위 **"징후적 독법**(symptomatic reading)"에 의존하고 있다.

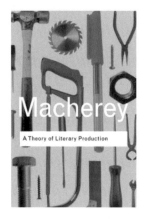

마슈레, 『문학생산이론』 영역본

알튀세에 의하면 텍스트는 객관현실의 완전한 기록에 통상 실패한다.

텍스트는 실재를 오직 부분으로만 혹은 일관성이 결여된 채 보여주며 따라서 일정한 틈새를 남길 수밖에 없다. 훈련된 독자는 이러한 틈새—즉 침묵된 부분—들을 들여다봄으로써 텍스트가 감추고 있는 것을 읽어낼 수 있다. 예를 들면 마르크스는 역설적이게도 자신이 비판해 마지않던 고전경제학의 텍스트들 속에 감추어진, 침묵된 부분을 읽어냄으로써 『자본론』의 구성에 도달했던 것이다. 마슈레에 의하면 "고전경제학이 보고 있지 않은 것은, 사실은 보고 있지 않은 것이 아니라 이미 보고 있는 것이다." 이 말을 문학 영역으로 바꾸면 다음과 같은 마슈레의 주장이 성립된다. "작품에 있어서 중요한 것은 오히려 그것이 말하지 않는 부분에 있다."

프랑크푸르트학파: 아도르노와 벤야민

프랑크푸르트학파의 소위 "비판이론(Critical Theory)"은 1920년대 초반 독일 프랑크푸르트(Frankfurt)에 호르크하이머(Max Horkheimer), 아도르노(Theodor Adorno), 마르쿠제(Herbert Marcuse) 등이 "사회연구소(The Institute of Social Research)"를 설립하면서 시작되었다. 이들의 이론은 넓게 볼 때, 헤겔적 마르크스주의와 프로이트의 정신분석이 결합된 형태였다. 1933년 미국으로 망명하기 전까지 근 10년간 프랑크푸르트학파의 이론은 주로 파시즘과의 싸움의 과정에서 형성되었다고 볼 수 있을 것이다. "파시즘이 없었더라면 프랑크푸르트학파도 없었을 것"이라는 주장은 이 양자 사이의 불가분의 관계를 설명해준다. 1950년에 다시 독일로 돌아오기까지 이들이 미국 사회에서 관찰한 것은 마르쿠제가 "1차원적 사회(One-dimensional society)"라고 명명했던바, 도구화된 이성이 지배하는 새로운 형태의 관료자본주의 사회였다. 이들이 볼 때, 자본주의는 물화, 상품화, 그리고 소외 등으로 특징지어진다. 자본주의 사회에 대한 이들의 비판은 주로 마르크스주의에 의존하고 있었다. 그러나 많은 논자들이 이들의 이론을 "우울한 과학(gloomy science)" 혹은 "비관적 형이상학(pessimistic metaphysics)"이라고 부르는 것은 자본주의에 대한 그 혹독한 비판에도 불구하고 이들이 전통적인 의미의 혁명론을 사실상 포기하고 있기 때문이기도 하다. 이미 수차례의 혁명을 위한 노력들이 실패로 돌아갔고, 또 그 패배의 자리에 파시즘이 장악하고 있던 당시 유럽의 토양에서 이들이 자본주의에 대한 대안으로 사회주의적 혁명을 내세울 수는 없었다. 그러나 눈앞의 현실로 존재했던 자본주의의 다양한 모순들을 용납할 수도 없었던 이들은, 대안의 마련보다는 주로 (자본주의에 대한) '비판'에 몰두하였다. 이들의 이론을 널리 **"비판이론(Critical Theory)"**이라고 부르는 이유가 바로 여기에 있다.

　　예술 혹은 문학은 이들에게 있어서 매우 특권적인 지위를 가지고 있었다. 이들에 의하면 자본주의는 사회를 구성하는 거의 모든 영역들을 철저하게 상품화한다. 이 상품화의 와중에 상품화를 거부하며 나름대로의 자율성(autonomy)을 견지해내는 거의 유일한 영역이 있다면 그것은 바로 예술이다. 이들이 주로 철학 내지는 사회과학 연구자들이었음에도 불구하고 예술 영역에 지대한 관심을 보여주었던 이유가 바로 여기에 있다. 사회의 전면적 상품화에 저항하는 거의 유일한 영역으로서의 예술 개념은 이들의 '비관적 형이상학'을 상쇄할 정도는 아닐지라도 이들에게는 매우 중요한 출구 중의 하나였음이 분명하다. 그러나 이들이 모든 예술 영역에 이 같은 자율성을 인정한 것은 아니었다. 이들은 상업적 대중예술과 본격 고급예술을 구분했으며, 전자는 오히려 자본주의적 상품화를 부채질한다는 점에서 이들에게 비판의 대상이 되었다. 한편 상업적 대중예술과 본격예술에 대한 이들의 이분법적 구분은 종종 '엘리트주의'라는 비판을 받기도 한다.

　　아도르노에 의하면, 문학은 현실과 직접적인 관계를 맺고 있지 않다. 문학이 현실의 직접적 반영이라면, 타락한 현실은 타락한 문학을 양산할 수밖에 없을 것이다. 루카치와 리얼리즘에 대한 비판을 통해 아도르노가 부인하는 것은 현실에 대한 직접적·도식적 반영으로서의 문학 개념이다. 특유의 **"부정의 변증법(negative dialectics)"**을 통해 그가 도달한 결론에 의하면, 예술형식은 사회적 현실을 그 안에 이미 담고 있다는 점에서 일종의 '매개(mediation)' 역할을 수행한다. 이런 점에서 "작품이 사회와의 관계를 덜 도식화하면 할수록, 그리고 오히려 해당 작품 안에서 자신도 모르게 어떤 결정이 이루어지면 질수록, 그 작품은 보다 완벽하게 된다." 그가 "무의도적 역사기술(unintentional description of history)"이라 명명한 이런 자세를 그는 베케트(Samuel Beckett), 발레리(Paul Valery), 보들레르(Charles Baudelaire) 등, 모더니즘 계열의 작가들 속에서 발견한다. 문학은 현실을 직접적으로 반영하기보다는, 오히려 이와 같은 무의도적 "비판적 거리(critical distance)"를 확보함으로써 자본주의의 상품화 전략에 맞설 수 있다. 바로 이 '거리'가 문학예술 영역에 독특한 저항의 지위를 부여해준다. 이로써 루카치의 집중 공격을 받았던 모더니즘은 아도르노에게 와서 새로운 조명을 받게 된다. 아도르노에게 있어서 모더니즘의 난해하고도 실험적인 예술형식들은, 현실에 대한 직접적 논평은 아닐지라도 모든 것을 손쉽게 소비재로 만들어버리는 자본주의적 전략에 대한 일종의 딴지걸기이다. 상품의 소비문법에만 익숙해져 있는 "일차원적" 대중들에게 있어서 난해한 모더니즘 작품들은 일종의 문화적 고문(拷問)에 다름 아니다. 모더니즘은 이처럼 자본주의의 파편화된 현실을 (직접적으로 반영하기보다는) 파편화된 실험적 형식으로 '매개'시킴으로써 자본주의 사회의 제반 모순을 간접적으로 드러낸다. 예술을 "현실에 대한 부정적 지식(negative knowledge)"으로 정의했던 아도르노에게 있어서, 모더니즘은 이런 의미에서의 부정의 정신, 즉 비판의 정신을 가지고 있다. 그가 『신음악의 철학 *Philosophie der Neuen Musik*』을 통해 분석한 쇤베르크(Arnold Schönberg)의 실험적인 무음조(無音調 atonal) 음악은 소리의 규칙성과 반복성에 토대한 음악 언어의 전통적 문법을 파괴하고 격렬한 무의식적 충동을 표현함으로써 자본주의의 검열을 피해나간다.

1940년 가을, 게슈타포의 추격을 피해 피레네 산맥을 헤매다 자살한 발터 벤야민(Walter Benjamin)은 브레히트와 절친한 친구 사이였다. 그는 유대교의 신비주의와 마르크스주의의 결합이라는 어찌 보면 매우 모순적인 프로젝트의 입안자였으며, 평생 제도권의 안정된 일자리를 얻지 못했던 불행한 이력의 소유자이기도 했다. 아도르노는 브레히트와의 친교가 벤야민에게 있어서는 일종의 '악영향'이었으며, 그가 마르크스주의의 여러 범주들을 비변증법적으로 사용하는 데 일조했다고 비판한다. 하지만 그의 비변증법적 지향을 곧바로 비(非)마르크스주의적인 것으로 연결시키는 주장 역시 무리가 따를 수 있다. 유대교의 (비변증법적인) 메시아사상과 마르크스주의의 유토피아니즘은 상충된 것만큼이나 나름대로의 (친족)유사성을 가질 수 있기 때문이다. 벤야민의 주된 관심사 중의 하나는 브레히트와 마찬가지로 예술의 현실 개입에 대한 문제였다. 그는 「기계복제 시대의 예술작품」(Das Kunstwerk im Zeitalter seiner Technischen Reproduzierbarkeit, 1936)이라는 글에서 현대 예술 작품에 부여된 지위의 변화에 대하여 논하였다. 기계복제의 기술이 고도로 발전되기 이전의 사회에서 예술 작품은 그것의 '유일무이성(uniqueness)'으로 인해 제의적(ritual)이고도 신비로운, 유사종교적 분위기, 즉 **"아우라(aura)"**를 가지고 있었다. 과학기술의 발달과 더불어 각종 복제기술이 발달함에 따라, 예술 작품은 아우라를 상실하게 되었다. 녹음기나 유성영화, 자동음악기계들은 음악을 통조림화해서 판다. 연주회에서나 일회적으로 감상할 수 있던 음악이 이제는 상품화되어 가판대에 진열되어 있는 것이다. 그러나 예술의 상품화라는 이 대목에서 그는 아도르노처럼 절망하지 않는다. 기계복제 시대는 예술을 특정 소수의 손에서 다수 대중의 소유로 바꾸어 놓는다. 예술이 다수 대중의 손 안으로 들어왔다는 것은 그것이 이제 더 이상 숭배나 제의의 대상이 아니라 바야흐로 '정치'의 영역에 진입했음을 의미한다. 그는 「생산자로서의 작가」(Der Auto als Produzent, 1934)라는 글에서 다른 모든 형태의 생산과 마찬가지로 문학 역시 특정한 생산기술에 의존함을 지적한다. 이 기술은 예술적 생산력의 일부로서 생산자와 그 소비자 사이에 존재하는 사회적 생산관계에 상응하는 것이다. 벤야민에게 있어서 혁명적인 예술가란 바로 이 예술적 생산력을 혁명화함으로써 생산자로서의 예술가와 그 소비자 사이에 새로운 생산관계를 만들어나가는 자이다. 따라서 혁명적 예술가는 영화, 음악기계(녹음기 등), 사진술 등 전통예술로부터 아우라를 빼앗아간 기제들을 비난만 할 것이 아니라, 역으로 발전시키고 활용하지 않으면 안 된다. 이것은 기존에 존재하는 매체들을 혁명적 메시지를 전달하기 위해 단지 '활용하는' 차원의 일이 아니다. 혁명적 예술은 시대를 앞질러 오히려 이 같은 매체들을 개발하고 발전시키지 않으면 안 된다. 훌륭한 예술의 관건은 올바른 주제의 선택으로 한정되는 것이 아니라, 그것을 전달하는 혁명적 기술의 개발과 불가분의 관계에 있다는 주장은, 앞에서도 살펴본바 브레히트의 예술형식에 대한 입장과도 상통하는 것이다.

현대 마르크스주의 문학이론: 이글턴과 제임슨

이글턴(Terry Eagleton)과 제임슨(Fredric Jameson)은 현대 마르크스주의 문학이론을 구성하는 가장 대표적인 논자들이라 할 수 있을 것이다. 현대 마르크스주의 문학이론의 가장 중요한 특징 중의 하나는, 그것이 기존의 마르크스주의뿐만 아니라 1950년대에 구조주의 문학이론이 출현한 이래 발전해온 포스트구조주의, 해체론, 정신분석학 등 현대의 다양한 이론들을 마르크스주의 내부로 끌어들이고 있다는 데에 있을 것이다. 이 '끌어들임'은 현대의 이론적 지형이 그만큼 복잡해졌고, 여타의 비마르크스주의 이론들과의 대화 혹은 타협이 이제는 마르크스주의 내부에서도 불가피해졌다는 것을 의미한다. 1989년 베를린 장벽의 와해와 더불어 시작된 동구 현실사회주의의 붕괴는, 우선적으로는 정치체제로서의 사회주의의 실패로, 나아가 사상으로서의 마르크스주의 자체의 본질적인 위기로까지 받아들여져 왔다. 또한 현실사회주의의 몰락이라는 정황의 이면에는 '자본의 전지구화'라는 말이 상징하는바, 자본주의적 논리의 전지구적 확산이라는 새로운 상황이 내재해 있다. 정치·경제·문화적 지형의 이 같은 급격한 변화의 와중에서 이글턴과 제임슨은 마르크스주의의 지속적인 유효성뿐만 아니라 그것의 불가피성 내지는 "초월불가능성"(제임슨)을 주장하면서 마르크스주의를 지켜내고 있다는 점에서도 주목할 만하다.

이글턴은 최근(2016)에도 누구보다도 왕성한 집필 활동을 보여주고 있다. 이글턴이 『비평과 이데올로기 *Criticism and Ideology*』(1976), 『마르크스주의와 문학비평 *Marxism and Literary Criticism*』(1976) 등의 초기작들을 통해 확립하려 했던 것은 '과학으로서의 비평' 개념이었다. 물론 초기 이글턴의 이론적 맥락을 알튀세와 마슈레의 입장에 대한 '전반적 수용과 부분적 거부'의 과정으로 이해할 수도 있을 것이다. 그는 알튀세로부터는 비평이 기존의 '이데올로기적 전사(前史)'와 결별하고 진정한 의미의 '지식' 혹은 과학이 되어야 한다는 입장을 받아들였으며, 이런 관점에서 그의 스승인 윌리엄즈(Raymond Williams)의 이론을 유물론이 아닌 인문주의(humanism)라 비판하였다. 그는 또한 마슈레로부터는 부재 혹은 탈중심화된 구조로서의 문학 텍스트, 이데올로기를 원료로 하고 그것에 변형의 노동을 매개시킨 생산으로서의 문학의 개념 등을 수용한다. 초기 이글턴의 주된 작업은 이리하여 '객관현실-이데올로기-문학텍스트' 사이의 복잡한 관계에 대한 해명을 중심으로 이루어졌다. 그는 마슈레처럼 문학 텍스트가 현실이 아닌 이데올로기를 그 일차적 원료로 한다는 입장을 견지한다. 이데올로기가 현실에 대한 일차적 작용의 결과라면, 문학작품은 (현실에 대한 작용으로서의) 이데올로기에 대한 재작용(reworking)이다. 이 과정을 통해 문학은 현실에 대한 어떤 '효과'들을 생산하게 되는 것이다. 이런 의미에서 그는 알튀세가 문학이 이데올로기와 그 자체 거리를 취할 수 있다는 입장을 비판한다. 문학은 이데올로기와 거리를 취하는 것이 아니라 그것에 대한 재작용이 되 그를 통해 이데올로기를 반영할 뿐만 아니라, 나아가 특정한 이데올로기를 생산하기도 한다. 이글턴은 『마르크스주의와 문학비평』에서 루카치의 반영 개념을 현실에 대한 "평면거울" 식의 반영으로, 마슈레의 문학생산이론을 현실, 더 정확히 말하면 이데올로기에 대한 "깨진 거울 혹은 찌그러진 거울" 식의 반영으로 비교 설명한다. 여기서 "깨진 거울 혹은 찌그러진 거울" 식의 반영이란 바로 원료로서의 이데올로기가 문학 텍스트 안으로 들어오면서 일정한 굴절 혹은 변형의 과정을 겪게 됨을 지칭하는 것이고, 이 변형의 과정 때문에 우리는 문학을 이데올로기에 대한 재작용 내지는 생산 개념으로 이해할 수 있게 되는 것이다. 따라서 문학비평은 문학 형식 자체에 대한 연구도, 이데올로기에 대한 연구도 아니며, 일종의 "텍스트의 과학(a science of the text)"으로서 지식(과학)의 위치를 견지하되, 이데올로기와 문학 텍스트 사이의 '관계'에 대한 천착된 설명과 분석을 해내야 한다는 것이다. 이 관계에 대한 연구를 그는 매슈 아놀드(Matthew Arnold)에서 D. H. 로렌스(David Herbert Lawrence)에 이르는 다양한 작가들의 작품들을 중심으로 전개한다.

이글턴 이론의 또 다른 맥락은 레닌, 브레히트, 벤야민으로 이어지는 실천 지향적 계보와 연결되어 있다. 『발터 벤야민 혹은 혁명적 비평을 향하여 *Walter Benjamin or Towards a Revolutionary Criticism*』에서 그는 기존의 (특히 『비평과 이데올로기』) 자기 이론이 과학의 이름을 내걸면서 상대적으로 정치적 실천의 영역을 소홀히 했음을 비판하면서 소위 "정치적 비평"의 필요성을 다시 앞세운다. 중요한 것은 세계에 대한 과학적 인식 혹은 해석만이 아니라 세계를 바꾸는 것이라는 마르크스주의 고유의 명제가 다시 중요한 테제로 부각되는 것이다. 그에 의하면 모든 비평은 본질적으로 정치적일 수밖에 없고, 따라서 혁명적 비평은 현실 속에서 가능한 한 다양한 개입점들을 찾아내지 않으면 안 된다. 발터 벤야민의 모호한 담론 속에서 그가 읽어내는 것은 바로 이 같은 혁명적 비평의 가능성이다. 가령 벤야민이 찬양한바 브레히트의 희곡들은 과거의 역사들을 본래의 그것들의 "의도와는 정반대로(against the grain)" 다시 읽어낸다. 이글턴은 전혀 비(非)사회주의적인 작품들(예들 들어, 셰익스피어의 작품들)조차도 그것들의 의도와는 달리 혁명적 비평에 의해 사회주의적으로 "다시 쓰일(해석될)" 수 있음을 강조한다. 이글턴의 이 같은 '우상 파괴적' 비평은 한편으로는 1960년대 말에서 70~80년대를 거치면서 발전해온 포스트구조주의 내지는 해체론에 힘입은바 크다. 그는 이 이론들로부터 형이상학적 중심, 허구적 구조, 절대적 지식에 대한 과감한 도전과 해체의 정신을 배운다. 소위 세계 명작들이라는 서구의 경전(canon)들이 "지배계급의 이익에 이바지하는 담론을 거부하는 반란자들을 문학판에서 배제하기 위해" 만들어졌다는 그의 논지는 이 같은 정신을 잘 보여주는 것이다. 그러나 그럼에도 불구하고 이글턴이 여전히 마르크스주의자이지 포스트구조주의자가 아닌 것은, 그가 포스트구조주의의 해체 전략을 받아들이면서도, 이를 선택적으로 활용할 뿐, 그것이 '객관현실의 물질성' 내지는 계급성을 부인하고 있다고 마르크스주의적 입장에서 강도 높은 비판을 감행하고 있기 때문이기도 하다.

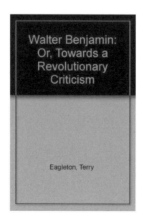

이글턴, 『발터 벤야민 혹은 혁명적 비평을 향하여』

이글턴은 『이론 이후 *After Theory*』(2003), 『달콤한 폭력 *Sweet Violence*』(2003), 『반대자의 초상 *Figures of Dissent*』(2003), 『신성한 테러 *Holy Terror*』(2005), 『삶의 의미 *The Meaning of Life*』(2007), 『낯선 이들과의 문제: 윤리학 연구 *Trouble with Strangers: A Study of Ethics*』(2009), 『이성, 믿음, 혁명: 신에 대한 논쟁에 관한 성찰 *Reason, Faith, and Revolution: Reflections on the God Debate*』(2009, 국내 번역본 제목은 『신을 옹호하다: 마르크스주의자의 무신론 비판』), 『악에 대하여 *On Evil*』(2010) 등을 거치면서 최근에는 논의를 궁극적인 의미에서의 윤리 혹은 신학의 문제로 환원하고 있다. 이글턴의 윤리적 전회는 동시에 "신학적 전회(theological turn)"이기도 한데, 1960년대 말 이후 포스트모더니즘을 비롯하여 각종 포스트 이론들의 등장과 더불어 윤리, 정의, 악, 혁명 등의 전통적 가치들이 근본적인 회의의 대상이 되어온 그간의 학문 시장의 분위기를 고려하면, 이는 매우 독특하다 못해 위태로워 보이기까지 한다. 혹자는 이글턴의 이와 같은 전회를 다양한 근거를 들어 "실패"라고 단정하는가 하면(보어 R. Boer), "거대한" 형이상학적 질문들을 이론적으로 다시 치밀하게 재구성하는 그의 능력을 칭찬하기도 한다(지젝 S. Žižek).

사실 엄밀히 말해 이글턴의 이와 같은 "전회"는 문자 그대로의 전회라기보다는 초기 이글턴부터 유구하게 이어져온 이글턴의 입장이 더욱 분명하게 외화되고 체계화된 것이다. 가령 그가 마르크스주의자였으나 어느 날 갑자기 크리스천 독트린을 들고 나왔다고 말한다면 이는 이글턴의 이론에 대한 명백한 오해이다. 그는 초기 저작인 『신좌파 교회 *The New Left Church*』(1966)를 집필할 때부터 이미 노동자계급 출신의 좌파 크리스천(가톨릭)이었으며, 이후로 마르크스주의, 유물론, 사회주의, 기독교 담론은 그의 이론 체계를 이루는 변함없는 근간이 되어왔다. 그의 이론적 궤적은 한편으로는 거대서사(grand narrative)를 부정하는 포스트모더니즘과의 싸움이면서 다른 한편으로는 동구 현실사회주의의 몰락 이후 위기에 처한 마르크스주의 이론을 보강하고 그 현실 적응력을 강화시키는 작업이었다. 이 과정에서 기독교담론 혹은 윤리담론은 이글턴에게 있어서 마치 프로이트의 전의식(pre-conscious)처럼 각종 포스트주의의 다양한 검열의 마지막 필터 밑에서 기표(signifier)화 되지 못한 채 의식의 표면으로 떠오를 기회만 엿보고 있었던, 내밀한, 그러나 이미 장전을 완료하고 있던 기의(signified)이다.

이글턴이 현대 영국의 가장 대표적인 마르크스주의 문학이론가라면, 제임슨은 영국에 비해 상대적으로 마르크스주의의 토양이 빈약한 미국에서 마르크스주의를 문학이론의 중요한 한 축으로 발전시켜온 대표적인 이론가라 할 수 있을 것이다. 그는 『마르크스주의와 형식 *Marxism and Form: Twentieth-Century Dialectical Theories of Literature*』(1971, 국내 번역본 제목은 『변증법적 문학이론의 전개』)을 통해 아도르노, 벤야민, 블로흐(E. Bloch), 루카치, 사르트르(J. P. Sartre) 등의 소위 "변증법적 문학이론"을 미국에 소개했을 뿐만 아니라, 『언어의 감옥 *The Prison-House of Language*』(1972)을 통해 러시아 형식주의와 구조주의를 마르크스주의적 입장에서 비판적으로 읽어내기도 한다. 이런 과정을 통해 제임슨이 의도했던 것은 "정치적 자유주의, 경험주의, 논리실증주의"에 이념적으로 봉쇄되어 있는 미국의 독자들로 하여금 매우 이질적인 유럽의 변증법적 사유, 변증법적 문화와 그것이 수반하는 지적, 비판적 무기들을 접하게 함으로써, 미국 사회에서 마르크스주의 인텔리겐치아와 그것에 기반을 둔 마르크스주의 문화를 창출(즉, 마르크스주의 담론의 합법화)하는 것이었다. 그는 이를 사회민주주의 운동의 가장 기본적이고도 초보적인 단계로 이해한다.

그의 이론의 중요한 특징 중의 하나는 현대의 다양한 이론들을 마르크스주의 내부로 끌어들여 **"약호변환(transcoding)"**하고 있다는 데 있다. 가히 '현대사상의 박물관'이라고 할 수 있을 정도로 그의 이론 속에는 현대의 거의 모든 (사상) 이론이 들어와 있어 때로 독자들을 깊은 혼란에 빠뜨린다. 그러나 제임슨 이론의 체계적 요약이라 할 『정치적 무의식: 사회적 상징행위로서의 서사 *The*

Political Unconscious: Narrative as a Socially Symbolic Act』(1981)를 자세히 읽어보면 우리는 그에 대한 좀 더 용이한 이해에 도달할 수 있다. 그에게 있어서 관건은 바로 "**해석(interpretation)**"의 문제이다. 제임슨에 의하면 해석이란 일종의 "알레고리적 행위로서, 주어진 텍스트를 특수한 해석적 기본 약호(master code)로 다시 읽어내는 것"이다. 그렇다면 제임슨 해석학의 기본 약호는 무엇인가? 그것은 바로 마르크스주의이다. 그는 마르크스주의를 "명백히 적대적인 진영의 통약 불가능한 여러 이론들을 끌어들여, 그것들에 의심할 바 없는 '국부적(local)' 정당성을 부여하면서도 그것들을 상쇄하고 동시에 보존할 수 있는" "초월 불가능한 지평"으로 상정한다. 그렇다면 왜 마르크스주의만이 초월 불가능한 지평으로서 여타 이론들의 국지성을 넘어설 수 있다는 말인가? 제임슨에 의하면, 텍스트에 대한 총체적·변증법적 접근을 통해 "억압되어 묻혀 있는 역사의 근본적인 실재를, 텍스트의 표면으로 복원"시킬 수 있는 해석 약호는 마르크스주의밖에 없다. 그렇다고 해서 그가 구조주의, 러시아 형식주의 등 다른 해석 약호들 혹은 해체론 등의 반(反)해석론 일반을 폐기시켜버리는 것은 아니다. 그는 이 같은 현대 이론들이 갖고 있는 효용성 내지는 정당성을 충분히 인정할 뿐만 아니라 그것들을 적극적으로 활용한다. 프라이(Northrop Frye), 그레이마스(Algirdas Julien Greimas), 라캉(Jacques Lacan), 알튀세 등의 이론들에 대한 이해와 그 마르크스주의적 활용의 폭과 깊이에 관한 한, (이글턴은 이를 "미국적 다원주의"라 폄하하지만) 그는 타의 추종을 불허한다. 다만 이 이론들은 오직 마르크스주의라는 좀 더 큰 틀 안에서만 그 유효성을 보장받는 것이다. 해석이란 결국 마르크스주의라는 더 근본적인 해석 약호로 텍스트를 "강하게 다시 씀(strong rewriting)"으로써 정치적 무의식의 형태로 억압, 위장, 신비화되어 있는 역사를 텍스트의 표면으로 복원해내는 일이다.

　　이 같은 방법론에 기초하여 그는 『포스트모더니즘 혹은 후기자본주의의 문화 논리 *Postmodernism, or the Cultural Logic of Late Capitalism*』(1992),

『지정학적 미학 *The Geopolitical Aesthetics*』(1995), 『시간의 기원 *The Seeds of Time*』(1994) 등 여러 후기 저작들을 통해 탈근대사회의 다양한 문화적 산물들을 분석해나가는데, 분석 대상에는 문학작품뿐만 아니라 영화·비디오·건축·회화·공상과학소설 등 현대 문화의 다양한 분야들이 망라된다. 이는 앞에서 설명한 바, '현대사상의 박물관'으로서의 그의 사상의 폭만이 아니라, 미적 대상 일반에 대한 그의 관심의 지대한 넓이를 보여주는 것인데, 이런 분석들을 통해 그가 도달하고자 하는 것은 바로 이 다양한 문화적 산물들(서사들)의 근저에 무의식의 형태로 억압되어 있는 "단일하고도 위대한 이야기" 즉 대문자 **역사**(History) 읽기이다. 위의 저서 제목에서도 드러나듯이 그가 포스트모더니즘을 후기자본주의의 문화적 논리로 읽어내는 것도 바로 이런 맥락에서인 것이다.

제임슨의 대표작 『정치적 무의식』

마르크스주의의 효과, 그리고 남는 문제들

수많은 현대 문학이론 중에서도 마르크스주의만이 가지고 있는 중요한 효과가 있다면 그것은 바로 **총체성(totality)**의 개념이다. 문학을 별도의 고립된 개체가 아니라 그것을 에워싸고 있는 세계와의 총체적 연관 속에서 이해하려고 하는 입장은 모든 마르크스주의 이론의 양보할 수 없는 최종적 입장이며, 마르크스주의가 갖고 있는 중요한 역할이기도 하다. 다만 문제는 문학과 세계 사이의 상관성을 설명하는 '다양한' 방식이고, 그 안에서 문학–세계 사이의 무게중심을 절묘하게 유지하는 일일 것이다. 문학 쪽으로 너무 무게가 갔을 때, 문학의 사회성, 역사성에 대한 해명이 취약해질 것이고, 세계 쪽으로 과도하게 중심이 이동했을 때, 문학의 자율성에 대한 논의는 사라지고 말 것이다. 다행인 것은 (이글턴과 제임슨에게서 확인할 수 있듯이) 마르크스주의가 현대의 다양한 문학이론들과 만나면서 더욱 정교해지고 세밀해져서, 문학의 자율성과 세계의 규정성 사이에서 일정하게 균형을 유지하고 있다는 것이다. 그러나 마르크스주의가 다름 아닌 '문학'이론으로서 더욱 풍요로워지기 위해서는, 개별 텍스트들이 갖고 있는 독특하고도 내밀한 무늬들을 세계와의 관계 안에서 더 깊숙이 건드려야 할 것이다.

참고문헌 혹은 더 읽을 책들

▪골드만, 루시앙. 박영신 외 역.『문학사회학 방법론』. 현상과인식. 1984.

▪골드만, 루시앙. 송기형 외 역.『숨은 신』, 연구사. 1986.

▪레닌, V. I.. 이길주 역.『레닌의 문학예술론』. 논장. 1988.

▪루나찰스키 외. 김휴 역.『사회주의 리얼리즘』. 일월서각. 1987.

▪루카치, 게오르그. 이영욱 역.『역사소설론』. 거름. 1987.

▪루카치, 게오르그. 반성완 역.『루카치 소설의 이론』. 심설당. 1998.

▪루카치, 게오르그. 조만영 외 역.『역사와 계급의식』. 지식을만드는지식. 2015.

▪리히트하임, 게오르게. 이종인 역.『루카치』, 시공사. 2001.

▪마르크스, 칼 & 엥겔스, 프리드리히. 김영기 역.『마르크스 엥겔스의 문학예술론』. 논장.
　　1989.

▪마슈레, 피에르. 윤진 역.『문학생산의 이론을 위하여』. 그린비. 2014.

▪벤야민, 발터. 반성완 편역.『발터 벤야민의 문예이론』. 민음사. 1983.

▪벤야민, 발터. 이태동 역.『문예비평과 이론』. 문예출판사. 1987.

▪벤야민, 발터. 조형준 역.『아케이드 프로젝트 1-2』, 새물결. 2005.

▪벤야민, 발터. 최성만 역.『기술복제시대의 예술작품, 사진의 작은 역사 외』. 길. 2007.

▪벤야민, 발터. 김영옥 외 역.『일방통행로, 사유이미지』. 길. 2007.

▪브레히트, 베르톨트. 김기선 역.『서사극 이론』. 한마당. 1989.

▪브레히트, 베르톨트. 성경하 역.『브레히트의 리얼리즘론』. 남녘. 1989.

▪아도르노, T. W.. 김주연 역.『아도르노의 문학이론』. 민음사. 1985.

▪아도르노, T. W.. 홍승용 역.『미학이론』. 문학과지성사. 1985.

▪알튀세, 루이. 이진수 역.『레닌과 철학』. 백의. 1997.

▪알튀세, 루이. 서관모 역.『마르크스를 위하여』. 후마니타스. 2017.

▪엘리어트, 그레고리. 이경숙 외 역.『알튀세르: 이론의 우회』. 새길. 1992.

- 연구모임 사회비판과 대안 편.『프랑크푸르트학파의 테제들』. 사월의책. 2012.
- 오민석.『정치적 비평의 미래를 위하여』. 단국대학교출판부. 2004.
- 이글턴, 테리. 이경덕 역.『문학비평: 반영이론과 생산이론』. 까치. 1987.
- 이글턴, 테리, 서정은 역.『성스러운 테러』. 생각의나무. 2007.
- 이글턴, 테리. 이재원 역.『이론 이후』. 길. 2010.
- 이글턴, 테리. 황정아 역.『왜 마르크스가 옳았는가』. 길. 2012.
- 이글턴, 테리. 김정아 역.『발터 벤야민 혹은 혁명적 비평을 향하여』. 이앤비플러스. 2012.
- 제이, 마틴. 황재우 역.『변증법적 상상력: 프랑크푸르트 학파의 역사와 이론』. 돌베개. 1981.
- 제임슨, 프레드릭. 여홍상 외 역.『변증법적 문학이론의 전개』. 창비. 1984.
- 제임슨, 프레드릭. 윤지관 역.『언어의 감옥: 구조주의와 형식주의 비판』. 까치. 1985.
- 제임슨, 프레드릭. 김유동 역.『후기 마르크스주의』. 한길사. 2000.
- 제임슨, 프레드릭. 여홍상 외 역.『맑스주의와 형식: 20세기의 변증법적 문학이론』(개정판). 창비. 2014.
- 제임슨, 프레드릭. 이경덕 외 역.『정치적 무의식: 사회적으로 상징적인 행위로서의 서사』. 민음사. 2015.

- Adorno, Theodor W.. *Prisms*. trans. Samuel and Shierry Weber. Neville Spearman. 1967.
- Adorno, Theodor W. and Horkheimer, Max. *Dialectic of Enlightenment*. trans. John Cumming. Allen Lane. 1972.
- Adorno, Theodor W., Benjomin, Walter, Bloch, Ernst, Brecht, Bertolt and Lukács, Georg. *Aesthetics and Politics*. trans. Ronald Taylor. New Left Books. 1977.
- Althusser, Louis. *For Marx*. trans. Ben Brewster. Allen Lane. 1969.
- Althusser, Louis. *Lenin and Philosophy and Other Essays*. trans. Ben Brewster. Verso. 1971.

- Bexandall, Lee and Morawski, Stefan. *Marx and Engels on Literature and Art*. International General. 1973.

- Benjamin, Walter. *Illuminations*. trans. Harry Zohn. Jonathan Cape. 1970.

- Benjamin, Walter. *Understanding Brecht*. trans. Anna Bostock. New Left Books. 1973.

- Benjamin, Walter. *Selected Writings*. trans. Edmund Jephcott. 4 vols. Harvard Univ. Press. 1996.

- Benjamin, Walter. *The Arcade Project*. trans. Howard Eiland and Kevin McLaughlin. Harvard Univ. Press. 1999.

- Eagleton, Terry. *Criticism and Ideology*. New Left Books. 1976.

- Eagleton, Terry. *Marxism and Literary Criticism*. 2nd ed. Routledge. 1976(1st ed.), 2002.

- Eagleton, Terry. *Walter Benjamin or Towards a Revolutionary Criticism*. New Left Books. 1981.

- Eagleton, Terry. *Literary Theory: An Introduction*. Blackwell. 1983.

- Eagleton, Terry. *Ideology: An Introduction*. Verso. 1991.

- Eagleton, Terry and Milne, Drew ed. *Marxist Literary Theory: A Reader*. Basil Blackwell. 1995.

- Eagleton, Terry. *The Illusions of Postmodernism*. Wiley-Blackwell. 1996.

- Eagleton, Terry. *After Theory*. Basic Books. 2004.

- Eagleton, Terry. *Holy Terror*. Oxford Univ. Press. 2005.

- Eagleton, Terry. *Trouble with Strangers: A Study of Ethics*. Wiley-Blackwell. 2008.

- Eagleton, Terry. *The Task of the Critic: Terry Eagleton in Dialogue*. Verso. 2009.

- Eagleton, Terry. *Why Marx Was Right*. Yale Univ. Press. 2012.

- Goldmann, Lucien. *The Hidden God*. trans. Philip Thody. Routledge & Kegan Paul. 1964.

- James, C. Vaughan. *Soviet Socialist Realism: Origins and Theory*. Macmillan. 1973.

- Jameson, Fredric. *Marxism and Form: Twentieth-Century Dialectical Theories fo Literature.* Princeton Univ. Press. 1971.

- Jameson, Fredric. *The Prison-House of Language: A Critical Account of Structuralism and Russian Formalism.* Princeton Univ. Press. 1972.

- Jameson, Fredric. *The Political Unconscious: Narrative as a Socially Symbolic Act.* Routledge. 1981.

- Jameson, Fredric. *Late Capitalism: Adorno or the Persistence of the Dialectic.* Verso. 1990.

- Jameson, Fredric. *Postmodernism, or the Cultural Logic of Late Capitalism.* Verso. 1991.

- Jameson, Fredric. *The Jameson Reader.* ed. Michael Hardt and Kathi Weeks. Blackwell. 2000.

- Lukács, Georg. *The Historical Novel.* trans. Hannah and Stanley Mitchell. Merlin Press. 1962.

- Lukács, Georg. *The Meaning of Contemporary Realism.* trans. John and Necke Mander. Merlin Press. 1963.

- Lukács, Georg. *Studies in European Realism.* trans. Edith Bone. Merlin Press. 1972.

- Lukács, Georg. *History and Class Consciousness: Studies in Marxist Dialectics.* The MIT Press, 1972.

- Lukács, Georg. *The Theory of the Novel.* The MIT Press, 1974.

- Macherey, Pierre. *A Theory of Lieterary Production.* trans. Geoffrey Wall. Routledge & Kegan Paul. 1978.

제 7 장

포스트구조주의

제7장

포스트구조주의

고정된 의미는 없다

언어학에서 출발하여 1950~60년대에 전성기를 맞이했던 구조주의는 언어와 문화 일반에 대한 '보편적 문법(universal grammar)'의 발견이라는 원대한 기획이었다. 구조주의자들은 문학 텍스트만이 아니라 신화, 음식, 건축, 스포츠, 패션 등을 관통하는 보편적 약호(code)들을 발견함으로써 인문학에 소위 '과학'의 위상을 부여하기에 이르렀다. 그러나 1960년대 후반에 이르러 구조주의의 과학적 보편주의에 흠집을 내면서 동시에 서양 근대철학의 공리(公理 axiom)들을 근본적으로 의심하는 새로운 패러다임이 등장하기 시작하였으니 그것이 바로 포스트구조주의(poststructuralism)이다.

포스트구조주의는 일정 부분 구조주의 내부의 논리에서 출발하였으므로 구조주의의 발전, 재해석 혹은 확장이라는 관점에서 때로 "후기구조주의"라 번역되기도 한다. 그러나 동시에 포스트구조주의는 구조주의에 대한 정면 도전이자, 결과적으로 그것의 '내파(內破 implosion)'를 초래했으므로 "탈(脫)구조주의"라 번역되기도 한다. 그러나 엄밀히 말해 포스트구조주의의 "포스트(post)"라는 접두사는 (구조주의와의 관계 속에서) "후기"와 "탈"의 두 가지 성격을 동시에 가지고 있다. 따라서 "후기" 혹은 "탈" 중, 어느 한 가지를 선택하는 순간 나머지 반을 놓치는 결과를 가져오므로, 우리는 불가피하게도 "포스트구조주의"라는 번역어를 선택하기로 한다.

포스트구조주의가 구조주의로부터 얻어온 가장 큰 통찰은 소쉬르(Ferdinand de Saussure)의 기호(sign) 개념이다. 제4장에서 자세히 살펴보았듯이 소쉬르는 기호가 기표(記標 signifier)와 기의(記意 signified)의 양면으로 이루어져 있으며 이 양자 사이의 관계가 필연적이 아니라 "자의적(arbitrary)"이라고 주장하였다. 그러나 소쉬르가 볼 때, 기호는 기표와 기의라는 '유동적인' 두 층위의 '순간적인 결합'을 통해 의미를 나름 고정시킴으로써 자의성을 극복한다. 소쉬르는 한편으로는 기호의 자의성을 주장하면서 다른 한편으로는 이렇게 기호들의 응집성(coherence)을 강조함으로써, 의미화 과정의 불안정성을 애써 피하려 했다.

그러나 포스트구조주의자들은 모든 기호들은 단일하고도 고정된 의미를 가질 수 없으며, 이런 점에서 모든 의미화 과정이 근본적으로 불안정하다는 사실에 주목하였다. 그들은 기표와 기의 사이의 순간적인 결합, 그로 인한 고정된 의미의 탄생이라는 측면보다는 소쉬르가 지적한 바, 자의성의 개념을 더욱 물고 늘어짐으로써 기표와 기의 사이의 거리를 최대한 벌려놓았다. 소쉬르의 말대로 기표와 기의의 관계가 자의적이라면, 기표와 기의는 일대일의 대응관계에 있지 않다. 하나의 기표는 여러 개 혹은 무한대의 기의를 가질 수 있으며, 역으로 하나의 기의 역시 특정한 기표가 아니라 다양한 기표와 연결될 수 있다. 가령 "빨강"이라는 기표는 "열정", "적십자", "높은 온도", "사과", "피", "혁명", "멈춤"(신호등), "공산당", "빨갱이", "붉은 악마", "새누리당", "살코기", "섹스" 등의 다양한 기의들과 연결될 수 있다. 포스트구조주의에 따르면 기표가 이처럼 거의 무한대의 기의를 가지고 있기 때문에 그 어느 순간에도 단어의 의미는 고정될 수 없다. 하나의 기표가 하나의 기의와의 순간적인 결합을 통해 어떤 '고정된' 의미를 갖는 순간, 다른 기의들이 바로 달려듦으로써 이 의미의 안정성은 지연되거나 해체되고 만다.

개별 단어가 이러할진대, 개별 문장은 물론 수많은 단어들의 복잡한 순열조합으로 이루어진 문학 텍스트에 어떤 '단일하고도 고정된 의미(a single, fixed meaning)'가 있다고 생각한다면 그것은 환상에 불과하다. 서로 다른 용어와 개념들을 동원해 설명하고 있지만, 수많은 포스트구조주의자들이 공유하고 있는 인식 중의 하나가 바로 이것이다. 포스트구조주의자들은 이전의 이론가들이 구축해놓은 바 (텍스트의) 고정된 의미들의 허구성을 드러내고 해체하면서 텍스트의 의미를 끊임없이 열어젖힌다.

공리들을 의심하기

포스트구조주의는 '문학이론'일 뿐만 아니라 서양 근대철학이 당연한 것으로 간주해왔던 명제(공리)들을 근본적으로 의심하고 해체하려 했다는 점에서 동시에 탈근대 '철학'이기도 하다. 바르트(Roland Barthes), 푸코(Michel Foucault), 라캉(Jacques Lacan), 들뢰즈와 가타리(Gilles Deleuze and Félix Guattari), 데리다(Jacques Derrida) 등의 포스트구조주의자들은 각기 서로 다른 개념어들을 통하여 논리를 전개하지만, 기존의 서양 철학이 의존해 온 몇 가지 핵심적인 공리들을 그 근저에서 의심하고 있다는 점에서는 매우 유사하다. 난해하기로 악명 높은 포스트구조주의자들의 논리에 접근하는 가장 효과적인 방법은 바로 이 점을 먼저 이해하는 것이다. 뒤에서 개별 이론가들의 입장을 따로 따로 살펴보겠지만, (그 모든 외피에도 불구하고) 이 이론들이 결국은 대부분 근대철학의 핵심적인 공리에 대한 의심과 부정과 회의의 표현이라는 것을 알고 나면 난해한 이론들도 더욱 쉽게 이해가 될 것이다.

1) 통합된 주체는 없다

데카르트(René Descartes) 이후 서양 철학은 소위 '근대적 주체'의 구성과 더불어 전개된다. 데카르트의 "생각하는 나"는 "방법론적 회의(의심)" 너머에 존재하는 주체로서 모든 인식 행위의 출발점을 이룬다. 소위 "통합된 주체(unified subject)"의 개념은 데카르트 이후 근대 철학자들에게 당연한 진리 내지는 공리로 통용되었다. 통합된 의식 혹은 주체의 존재를 부정할 경우, 철학적 인식 자체가 불가능하기 때문이다. 포스트구조주의자들은 근대철학의 통합된 주체의 개념을 "**분열된 주체(split)**"의 개념으로 대체한다. 이들에 의하면 통합된 주체란 근대 형이상학이 만들어낸 환상에 불과하다. 통합된 주체는 처음부터 존재하지 않으며 인식 주체는 근본적으로 분열되어 있다.

그렇다면 과연 주체의 분열을 어떻게 증명할 것인가. 포스트구조주의에 의하면 첫째, 모든 주체들은 언어체계 안에서 기호의 형태로 존재한다. 가령 "나"는 "나"라는 기호로 존재하며 다른 기호들과 마찬가지로 기표와 기의의 양면으로 구성되어 있다. 가령 회사원인 "나"라는 기표는 회사원이라는 기의 외에 수많은 관계 속에서 "남편", "형", "동창생", "소비자", "보행자", "아들", "관람객", "투숙객", "아버지" 등, 거의 무한대의 다른 기의들을 갖는다. 기표 "나"를 구성하는 이 무수한 기의들은 "나"를 (인식론상의) 초점이 있는 통합된 주체(a focused, unified subject)로 구성하지 않는다. 내 안에는 하나가 아닌 수많은 다른 존재들이 환유적으로 겹쳐 있으며, 이 각각의 존재들은 "나"라는 하나의 기표를 구성하는 수많은 다른 주체들이다. 인식 주체는 이처럼 자기 안에 다양한 다른 주체들을 거느리고 있음으로써 대상에 대한 통일된 인식에 도달할 수 없다.

주체가 분열되어 있다는 두 번째의 증거는 바로 프로이트의 정신분석학이다. 프로이트에 의하면 인간의 정신은 무의식, 전의식(pre-consciousness), 의식으로 분열되어 있으며, 무의식—의식 혹은 이드(ID)—자아(ego) 사이의 끊임없는 충돌로 구성되어 있다. 따라서 주체는 어떤 고정되어 있는 실체가 아니며 무의식과 의식 사이의 어딘가에서 '형성 중'인, 말하자면 과정상의 주체(subject in process)이다.

2) 투명한 매체로서의 언어는 없다

주체가 대상을 인식할 때 그 사이에 항상 매개되는 것이 언어이다. 언어를 경유하지 않는 인식은 없다. '언어의 편재성(omnipresence)'에 대한 이와 같은 인식은 구조주의의 '언어적 전회(linguistic turn)' 이후 포스트구조주의를 거치면서 더욱 심화된다. 포스트구조주의에 의하면 (한마디로 말해) "텍스트 밖에는 아무것도 존재하지 않는다"(데리다). 라캉에 의하면 "무의식조차도 언어적으로 구성된다." 이 말을 바꾸면 모든 문화적 산물은 언어적 구성물이라는 주장에 다름 아니다. 따라서 인식 행위 혹은 인식의 과정에 항상 언어가 개입된다는 주장은 포스트구조주의 단계에 오면 거의 상식이 되어버린다.

문제는 기존의 서양 철학이 알게 모르게 언어를 '투명한 매체(transparent medium)'로 간주해왔다는 것이다. 투명한 매체로서의 언어는 주체와 대상 사이에서 주체가 대상을 인식하고 설명하는 편리한 도구로 활용된다. 그것은 마치 (투명한) 유리창 같아서 주체가 대상을 인식할 때 중간에서 아무런 왜곡을 하지 않는다. 왜곡은커녕 언어는 대상에 대한 주체의 인식 내용을 있는 그대로 재현해주는 편리한 수단이다.

포스트구조주의에 의하면 이와 같은 '투명한 매체'로서의 언어 개념 역시 '통합된 주체'의 개념과 다를 바 없는 허구에 불과하다. 언어는 투명한 매체가 아니라 주체와 대상 사이에서 대상을 '왜곡하고 굴절시키는 매체(distorting and refracting medium)'이다. 앞에서도 말했지만 기호(언어)는 기표/기의의 양면으로 이루어져 있고, 이 양자 사이의 관계가 자의적이기 때문에 개별 단어조차 고정·확정된 의미를 갖지 않는다. 따라서 설사 이런 기호들의 연쇄로 어떤 대상 혹은 진리(들)를 재현한다 해도, 그것은 있는 그대로 재현이 아니다. 쉬운 예로, '개라는 기호는 짖지 않는다.' 개에 관련된 온갖 기호들을 동원해도 개의 '전부'가 있는 그대로 재현되지 않는다. 기호들은 대상의 본질에 이르지 못하고 그 근처에서 끊임없이 미끄러지거나 아니면 대상을 원래의 그것과 다르게 묘사할 수 있을 뿐이다. 이글턴(Terry Eagleton)의 표현을 빌면, 언어는 존재의 외양을 겉돌면서 왜곡시키는 "깨진 거울 혹은 찌그러진 거울"이다.

3) 절대적 진리는 없다

지금까지 살펴본 바대로 포스트구조주의자들은 진리 인식의 기본적 전제인 통합된 주체와 투명한 매체로서의 언어 개념을 부인한다. 설사 궁극적이고도 유일한 진리가 있다 하더라도 그것을 인식하는 주체가 하나의 초점을 가진 통합된 주체가 아니라 분열된 주체라면 그것을 인식할 수 없을 것이다. 절대적 진리는 분열된 주체 안에 있는 다양한 초점에 따라 무수히 다양한 상대적 진리로 해석될 수밖에 없다. 게다가 진리를 재현하는 수단인 언어가 진리를 있는 그대로 재현하지 못하고 오히려 대상을 왜곡·굴절시키는 기능을 한다면 진리를 인식하는 것은 더욱 불가능해진다.

지금까지 서양 철학의 역사는 궁극적인 진리 찾기의 역사에 다름 아니었다. 철학자들은 저마다 서로 다른 '절대적' 진리 혹은 대문자 진리(Truth) 찾기에 골몰해왔다. 그러나 포스트구조주의자들이 볼 때 절대적이고도 유일한 진리란 없다. 진리는 항상 형성 중이며 과정상에 있다. 고정된, 확정된 대문자 진리는 존재하지 않는다. 설사 있다 할지라도 분열된 주체와 대상을 왜곡시키는 언어로 절대적인 진리를 인식하거나 재현한다는 것은 불가능하다. 오히려 존재하지도 않는 절대적 진리를 고정시키는 것은 인식론상의 폭력이다. 포스트구조주의는 그 모든 형태의 권위적 중심, 절대적 진리의 개념에 도전하고 그것들을 해체시킨다. 포스트구조주의가 때로 "해체론(deconstruction)" 혹은 "해체주의"로 불리는 이유가 바로 이것이다.

통합된 주체, 투명한 매체로서의 언어, 절대적 진리라는 세 개념들은 서양 근대철학의 양보할 수 없는 전제들이었다. 포스트구조주의는 이것들의 정당성을 근본적으로 의심하면서 수많은 '진리의 권력들'에 도전하는 '탈근대' 철학이다. 포스트구조주의는 어떤 진리를 다른 진리로 대체하는 것이 아니라, 절대적 진리의 자리를 그 누구도 독점하지 못하게 하는 것을 우선적인 과제로 삼는다. 이런 의미에서 포스트구조주의는 '진리의 탈중심화(decentering of the Truth)'를 지향한다.

롤랑 바르트

롤랑 바르트(1915~1980)는 구조주의, 기호학, 대중문화론, 사진론, 포스트구조주의 등 다양한 사유의 영역을 넘나든 이론가이다. 그가 최종적으로 안착한 곳은 바로 포스트구조주의였다. 구조주의에서 포스트구조주의로 넘어가는 길목에 그가 쓴 아주 유명한 글이 있는데, 「**저자의 죽음(The Death of the Author)**」(1967)이 바로 그것이다. 이 글은 바르트가 데리다의 영향을 받아 쓴 글로 이를 계기로 그는 구조주의의 담을 넘어 포스트구조주의로 완전히 넘어갔다.

그가 볼 때, "저자"라는 개념은 비교적 근대적인 것으로서, 중세 이후 영국의 경험주의, 프랑스의 합리주의 그리고 종교개혁에 대한 개인적인 신념의 산물이다. 근대의 개인주의는 작가의 위상을 거의 절대화했다. 바르트에 의하면 "현대문화에서 발견되는 문학의 이미지는 폭력적이게도 작가, 작가의 개성, 작가의 역사, 취향, 열정에 집중되어 있다." 이는 문학 비평 역시 마찬가지여서 문학 텍스트에 대한 설명은 항상 그것을 생산한 '사람(person)'을 중심으로 이루어져 있다. 이렇듯 "작가의 제국(the Author's empire)"이 절대적인 권력을 행사하고 있지만, 바르트가 볼 때 텍스트 안에서 '말을 하는' 것은 작가가 아니라 언어 자체이다. 그가 볼 때 말라르메(Stéphane Mallarmé)는 텍스트의 주인(소유자)을 작가에서 언어로 대체할 필요성을 충분히 인식하고 예견한 최초의 인물이다. 그가 볼 때 말라르메의 전체 시론(poetics)은 "글(언어)을 위해 작가를 억압하는 것에 있다."

그가 볼 때, 텍스트는 "작가라는 신(the Author–God)"의 "메시지"를 전달하는 것이 아니라, 언어의 다양한 층위들과 문화의 셀 수 없이 많은 '자료들'로 이루어져 있다. 그 어떤 작가도 자기만의 고유한 언어의 소유자가 아니다. 작가가 하는 일은 이미 만들어진 서로 다른 글(문화적 자료)들을 연결시키고 배열하는 것이다. 모든 글은 선행적으로 존재하는 언어의 거대하고도 무한한 "사전"에서 끌어낸 것들에 다름 아니다.

바르트가 의미 생산의 주체로서 전통적인 저자의 개념을 '죽이고' 그 자리를 대신 채우는 것은 바로 독자이다. 작가가 작품을 쓰고 나면 더 이상 '말하는 사람'은 없다. 남는 것은 오직 언어와 그것을 '읽는 사람들'만이 있을 뿐이다. 독자들은 작가라는 신이 정해놓은 특정한 루트가 아니라 다양한 방향에서 자유롭게 텍스트를 열고 닫는다. 독자들은 텍스트가 단일한 의미로 고정되는 것을 막고 텍스트의 다의성(multiplicity)을 열어놓는다. 그러므로 의미 생산의 주체가 오로지 작가라는 신화는 거꾸로 뒤집어야 한다. 그에 의하면 "독자의 탄생이 저자의 죽음에 의해 보상되어야만 한다." 바르트의 "저자의 죽음"이 포스트구조주의적인 이유는 그것이 저자라는 절대적 중심, 권위, 권력을 탈중심화·해체하고 있기 때문이다. 의미 생산의 유일한 원천인 저자를 죽임으로써 텍스트는 단일하고도 고정된 의미가 아니라 다의성을 가진 '열린 텍스트'가 된다.

1970년에 출판된 『S/Z』는 발자크의 소설 『사라진느 Sarrasine』를 분석한 것인데, 여기에서도 바르트의 포스트구조주의적 입장이 명료하게 드러난다. 그는 이 책에서 모든 서사(narrative)들을 보편적인, '단일한 구조'로 설명하

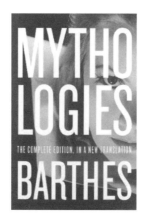

롤랑 바르트, 『신화론 *Mythologies*』. 스포츠, 음식, 패션, 포도주, 세탁세제, 프로 레슬링 등 다양한
대중문화(물)에 대한 언어학적 분석의 선구적 작업이다

려는 구조주의자들의 야심에 찬 기획을 비판한다. 그는 이 책에서 『사라진느』
를 읽는 다섯 가지의 약호(code)들—해석학적, 의미론적, 상징적, 행위적, 지시
적 약호들—을 제시하는데, 여기에서 그가 말하는 약호들이란 개별 서사들을
지배하는 (구조주의적 의미에서의) 보편적 규칙을 말하는 것이 아니라, 텍스트를
읽는 다양한 해석의 "목소리(voice)"들을 의미한다. 이 목소리들은 (구조주의적
약호와 다르게) 그 어느 것도 중심의 자리를 차지하지 않으며, 서로 밀고 당기고
충돌하고 교차하면서 텍스트의 의미를 무한대로 증식한다. 바르트는 이 약호
들이 가동되는 텍스트 내부의 자의적 의미 단위들을 "렉시아(lexia)"라고 부르
며, 『사라진느』 안에 561개의 렉시아들을 설정한다. 이것들은 작게는 개별 단
어에서 길게는 몇 개의 문장으로 구성되어 있는데, 다섯 개의 약호들은 이 렉시
아들을 서로 연결·해체·중첩시키면서 셀 수 없이 많은 의미들을 결정하고 수
정하며 생성한다.

　　이 책에서 "S"는 이 소설의 주인공인 조각가 사라진느를 의미하고 "Z"는
그가 목숨을 걸고 사랑했던 잠비넬라(Zambinella)를 나타낸다. 여기에서 "S/

"Z"는 남성/여성 혹은 사랑의 주체/객체라는 구조주의적 이항대립(binary opposition)처럼 보인다. 그러나 사라진느가 지상 최고의 여성으로 이상화한 잠비넬라는 여성이 아니라 거세된 남성이었다. 사라진느는 아름다움의 궁극적 규범을 여성성에서만 찾았지만, 그 여성성의 원천은 바로 남성의 몸이었던 것이다. 바르트는 이 책에서 사라진느와 잠비넬라 사이의 이항대립을 해소하고 양자 사이의 다양한 침투와 스밈의 해석학을 보여준다는 점에서 포스트구조주의적이다.

　　이 책에서 그는 또한 텍스트를 "**독자적 텍스트**(readerly text)"와 "**작가적 텍스트**(writerly text)"로 나눈다. 독자적 텍스트란 텍스트의 의미가 상대적으로 단순하고 예상 가능해서 독자가 그 의미를 수동적으로 소비만 하면 되는 텍스트를 의미한다. 작가적 텍스트는 다의성이 두드러져서 독자가 마치 (전통적인 의미의) 작가처럼 끊임없이 의미를 생산해야 하는 텍스트를 의미한다. 바르트에 따르면 독자적 텍스트는 상대적으로 "**닫힌 텍스트**(closed text)"이며 작가적 텍스트는 "**열린 텍스트**(open text)"이다. 그가 주목하는 것은 작가적 텍스트인데, 작가적 텍스트는 "그 어느 것도 전제하지 않으며, 기표와 기의 사이의 손쉬

롤랑 바르트, 『S/Z』

운 연결을 허락하지 않는"다. 그것들은 약호들의 자유로운 "놀이(play)"로 열려 있다. 바르트에 의하면 "독자적 텍스트에서 기표들은 (정해진 길로) 행진한다. 그에 반해 작가적 텍스트에서 기표들은 자유롭게 춤을 춘다."(＊괄호 안은 필자의 것)

지금까지 살펴본 것처럼 바르트는 텍스트를 단일한 (의미론적) 중심에 가두는 것을 거부하고 텍스트의 다의성(텍스트성)을 열어젖히는 다양한 작업을 시도하였다.

자크 데리다

자크 데리다(1930~2004)는 포스트구조주의자들 중에서도 가장 비중 있는 이론가라고 해도 과언이 아닐 것이다. 그는 플라톤 이래 서구 형이상학 전체를 뒤흔든 불온한 존재이며, 포스트구조주의의 정신을 유럽뿐만 아니라 북미 대륙에 확산시킨 장본인이기도 하다.

그는 서양 형이상학의 역사가 어떤 절대적인 본질, 즉 중심 세우기의 역사에 다름 아니라고 본다. 우리가 결핍과 대비되는 어떤 궁극적이고도 절대적인 '본질'을 가정할 수 있다면, 데리다는 그것을 "**현존(現存 presence)**"이라 부른다. 서양 철학은 플라톤 이래 수많은 현존들을 세워왔다. 플라톤에게 있어서 현존은 "이데아(Idea)"이며, 헤겔에게 있어서 현존은 "절대정신(Absolute Spirit)"이었고, 데카르트에게 있어서 그것은 "코기토(Cogito)"이었다. 합리주의자들에게 있어서 현존은 "이성(reason)"이었으며, 마르크스에게 있어서 그것은 "인간 해방"이었다. 어떤 것을 중심으로 세우는 순간 그것이 아닌 나머지 모든 것들은 주변이 된다. 본질을 설정하는 순간 나머지 것들은 현상으로 전락한다. 데리다는 서양 형이상학이 세워 온 이 중심 찾기의 역사가 진리의 '서열화'에 다름 아니며 이런 의미에서 근본적인 '폭력'을 담지하고 있다고 본다. 데리다가 하는 작업은 이 모든 형이상학적 중심, 즉 "폭력적 위계(violent hierarchy)"를 해체하는 것이다. 그의 포스트구조주의를 특별히 "해체론(deconstruction)"이라 부르는 이유가 여기에 있다.

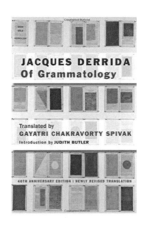

데리다, 『그라마톨로지 *Of Grammatology*』

그가 볼 때 서양 철학은 궁극적인 본질 찾기의 역사이고, 이 절대적 중심에 대한 모든 욕망을 총칭하여 그는 "**로고스 중심주의**(logocentrism)"라고 부른다. 로고스(Logos)란 그 모든 중심 중에서도 마지막 중심인 신의 "말씀(Words)"이라는 어원을 가지고 있다. 그렇다고 해서 로고스 중심주의에 대한 데리다의 비판이 종교에 대한 비판이라고 생각하면 큰 오해이다. 여기에서 로고스란 절대적인 중심에 대한 일종의 상징어로서, 그가 비판하는 것은 특정 종교가 아니라 궁극적인 중심을 설정하면서 다른 것들을 주변화하는 폭력적 위계이다. 가령 서양 철학은 전통적으로 진리와 관련하여 글(writing)보다 말(speech)을 항상 우위에 두었다. 말은 그 말의 발화자와 함께 존재하며 발화 주체가 없는 상태의 해석이 불필요하다는 점에서 진리에 훨씬 가깝다는 것이다. 데리다는 글보다 말을 우위에 놓는 것을 "**음성중심주의**(phonocentrism)"이라고 불렀다. 음성중심주의는 로고스 중심주의의 대표적인 예 중의 하나이다. 그러나 데리다가 볼 때 모든 말은 기록을 전제로 하거나 다른 방식으로 기록될 수도 있으며, 언어라는 공통의 속성을 글과 공유하고 있고, 거꾸로 글 역시 말의 성격을 갖고 있으므로 말/글의 이분법적 대립은 그 자체 아무런 의미가 없다. 데리다가 하는 작업은 서양 형이상학이 설정해놓은 어떤 중심을 다른 중심으로 대체하는 작업이 아니다. 그런 일은 중심 자체를 해체하는 것이 아니라 말 그대로 중심을 그대로 유지하며 그 내용만 바꾸는 작업이기 때문이다. 그는 모든 중심을 해체하되 그 어떤 것도 그 중심, 즉 로고스의 자리에 가지 못하게 함으로써 중심/주변, 본질/현상의 모든 이분법을 근본적으로 해체하고자 하는 것이다.

데리다의 해체론적 전략을 예를 들어 설명해보자. 우리가 알기로 플라톤은 그의 『국가』에서 문학의 진리 인식 기능을 인정하지 않았으며, 이것은 소위 (공화국에서의) "시인 추방론"으로 나타났다. 만일 플라톤의 텍스트를 이런 식으로 읽는다면(일반적으로 이렇게 읽어내지만), 그것은 플라톤 텍스트의 의미를 하나의 중심에 가두는 것이다. 이것을 해체하기 위해서 (해체론자로서) 우리가 할 일은 플라톤의 텍스트를 더 자세히 들여다봄으로써 "시인 추방론"과 전혀 다른 상반된 진술을 찾아내는 것이다. 가령 플라톤은 명백히 시인 추방론을 내세우면서도 이 논지의 뒷부분에 "호머(Homer)와 같은 위대한 시인은 제외하고"라는 사족(?)을 덧붙이고 있다. 이 말은 무슨 뜻인가. 결국 문학에도 '좋은' 문학과 '나쁜' 문학이 존재하며, 호머의 서사시와 같은 좋은 문학은 진리 인식 기능이 있고, 그렇지 않은 나쁜 문학은 진리 인식 기능이 없다는 말이 아닌가. 따라서 문학에는 진리 인식 기능이 없으며 공화국에서 시인은 추방되어야 한다는 식으로 플라톤의 텍스트를 해석하는 것은 오류가 된다. 이렇게 후자의 논리는 전자의 논리를 "**보충**(supplement)"하며 동시에 대체할 수 있다. 불어로 "보충(suppléer)"이라는 단어는 "**대체**(substitution)"의 뜻도 동시에 가지고 있다. 따라서 "보충"은 본질적인 것에 어떤 비본질적인 것을 더하는(to add) 일일 뿐만 아니라 동시에 대체하는 행위일 수 있다. 그러나 후자의 논리 역시 전자의 논리의 부재를 증명할 수 없으므로 전자에 의해 언제든 다시 보충·대체될 수 있다. 데리다에게 있어서 이 같은 "대체물의 연쇄" 개념은 모든 중심을 밖으로 밀어내고, 그 자리에 다른 것이 들어올 수 없게 만드는 끝없는 '지연'의 전략을 위해 만들어진 것이다. 중심의 자리를 끝없는 보충(대체)의 자리로 만듦으로써 폭력의 가능성을 근저에서 예방하는 것이다. 가령 루소(Rousseau)는 "말"에 우선권을 두면서 "글"을 말의 단순한 보충물로 간주한다. 그러나 데리다는 글이 단순히 말의 보충물이 아니며 말을 대체할 수 있다고 주장한다. 루소는 "자연상태(nature)"에 대한 "보충"으로서의 "교육"의 개념 등, 수많은 보충의 예를 드는데, 가령 자위행위를 루소는 "위험한 보충(dangerous supplement)"이라고 하였다. 그에 의하면 정상적인 성이 본질적인 것이고 자위행위는 그것의 결함을 채우는 비본질적인 추가(더함)라는 것이다. 그러나 자위행위는 루소가 말하는 것처럼 "보충"이면서 동시에 소위 "정상적인" 성행위를 완전히 "대체"하는 것일 수도 있다. 소유 불가능한 타자에 몰두하는 자기애인 자위행위의 본질적인 구조는 다른 성행위에서도 마찬가지로 발견되기 때문이다.

데리다에게 있어서 또 하나의 중요한 개념은 바로 **차연(差延, 디페랑스 différance)**이다. 차연은 데리다가 만든 신조어로서 "différence(차이)"와 다르다. 프랑스어 동사인 "différer"는, 자동사로서 "다르다(to differ)"와 타동사로서 "연기하다, 지연시키다(to defer)"의 두 가지 뜻을 동시에 갖고 있다. 그럼에도 불구하고 "différer"의 명사형인 "différence"가 "차이"만을 의미한다면, 데리다의 신조어인 "차연(差延, 디페랑스 différance)"은 "차이"와 "연기"의 두 가지 뜻을 동시에 가진다. 재미있는 것은 "différence"와 "différance"가 발음이 동일하기 때문에 음성적 차원에서는 구분이 불가능하다는 것이다. 이것들이 서로 구분되는 것은 오로지 "글"로 썼을 때만 가능하다. 데리다는 이렇게 "e"를 의도적으로 "a"로 바꿔치기함으로써 글보다 말을 우위에 놓는 음성중심주의를 비판하고 있다. "différance"의 "a"는 차이에 더하여 지연의 의미를 부여함으로써 구조주의의 전통을 이어받으면서 동시에 구조주의를 뛰어넘는 포스트구조주의의 정신을 잘 보여주고 있다. 우리가 제3장에서 살펴보았듯이 구조주의자들은 언어 체계 안의 기호들의 의미가 관계와 차이에 의해 '결정'된다고 본다. 가령 "bat"라는 단어는 "pat"라는 단어와의 차이, 즉 /b/와 /p/의 차이에 의해 비로소 의미를 갖게 된다. 데리다는 여기에서 한 걸음 더 나아가 기호의 의미는 차이에 의해 결정되는 순간 다시 지연된다고 본다. 그의 말에 의하면 "차연 속의 글자 'a'는 이러한 능동과 수동에 관련되어 있는 **미결정**을 가리키지만, 이러한 **대립 구조에 의해 통제되거나 조직화될 수 없는 것이다**."(강조는 필자의 것) 기표는 다른 기표와의 관계와 차이에 의해 의미를 부여받지만, 그 의미는 그 순간 고정되는 것이 아니라, 다시 다른 기표와의 관계 속에서 그 의미가 끝없이 지연됨으로써 그 어떤 이항대립물로 조직화되지 않는다.

데리다의 로고스 중심주의에 대한 비판, "보충", "차연" 등의 개념은 일관되게 절대적 중심을 거부하고 그것을 해체함으로써 폭력적 위계를 용납하지

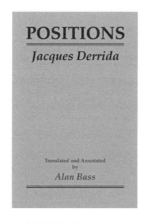

데리다, 『입장들 *Positions*』

않겠다는 포스트구조주의 혹은 탈근대 철학의 정신을 잘 보여준다. 이런 입장을 문학 텍스트의 분석에 적용하면, 문학 텍스트 안에서 그 어떤 의미론적 중심을 찾으려는 행위들은 모두 비판의 대상이 되며, "**해체론적 독법**(deconstructive reading)"은 그와 같은 중심, 즉 단일하고도 고정된 의미들의 허구성을 드러내고 폭로하는 작업을 의미하는 것이다.

자크 라캉

프로이트 이후 가장 난해하기로 유명한 정신분석학자인 자크 라캉(Jacques Lacan 1901~1981)은 그 난해성만큼이나 적용의 큰 폭을 자랑하는 이론가이다. 현대 사상치고 라캉과 접목하지 않은 사상을 찾아보기 힘들만큼 그의 이론은 종횡무진, 다양한 사유의 밑거름 역할을 톡톡히 하고 있다.

그는 "프로이트로의 복귀(Return to Freud)"를 주장했지만, 프로이트에서 한 걸음 더 나아가 언어가 주체의 형성 과정에서 치명적인 역할을 하고 있음을 밝혀내었다. "무의식조차도 언어적으로 구성된다"는 그의 주장은 언어의 '편재성(omni-presence)'을 강조하면서, 그의 이론이 프로이트의 이론에 언어학적 상상력을 독창적으로 덧보탠 것임을 잘 보여준다.

그가 말하는 주체는 데카르트에 의해 구성된 이후 의심 없이 현대 서양 철학을 관통해온 '통합된 주체'의 개념과 전혀 다르다. 그의 주체는 프로이트적 의미에서 의식/무의식으로 분열되어 있을 뿐만 아니라, 언어 체계 안에서 (수많은 기의들을 동시에 가지고 있는) 기표의 형태로 존재한다는 점에서 또한 분열되어 있다.

라캉의 이론을 (분열된) 주체의 형성 과정에 대한 설명으로 읽을 때, 우리는 가장 먼저 그의 "**거울상 단계**(mirror phase)" 개념과 마주친다. 생후 6개월여 된 아이는 거울을 보기 전까지는 자신의 몸이 하나의 통일된 형태로 존재한다는 사실을 모른다. 아이는 유아 특유의 불완전하고 미성숙한 상태에 있으며, 그런 의미에서 아직 통합된 세계를 형성하지 않은 존재, (라캉의 표현을 빌면) "비(非)-세계"의 상태에 있다. 아이에게 있어서 자신의 이미지란 탈구되고 해체된, 완결되지 않은, "절단된 신체의 이마고(imago)"이고, 그런 의미에서 "통합된 전체로서의 몸"은 존재하지 않는다. 그러나 우연히 거울을 보는 순간 아이는 처음으로 자신의 몸이 하나의 통합된 전체를 형성하고 있음을 알게 된다. 아이는 이렇게 하여 "비세계"에서 완결된 어떤 "세계"로 이동하게 되는데, 아이는 자신과 거울에 비친 자신의 이미지를 자신과 동일시하게 된다. 이것은 조각난 몸(불구)에서 완성으로, 탈구에서 통합으로의 이전이며, 아이는 이 동일화의 과정을 통해 최초의 자아를 느끼게 된다. 이 과정에서 아이가 느끼는 것은 일종의 환희인데, 이 환희는 아이의 몸과 이미지 사이의 관계, 즉 "양자적 관계(dual relation)"에서 오는 것이다. 그러나 엄밀히 말해 아이가 자신과 동일시하는 대상은 (자신이 아니라) 자신의 이미지이므로 이와 같은 인식은 본질적으로 "오인(誤認, misrecognition, meconnaissance)"에 근거하는 것이다. 라캉은 자신의 이미지와 자신을 동일시하는 이런 단계를 다른 용어로 "**상상계**(the Imaginary)"라고 부른다. 라캉이 이 단계를 "상상계"라 부른 이유는 그것이 이미지에 토대하고 있으며 사실상 허구적이라는 사실을 지칭하기 위해서였다. 상상계에서 아이는 자신의 눈에 보이는 이미지들을 모두 자신과 동일시하려는 경향이 있으며, 이런 의미에서 상상계에서는 (그것이 비록 오인에 근거하고 있을지라도) 주체 내부의 분열도, 주체와 객체 사이의 분열도 존재하지 않는다.

(개인적인 편차는 있지만) 생후 18개월쯤 되면 아이들은 언어를 습득하기

시작한다. 라캉이 **"상징계(the Symbolic)"**라 부르는 언어 지배의 세계로 들어가면서 아이의 주체성은 놀라운 변화를 경험하게 된다. 상상계를 지배하던 '상상적' 통합의 세계는 말 그대로 산산조각이 나고 만다. 아이는 "엄마", "아빠", "나" 등의 기표들(상징들!)을 습득하면서 이 각각의 기표들이 지시하는 대상이 서로 다른 존재라는 것을 알게 되는 것이다. 나는 엄마와 다르며, 상상계에서 동일시되었던 모든 대상들 역시 서로 다른 존재들이라는 것을 깨닫게 된다. 이 과정을 통해 아이는 자신과 동일시했으며 그런 의미에서 온전히 자신의 욕망의 순전한 대상이었던 모든 것(특히 어머니로 대표되는)을 상실하게 된다. 이렇게 하여 상실된 욕망의 대상을 라캉은 **"대상 소문자 a (objet petit a)"**라고 부른다. 상징계에 진입하면서 주체는 이렇게 최초의 분열을 겪게 되는데, 대상 소문자 a는 그러나 완전히 사라지는 것이 아니라 다른 타자 즉 "대문자 타자(Other)"에 의해 억압되며 무의식의 상태로 밀려난다. 여기서 대문자 타자란 상징계를 지배하는 **"아버지의 법칙(Father's Law)"**을 의미하는데, 여기에서 말하는 아버지란 생물학적 아버지라기보다는 아버지로 상징되는 사회적 규칙 체계 일반을 의미하는 것이다. 아버지의 법칙 혹은 상징계를 지배하는 상징적 기표를 라캉은 **"팔루수(the Phallus)"**라고 부른다. 상징계는 이렇게 주체—대상 사이의 분열만 초래하는 것이 아니라, 주체 내부에도 다양한 분열을 일으킨다. 상징계 안에서 말 그대로 모든 것은 오직 기표의 형태로만 존재하며, "나(I)"라는 주체 역시 예외가 아니다. "나"는 상징계 안의 다양한 기표들과의 관계와 차이 안에서만 의미를 가질 수 있는 또 하나의 기표로 존재할 뿐이며, 맥락에 따라 거의 무한대의 기의를 갖는다. 따라서 상징계 안에서 통합된 주체(unified subject)란 존재하지 않는다. "나"는 거의 무한대의 기의로 분열되어 있는 것이다. 가령 "나"는 상징계 안의 다양한 맥락에 따라 "아빠", "아들", "연인", "사장", "운전자", "참배객", "친구", "소비자", "탑승객", "피의자", "낚시꾼", "독자", "행인", "채권자", "관광객", "거주자", "술꾼", "환자", "세입자", "관람객" 등 거의 무한대의 기의로 존재한다. 따라서 상징계 안에서 "나는 생각한다. 고로 존재한다"는 데카르트의 명제가 지시하는 바, 존재—생각 사이의 일치된 공간은 존재하지 않는다. 그리하여 "내가 존재하지 않는 곳에서 나는 생각하고, 내가 생각하지 않는 곳에서 나는 존재한다"라는 라캉의 진술이 가능하게 된다. 나는 통합된 초점이 아니라, 무수히 다른 기표들의 기의이고, 무수히 다른 기의들의 기표로 존재할 뿐이기 때문이다. 주체가 일단 상징계 안으로 진입하게 되면 다시는 그 바깥으로 나가지 못하게 되며, 주체의 모든 행위에는 항상 언어가 매개된다. "무의식조차도 언어적으로 구성된다"는 라캉의 명제는, 바로 상징계 안에서 언어 외적 현실이 존재하지 않는다는 진술에 다름 아닌 것이다.

라캉은 또한 일종의 개념적 가설로서 "**실재계**(the Real)"를 상정하는데, 실재계란 언어와 무관한 혹은 언어를 경유하여 도달할 수 없는 어떤 상태를 말한다. 그런 의미에서 그것은 "세계가 아니며", 따라서 어떤 "표상(representation)에 의해 실재계에 도달할 수 있다는 희망은 전혀 없다." 라캉에 의하면 실재계는 "엄밀히 말해 사고 불가능한 것"이며, 상상계에서처럼 이미지의 형태로 포착되지도 않고, 상징계에서처럼 기표의 형태로 존재하지 않는다. 그것은 모든 현상들의 너머에, 뒤에, 아래에 존재하는 것이므로 재현불가능하다. 라캉은 1930년대 이래 1950년대, 그리고 1960년대를 거치면서 자신이 사용하는 주요 개념들에 지속적인 첨삭, 추가, 수정의 메스를 들이댔고 그리하여 그의 개념들은 점점 더 난해성을 가중시키게 되었는데, 1950년대에 들어서 그는 상징계에 결함, 결핍, 부재, 틈, 분열 등이 존재하지 않는 '절대적인 완전성(absolute fullness)'의 상태라는 의미를 추가했다. 실재계는 언어를 경유한 의미화과정을 통해 경험할 수 없지만, 그것은 불가능성의 형태로 존재함으로써 부재하는 어떤 것이다. 따라서 실재계는 상징계의 문법 안에 갇혀 있는 한 절대 경험할 수 없는 어떤 것이며, 우리가 가령 죽음 충동을 통하여 초월의 어떤 비상식적인 순간에 놓일 때 비로소 경험이 가능한 것일 수도 있다. 이러한 경험을 라캉은 "실재계의 트라우마(trauma of the Real)"라고 부른다. 라캉이 상상계, 상징계를 넘어 실재계라는 개념을 만든 것은, 허구나 언어의 체계를 넘어서는 (불가능한) 어떤 것에 대한 가정을 통하여 상상계와 상징계가 근본적으로 결핍의 세계임을 설명하기 위해서였다. 상상계는 충족을 보여주지만 그것은 일종의 오인으로서 허구적 충족에 불과하며, 상징계는 기표 지배의 세계이므로 대상과의 온전한 합일의 상태에 이를 수 없다. 상상계와 상징계 안에서 욕망의 온전한 실현은 불가능하며, 그렇기 때문에 알 수 없는, 설명 불가능한 다른 '너머'의 세계, 즉 실재계를 가정하지 않을 수 없다. 그러나 그것은 오로지 죽음, 즉 '상징계를 벗어남'을 통해서만 가능한 것이다.

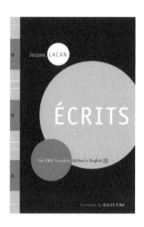

라캉의 사상을 잘 요약하고 있는 『에크리 *Écrits*』

　　라캉이 프로이트의 심리학을 언어학의 틀로 재정리한 것이 가장 극명하게 드러나는 곳은 바로 '꿈의 해석'에 관한 부분이다. 프로이트는 꿈조차도 본능과 욕망을 위장하는 장치이며, 따라서 꿈의 해석이 필요하다고 주장하였다. 그에 의하면 꿈이 조직되는 방식은 크게 두 가지인데, "**응축**(condensation)"과 "**전치**(轉置 displacement)"가 그것이다. 응축은 서로 다른 성적 욕망이 한데 묶여져 나타나는 현상이며, 전치는 어떤 대상에 대한 성적 욕망이 자아와 초자아의 검열에 의해 인접해 있는 다른 대상으로 바뀌어 나타나는 현상을 가리킨다. 라캉은 로만 야콥슨(Roman Jakobson)의 그 유명한 은유(metaphor)와 환유(metonymy)의 이론을 빌어, 프로이트의 응축을 은유로, 전치를 환유로 바꾸어놓는다. 이렇게 되면 꿈이 조직되는 두 가지 방식은 응축과 전치가 아니라 은유와 환유가 된다.

그렇다면 꿈의 조직 원리를 응축/전치 대신에 은유/환유로 바꾸어놓은 것은 무슨 의미를 갖는가. 야콥슨에게 있어서 "**은유**"와 "**환유**"는 단순한 수사법이 아니라 언어가 조직되는 두 가지 방식을 의미하는 것이다. 그는 실어증 환자들의 말실수의 분석을 통하여, 문장이 조직되는 원리가 은유와 환유임을 밝혀내었다. 롤랑 바르트(Roland Barthes)의 "**계열체(paradigm)**"/"**연속체(syntagm)**" 이론을 발전시킨 이 이론은 다음과 같이 설명할 수 있다. 즉, 우리가 문장을 만들 때 가장 먼저 이루어지는 것은 수직축, 즉 같은 계열에 속해 있는 수많은 항목들 중에서 특정한 단어를 선택(selection)하는 일이다. 가령 "I love you."라는 문장을 만들기 위해 우리는 주어, 타동사, 목적어라는 세 개의 계열체를 갖게 되며, 각각의 계열체에서는 특정한 단어의 선택이 이루어진다. 가령 주어인 "I"의 자리에는 "I" 외에도 주어가 될 수 있는 수많은 명사군의 단어들이 들어갈 수 있다. "You", "Mr. Kim", "She", "The Building" 등 주어라는 같은 계열체에 속하는 수많은 단어들 중 특정한 단어를 선택해야 하는 것이다. 타동사의 자리에도 "love" 외에 목적어를 갖는 수많은 타동사들(가령, hate, hug, like, call, help…)이 올 수 있고, 그중에 특정한 단어를 우리는 선택한다. 이는 목적어의 계열체에도 마찬가지여서 수많은 단어들이 올 수 있고, 그중에 특정한 단어, 가령 "You"를 선택할 수 있는 것이다. 이렇게 하여 각 계열체에 속해 있는 단어를 선택하는 것만으로 문장이 이루어지지 않는다. 우리는 "I", "You", "love" 등 각각의 계열체에서 선택한 단어들을 해당 언어 고유의 규칙에 의해 수평축으로 배열(combination)하지 않으면 안된다. 이 수평축을 연속체라 부르며 연속체에서는 어떤 단어 뒤에는 반드시 어떤 단어가 배열되어야 한다는 엄격한 규칙이 가동된다. 그리하여 우리는 수직축인 계열체의 축에서 선택한 단어들을 수평축인 연속체의 축에서 배열해야 하는데, 이렇게 계열체와 연속체라는 두 축의 교차에 의해 "I love you."라는 문장이 완성되는 것이다.

야콥슨은 바르트의 계열체를 은유라는 용어로 대체했는데, 계열체에서 일어나는 일이 다른 단어를 그와 유사한(같은 계열에 있는) 다른 단어로 바꾸어 놓는 일이고, 이것이 정확히 은유가 하는 일이기 때문이다. 바르트에 의하면 은유란 서로 다른 단어들을 연결시켜서 그 안에서 유사성을 찾아내는 것이다. 따라서 은유는 "**유사성의 원리**(principle of similarity)"가 가동되는 축이다. 환유란 원래 어떤 사물을 그것에 '인접'해 있는 다른 사물로 바꾸어 언급하는 것을 의미하므로 "**인접성의 원리**(principle of contiguity)"가 지배하는 축이다. 야콥슨은 실어증 환자들의 말실수를 분석한 결과, 말실수가 은유 혹은 환유의 축이 망가지는 경우임을 확인했으며, 그것을 각각 "**유사성 혼란**(similarity disorder)"/ "**인접성 혼란**(contiguity disorder)"이라 불렀다. 롤랑 바르트의 계열체/연속체의 개념이 로만 야콥슨의 은유/환유 개념으로 바뀌면서, 은유와 환유는 단순한 수사법이 아니라 언어 조직의 두 가지 원리를 지칭하는 용어로 승격된다.

따라서 라캉이 꿈의 조직 원리를 설명할 때, 프로이트의 응축/전치의 개념을 로만 야콥슨의 은유/환유 개념으로 설명한 것은, 결국 꿈조차도 언어적으로 구성된다는 선언에 다름 아니다. 이는 "무의식조차도 언어적으로 구성된다"는 그의 명제와 동의어이며, 상징계에서 언어 외적 현실을 우리가 상정할 수 없음을 설명하고 있는 것이다.

라캉의 이론을 문학 텍스트에 적용할 경우, 우리는 문학 작품 안에서 상상계, 상징계, 실재계가 가동되는 구체적인 실례를 통해, 주체가 형성되는 과정과 주체가 세계를 대하는 다양한 방식, 주체와 세계 사이의 관계 등을 분석할 수 있을 것이다. 가령 줄리아 크리스테바(Julia Kristeva)는 라캉을 활용하여 "시적 언어(poetic language)"를 상징계에 저항하는 욕망의 언어로 설명하면서, 논리적, 이성적, 합리적, 남성적, 과학적 언어의 층위를 **"상징계(the Symbolic)"**라고 불렀으며, 그것에 억압되어 있지만 끊임없이 그것을 전복시킬 틈을 엿보고 있는 비논리적, 혁명적, 여성적 욕망 언어의 층위를 **"기호계(the Semiotic)"**라고 칭했다. 그의 이론은 라캉의 정신분석학이 구체적 문학 텍스트의 분석으로 활용될 수 있는 중요한 예가 될 것이다.

미셸 푸코

푸코(Michel Foucault 1926~1984)를 이해하려면 먼저 그가 거쳐 온 '사상의 숲'을 알아야 한다. 그는 유럽의 다른 전후세대 사상가들처럼 마르크스주의와 현상학의 영향에서 크게 자유롭지 않았다. 사르트르의 표현대로 마르크스주의는 20세기 초중반 유럽의 지식인들에게 "넘어설 수 없는 지평"이었고, 2차대전 이후에도 수십 년간 지배적인 패러다임으로 작용했다. 그러나 푸코는 마르크스주의와 현상학에 대해서 비판적이었으며 이런 입장은 많은 반발을 불러일으키기도 했다. 그는 무엇보다 전후 프랑스 마르크스주의자들의 생각을 지배했던 '목적론(teleology)'을 비판했다. 그가 보기에 역사는 어떤 정해진 목표(telos)를 향해 기계적으로 발전하지 않는다. 그는 서로 다른 시대의 지식, 권력, 이성, 문화 등을 더욱 구체적으로 '역사화(historicization)' 내지는 '맥락화(contextualization)하려고 했으며, 이 과정에서 그가 본 것은 역사의 일관성이 아니라 '불연속성(discontinuity)'과

단절이었다. 그에 의하면 역사는 헤겔의 절대정신(Absolute Spirit)처럼 일관된 어떤 본질이 기계적으로 실현되는 과정이 아니며, 동일성의 개념에 의하여 단정하게 정리될 수 있는 성질의 것이 아니다.

그는 또한 후설(Edmund Husserl)과 메를로–퐁띠(Maurice Merleau–Ponty)로 이어지는 현상학에 대해서도 반대 입장을 취했는데, 그것은 현상학이 항상 절대적이고도 근본적인 의미 혹은 진실을 먼저 가정하고 있기 때문이었다. 현상학은 절대적인 본질을 전제하고 단지 그것을 인지하는 경험과 '의식(conscious)'만을 문제 삼았다. 푸코는 절대적인 진리의 존재를 인정하지 않았으므로 현상학의 이런 입장에 대해서도 비판적 입장을 취하지 않을 수 없었던 것이다.

푸코, 『규율과 처벌: 감옥의 탄생 Discipline Punish: The Birth of the Prison』

그는 또한 구조주의와도 일정한 거리를 취했는데, 푸코가 거부하는 것은 시스템이라는 보편적 원리로 모든 특수성들을 일반화시키는 구조주의의 경향이었다. 푸코가 볼 때 구조주의는 보편적 원리를 읽어내는 데는 유효하지만, 역사의 특수성, 구체성, 변화, 단절, 혹은 불연속성 등을 읽어내는 데는 취약하다. 그럼에도 불구하고 그가 구조주의에서 수용한 것이 있다면, 그것은 모든 것을 "관계(relation)"의 관점에서 이해하려는 경향이었다. 구조주의에 의하면, 한 기표 혹은 단어의 의미는 다른 단어와의 관계와 차이에서 결정된다. 푸코에 의하면 진리란 단독으로 존재하는 절대적인 것이 아니라, 제도, 권력, 문화와 밀접한 관계 속에서 존재하는 상대적인 것이다. 그가 또한 구조주의에서 수용한 것이 있다면, 그것은 바로 자유롭고도 통합된 (인간적) '주체' 개념을 인정하지 않는 것이었다. 구조주의에 의하면 의미를 생산하는 것은 사람이 아니다. 거꾸로 구조들이 사람들의 생각과 행위를 지배한다. 특히 초기 푸코의 입장에 따르면 자유롭고도 독립적인 주체란 존재하지 않는다. 시스템으로부터 자유로운, 이성적, 통합적 주체는 죽었으며, 자신들의 의미를 스스로 만들어나가는 주체는 없다. 주체들은 거꾸로 권력과 담론, 제도에 의해 생산되기 때문이다. 물론 후기에 이르러 푸코의 이런 생각은 변화를 겪는다. 그에 의하면 주체는 시스템의 바깥에서 거시정치(macro politics)를 이끌어가는 독립성을 가지고 있지 않지만, 미시정치(micro-politics)의 영역에서 구체적인 행위자로서 자신들의 정체성을 형성할 수 있다.

푸코가 가장 큰 영향을 받은 사상가가 있다면 그것은 바로 니체(Friedrich Nietzsche)이다. 그는 말년에 자신의 철학적 여정을 다음과 같이 요약하였다. "나는 헤겔을 읽기 시작했고 이어서 마르크스를 읽었으며, 1951년 혹은 1952년에 하이데거를 읽었다. 그리고 1952년인가 1953년인가 니체도 읽었다. 하이데거를 읽을 때 해놓은 막대한 양의 메모를 나는 아직도 전부 보관하고 있다. 그것들은 헤겔이나 마르크스를 읽으며 작성한 노트와는 또 다른 중요성을 갖는다. 나의 모든 철학적 형성은 하이데거의 독서에서 결정되었다. 그러나 니체가 그것을 압도했다는 것을 인정한다. 니체에 대한 나의 지식은 하이데거의 그것보다 훨씬 우수하다."

니체는 역사가 이성에 의해 합리적으로 발전하는 것이 아니며 역사에 대한 모든 지식이 궁극적으로 권력과 관계가 있다고 보았다. 그에 의하면 객관적, 과학적 지식이란 존재하지 않으며, 진리란 대상에 대해 권한을 가진 자들의 **권력 의지**(will to power)가 투여된 결과에 불과하다. 니체에 따르면 "궁극적으로 인간은 사물들 속에서 자신이 스스로 그 안에 부여한 것만을 발견할 뿐이다." 따라서 절대적인 진리, 영구적인 지식이란 존재하지 않는 것이다. 푸코는 담론과 권력 사이의 관계에 대한 구체적인 분석을 통하여 니체의 이와 같은 입장을 확정지었다.

푸코에 의하면 각 시대마다 진리로 통용되는 담론들이 있다. 시대마다 "사물들의 질서"를 세우고, 가치를 분류하며, "과학적인 것"과 "비과학적인 것"을 구분시키는 일종의 '장치(apparatus)'들이 존재하는데, 푸코는 이것을 **에피스테메(episteme)**라고 부른다. 시대마다 있을 수 있는 모든 담론 중에서 (사회적으로) 수용되는 담론과 그렇지 못한 담론을 구분하는 전략적 장치를 그는 에피스테메라고 부르는 것이다. 에피스테메는 이런 점에서 특정 시대의 "다양한 지식에 구조적인 통일성을 부여하는 관념체계"이다. 쉽게 말해 에피스테메는 특정 시대를 지배하는 지식체계를 의미하여, 이 체계는 자신의 원리에 의해 사회의 다양한 담론에 대해 '선택'과 '배제'의 원리를 가동시킨다. 이런 점에서 에피스테메는 한 사회를 구성하는 지식체계이면서 동시에 권력체계이기도 하다. 가령 그는 『광기의 역사 *History of Madness*』에서 중세, 르네상스, 고전주의, 근대를 거치면서 '광기'를 대하는 지식/권력체계가 다르다는 사실을 증명하였다. 광기는 시대에 따라 서로 다른 배제/비(非)배제의 대상이 되었다. 가령 광기가 '의학'의 기준으로 배제의 대상이 된 것은 오로지 19세기에 접어들면서부터이다. 이것은 의학이라는 학문이 19세기 이후에 이르러 권력체계가 되었음을 의미한다.

원래 에피스테메는 플라톤(Plato)의 용어로 사적인 견해나 비과학적인 신념을 지칭하는 "독사(doxa)"와 대조되는 진정한 "지식(Knowledge)"을 가리키는 용어이다. 그러나 푸코가 볼 때, 항구적으로 진정한 지식이란 없다. 에피스테메는 시대마다 다르며 환경에 따라 다르다. 가령 16~17세기의 르네상스, 18세기의 고전주의 시대, 그리고 19세기 이후의 근대를 지배하던 에피스테메 사이에는 인식론적 단절, 불연속성이 존재한다. 따라서 어떤 시대의 특정한 에피스테메를 항구적인 진리라고 주장할 수 있는 근거는 없다. 가령 푸코에 의하면 '인간'을 지식의 대상으로 삼는 인간과학은 19세기 이후 근대의 에피스테메에 와서야 비로소 등장하기 시작했으며, 르네상스와 고전주의 시대에는 전체 지식 체계의 한 부분으로만 존재했을 뿐이다. 에피스테메는 이처럼 시대마다 변하기 때문에, 연속성과 비연속성을 동시에 갖는다. 앞에서 살펴보았듯이 푸코에게 있어서 에피스테메의 개념은 담론의 개념과 직접적으로 연결되어 있다. 푸코가 볼 때 인식 주체는 언어로부터 자유롭지 않으며 주체와 대상 사이에는 항상 언어가 개입된다. 주체는 언어를 경유하여 세계를 느끼고 해석하고 설명한다. 담론이란 우리가 세계를 이해하고 사물을 설명하는 구체적인 진술들, 즉 개별적인 언어행위들(individual acts of language) 혹은 "행위 중인 언어(language in action)"를 의미한다. 따라서 푸코의 담론 개념은 '추상적 체계(abstract system)'를 의미하는 구조주의적 언어 개념과 다르다. 담론은 우리의 일상을 지배하며 인식 행위를 주관하는 살아있는 언어행위들이다. 담론의 의미는 그것을 사용하는 개별주체뿐만 아니라 사회적 제도 혹은 기관들(institutions)과 밀접한 연관을 가지고 있을 뿐만 아니라, 사회집단과 제도들 사이의 권력과도 밀접한 관계를 가지고 있다.

담론이 권력과 밀접한 연관을 가지고 있기 때문에, 특정 담론의 진리 여부는 담론 자체가 아니라 권력관계에 의해 결정된다. 한 사회를 지배하는 '지식

(knowledge)'이란 권력관계에 의해 진리로 인정되고 통용되는 지배적 담론을 지칭하는 것이다. 특정 담론이 지식으로 통용되고 진리로 인정되기 위해서는 권력관계가 인정하는 특정한 루트를 통과해야만 하며, 이 과정에서 선택과 배제의 원리를 가동시키는 것은 바로 권력이다. 한 담론이 지식의 지위를 갖기 위해서는 학문의 분야와 제도가 인정하는 과정을 경유하고, 그 과정을 통해 '선택'되어야만 하는 것이다. 가령 푸코 자신의 사상도 그것이 지식으로 통용되기 위해서는 대학의 학위제도가 만든 심사의 과정을 거쳐야 하며, 그 과정에서 절대적인 권한을 가지고 있는 것은 푸코의 사상 자체가 아니라 학문 기관들 내부에 정착되어 있는 제도들이다. 정규 교육과정을 거쳐 각종 학위 심사를 통과한 담론들만이 사회의 지식으로 정착된다.

담론과 지식은 이처럼 그것이 생산되고 통용되는 특정 시대의 복잡한 권력관계로부터 분리시킬 수 없으며, 이 권력관계 역시 항구적인 것이 아니라 시대에 따라 매우 상이하므로, 우리는 항구적인 진리, 영속적인 효과를 갖는 진리의 개념을 상정할 수 없게 된다. 푸코가 말하는 "**지식의 고고학**(archeology of knowledge)"이란 바로 다양한 역사적 시기마다 담론(지식)이 형성되고 변환되는 구체적 과정을 추적하는 것을 의미하는 것이다. 그는 담론이 구체적인 언표(l'enonce, enunciation)행위를 통해 그 대상과 개념과 전략을 형성하는 과정을 추적한다. 그가 말하는 계보학(genealogy) 개념 역시 진리와 지식과 권력 사이의 역사적 관계들을 분석하고 드러내는 것을 의미하는데, 푸코는 (니체를 따라) 지식과 진리가 그 자체가 아니라 수많은 제도들과 학문 영역들(fields), 규율들 사이의 갈등과 투쟁에 의해 생산됨을 보여준다. 다만 고고학이 지식과 권력의 관계에서 지식이 형성되는 지층의 발굴을 목표로 하고 있다면, 계보학은 그와 같은 지층이 형성되는 보다 역학적인 원인 즉 권력의 분석에 집중하고 있다고 보면 된다.

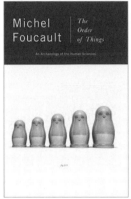

푸코의 『권력/지식 *Power/Knowledge*』(왼쪽), 『사물의 질서 *The Order of Things*』(오른쪽)

들뢰즈와 가타리

푸코는 "20세기는 언젠가 들뢰즈(Gilles Deleuze 1925~1995)의 세기로 기억될 것이다"고 말했다. 들뢰즈는 가타리(Felix Guattari 1930~1992)와의 공동 작업을 통해 『안티 오이디푸스: 자본주의와 분열증 *Anti-Oedipus: Capitalism and Schizophrenia*』(1972), 『카프카: 소수문학을 향하여 *Kafka: Towards a Minor Literature*』(1975), 『천의 고원: 자본주의와 분열증 *A Thousand Plateaus: Capitalism and Schizophrenia*』(1980), 『철학이란 무엇인가 *What is Philosophy*』(1991) 등을 펴냄으로써 푸코의 예언을 적중시켰다. 들뢰즈와 가타리의 책들은 프랑스 68세대의 고민과 좌절과 소망을 그대로 담고 있으며 20세기를 넘어 21세기 철학이 나아가야 할 길을 정초(定礎)하고 있다. 니체와 더불어 데리다, 들뢰즈를 경유하지 않고 현대철학을 이야기할 수 없다. 들뢰즈는 적대적 쌍둥이인 전통 마르크스주의와 자본주의가 어떻게 욕망을 억압하는지 보았으며, 욕망을 배제한 그 어떤 당위도 세계를 바꾸지 못함을 알았다. 이런 점에서 들뢰즈의 철학은 궁극적으로 욕망의 분석이며 욕망의 해방을 향해 있다.

1972년에 출판된 『안티 오이디푸스』는 그 제목에서부터 알 수 있듯이 프로이트의 정신분석학에 대한 비판에서 출발한다. 정신분석학은 들뢰즈 만이 아니라 푸코를 위시하여 68세대 대부분의 이론가들에게 공통의 관심사였다. 그러나 들뢰즈/가타리는 프로이트의 정신분석학이 크게 두 가지 면에서 문제가 있음을 지적하였다.

들뢰즈/가타리 공저, 『안티 오이디푸스: 자본주의와 분열증 *Anti-Oedipus: Capitalism and Schizophrenia*』

첫째는 프로이트가 무의식의 '사회성'을 제대로 설명하지 못하고 있다는 것이다. 프로이트 역시 무의식이 "사회 집단들의 구조적 관계와 그들의 다양한 의사소통 양식에 의해 핵심적으로 특징지어진다"고 말했지만, 프로이트의 정신분석학은 모든 욕망을 성욕으로 환원하고, 그것을 다시 어머니에 대한 성적 욕망과 좌절로 설명함으로써 욕망을 가족관계에 가둔다. 게다가 프로이트의 가족관계는 사회·역사적 맥락이 부재한 일반화된 성욕 중심의 보편적 관계이다. 들뢰즈가 볼 때 모든 욕망과 그것의 투여는 오로지 "사회·역사적 장 위에 새겨진다." 들뢰즈에 의하면 욕망은 사회·역사적 맥락에 따라 다른 방식으로 투여되며, 이 욕망의 사회학에 대한 재고 없이 정신분석학은 무의식을 제대로 설명할 수 없다.

둘째로, 프로이트의 정신분석학이 무의식이라는 보고를 발견했음에도 불구하고, 그것을 유아와 어머니, 아버지 사이의 '가족 로맨스(family romance)'에 가두었다는 것이다. 들뢰즈가 볼 때, 욕망은 (궁극적인 의미에서) 프로이트의 주요 연구대상이었던 신경증(neurosis)처럼 특정한 대상에 고착되지 않는다. 욕망의 특징은 (그 최종적인 의미에서) 결코 억압되지 않는다는 것이며, 경계와 경계를 넘어 계속해서 흐른다는 것이다. 욕망은 마치 분열증(schizophrenia)처럼 끝없이 가지를 치고 뻗어나간다. 그것은 선적인(linear) 흐름이 아니라 모든 경계와 구분을 전복시키며 마치 식물의 잔뿌리처럼 무(無)방향 혹은 다(多)방향으로 확산되며 새로운 세계를 만들어나간다.

들뢰즈가 "**영토화**(territorialization)"라고 부르는 것은 사물에 경계와 구획을 설정하는 모든 인식론적·사회적 행위를 총칭하는 것이다. 들뢰즈/가타리의 대표작인 『안티 오이디푸스』와 『천개의 고원』(1980)의 부제가 "자본주의와 분열증"임은 그들의 글쓰기가 무엇을 겨냥하고 있는지 잘 보여준다. 그가 볼 때 자본주의는 상품과 이윤의 이름으로 욕망을 제도화하고 구획하며 규정하고 영토화한다. 자본주의에 대한 저항은 자본주의의 영토화 전략에 흠집을 내며 욕망을 분열증적으로 해방시키는 것이다. 구분과 경계와 가둠의 책략에 대한 거부, 그리고 욕망을 끝없는 생산, "**생성**" 혹은 무엇이 "**되기**(becoming)"의 도정에 풀어놓는 것을 그는 "**탈영토화**(deterritorialization)"라고 부른다. 물론 데리다와 더불어 난해하기로 악명 높은 그의 글을 명료하게 이해하기란 매우 힘들다. 그러나 그의 난해성은 자신들의 글이 영토화되는 것을 거부하기 위한 전략의 결과이다. 그들은 프로이트가 발견했으나 가족관계에 가두어놓은 욕망을 해방하고, 자본주의의 영토화 전략에 저항하되 헤겔에서 이어진 '금욕적' 마르크스주의의 도식을 거부하고 있다는 점에서 새롭다. 이런 점에서 68세대의 철학은 말하자면 모든 것을 경험했으나 아무것도 이루지 못한 자들의 사상이며, 마르크스와 프로이트로 대표되는 19세기적 패러다임을 20세기의 현실에 다시 실험하는 자들의 생각이다. 그들은 프로이트와 마르크스에서 출발했으나, 프로이트를 버린 자리에 마르크스를 새롭게 해석해 끌어들이고 있으며, 마르크스를 버린 자리에서 프로이트를 다시 해석해내고 있다. 그리고 이 힘겨운 "무엇 되기"의 동력은 바로 니체의 철학이다. 들뢰즈가 어떤 인터뷰에서 "글쓰기를 모든 종류의 것을 운반할 수 있도록 해주는 분열증적 흐름"으로 간주한 가타리의 입장을 언급하는 것도 바로 이런 맥락에서이다.

그들은 구조, 계급, 주체, 무의식의 이름으로 지적 신경증의 회로에 갇히기를 거부했다. 그들의 힘은 대상의 다의성(multiplicity)을 읽어내는 것이었으며, 다의성의 라인을 타고 끝없이 탈주(flight)하며 세계를 탈영토화하는 것이었다. 들뢰즈/가타리가 "다의적인 것이여 영원하라" 혹은 "다의적인 것을 만들어야 한다"고 주장할 때, 그들은 이미 사상의 고원(高原 plateau)을 계속해서 일탈하는 지적 유목민이었던 것이다. 그들의 철학을 **"유목민의 철학(philosophy of nomad)"** 혹은 **"탈주의 철학(philosophy of flight)"**이라 부르는 이유가 바로 이것이다.

들뢰즈에게 있어서 욕망은 다름 아닌 생산이다. 그것은 자유로운 에너지이며 구속을 거부하는 "**강(밀)도(强密度 intensity)**"이다. 욕망은 어떤 형태의 동일성이나 "어떤 종류의 통일성으로도 환원 불가능한" 것으로서, (들뢰즈의 표현을 빌면) 다양한 강밀도를 가진 "기계"이며, 다른 기계들과 접속되거나 단절되면서 끊임없는 생산의 흐름을 만들어낸다. 들뢰즈는 『안티 오이디푸스』에서 "모든 것은 기계"라고 선언했는데, 여기서 그가 말하는 기계는 다른 것과 접속하여 강(밀)도가 다른 에너지를 단절/생성하며 끝없는 배치 혹은 흐름을 만들어내는 모든 것을 의미한다. 가령 신체 역시 다양한 기계로 이루어져 있는데, 손 기계는 타자 혹은 자신의 신체를 접촉함으로써 성적 강(밀)도를 만들어내지만, 망치를 들었을 때는 돌을 깨는 노동의 라인으로 연결된다. 손 기계는 음식을 집어들어 입 기계에 넣음으로써 영양을 공급하는 흐름으로 변하며, 바이얼린을 연주할 때는 다른 강(밀)도로 예술의 세계와 접속한다. 여기서 강(밀)도는 손 기계가 다른 것들과 접속할 때 내부에서 가동되는 근육의 서로 다른 강도 혹은 움직임들을 연상하면 쉽게 이해가 될 것이다. 그런데 이 모든 접속은 방향이 정해있지 않다는 점에서 분열증적이고 "무한한 와류 혹은 끊임없는 생산의 보편적 연속체"를 형성하며 무한대의 다의성을 생산한다. 들뢰즈가 말하는 기계가 공장의 기계와 다른 점은 그것들이 하나 같이 "욕망하는 기계"라는 것이다. 그것들은 욕망하기 때문에 동일성이 지배하는 정주(定住)의 세계가 아니라, 유목민적이고, 이종적(異種的)이며 분열증적이다.

기계와 관련하여 우리가 이해해야 할 들뢰즈/가타리의 용어로 **"기관 없는 신체(body without organs)"**라는 개념이 있다. 기관 없는 신체란 세포분열이 이루어져 기관이 만들어지기 이전의, 일종의 알(卵)같은 상태를 연상하면 된다. 기관 없는 신체는 잠재성의 형태로 모든 기관들을 가지고 있으나 그 어떤 기관으로도 환원되지 않는, 그러나 언제든 그 어떤 기관으로도 발전할 수 있는, 일종의 무정형, 혼란(chaos) 상태를 의미한다. 기관 없는 신체는 그러므로 강(밀)도 제로(0)의 상태이며 무한한 생성과 변이의 가능성으로 충만한 상태이다. 기관 없는 신체는 원래 잔혹극으로 유명한 아르토(Antonin Artaud 1896~1948)에게서 빌려온 용어인데, 들뢰즈는 아르토가 "입도 없다. 혀도 없다. 이도 없다. 목구멍도 없다. 식도도 없다. 위도 없다. 배도 없다. 항문도 없다. 나는 나라고 하는 인간을 재구성한다"고 말했다 한다. 아르토의 진술처럼 기관 없는 신체는 특정한 기관으로 통합되지 않는 상태이기 때문에 욕망하는 기계들의 다양한 접속 루트에 의해 대상을 "재구성"할 수 있다.

들뢰즈에게 무엇보다 중요한 것은, 우선 기관으로 영토화된 것들을 탈영토화해서 기관 없는 신체로 만드는 것이고, 다음으로 이 기관 없는 신체를 다른 기계들과 접속시키는 것이다. 들뢰즈의 이런 입장은 그의 기관 없는 신체가 비유적 의미의 알의 상태를 의미하면서 동시에 무정형의 거대한 사회체(social formation)를 지칭하는 것임을 알게 해준다. 기관들로 규정된 것들을 허물고 허물어서 강(밀)도 제로의 상태로 만듦으로써 욕망이 자유롭게 흐르도록 만드는 것이야말로, 분열증적 전략의 핵심이라고 할 수 있을 것이다.

들뢰즈/가타리의 분열증 분석이 문학 텍스트 분석에 가장 자세히 적용된 예를 우리는 『카프카: 소수문학을 향하여』에서 발견할 수 있다. 이들이 볼 때 카프카(Franz Kafka 1983~1924)의 소설들은 "일종의 **리좀**(rhyzome) 혹은 굴"이다. 리좀이란 원래 다양한 뿌리줄기를 가진 땅속식물을 지칭하는 식물학 용어이다. 리좀은 뿌리가 어떤 중심이 되는 줄기가 없이 다양한 방향으로 끝없이 뻗어나가는 상태를 의미한다. 들뢰즈/가타리는 리좀을 "계통수(系統樹 tree)" 구조와 대립되는 개념으로 사용하고 있다. 계통수는 군대조직처럼 위계적이며 상하적이며 직선적인 관계를 지칭한다. 리좀은 모든 형태의 위계를 부정하며 다양한 접속과 생성으로 열려 있는 관계이다. 리좀은 그 어떤 동질성, 통일성으로도 환원되지 않는 비위계적이고 수평적인 다의성(horizontal multiplicity)을 의미한다. 그들이 볼 때 카프카의 소설은 단일한 의미로 포섭되지 않으며 입구와 출구를 알 수 없는 토끼굴 같은 미로로 이루어져 있다. 마치 카프카의 『성』이라는 소설에 나오는 성처럼 카프카의 텍스트들은 끝없는 미로와 입구와 퇴로로 이루어져 있다. 따라서 카프카의 소설에서 단일하고도 고정된 의미를 찾는 것은 무의미한 일, 즉 없는 것을 찾는 일이며, 다양성으로 열려 있는 그의 텍스트를 영토화하는 것이다.

들뢰즈/가타리, 『카프카: 소수문학을 향하여 Kafka: Towards a Minor Literature』

들뢰즈/가타리는 리좀이 가동되는 원리를 다음과 같이 설명한다. 다음의 원리들은 서로 분리된 것들이 아니라 연결되어 있고 중첩되어 있다.

첫째, 접속(connection)의 원리이다. 계통수 모델이 동일성과 통일성에 토대한 위계와 질서 세우기라면 리좀은 다양한 각도와 방향으로의 접속을 그 특징으로 한다. 이 경우 접속의 정해진 길은 없으며, 그것은 끝없이 새로운 항들을 만들어낼 뿐이다. 들뢰즈/가타리의 표현을 빌면, "리좀은 어떤 다른 점과도 접속될 수 있고 접속되어야만 한다."

둘째, 이질성(heterogeneity)의 원리이다. 리좀적인 접속은 이질적인 것들과의 다양한 접속을 전제로 한다. 손 기계는 무한히 다른 이질적인 기계들과 만나면서, 무수히 새롭고 다양한 강(밀)도들을 생성한다.

셋째, 다의성(multiplicity)의 원리이다. 리좀은 하나로 통일되지 않는 다양한 접속들의 집합이며, 다른 하나가 추가될 때 전체의 의미가 달라지는 다양성을 추구한다. "배치"라는 개념은 이와 같은 리좀적 다양성을 잘 보여준다. 들뢰즈/가타리에 의하면 "배치란 접속되는 항목에 따라 그 성질과 차원의 수가 달라지는 다양체"이다. 붉은색은 어떤 맥락에서 어떻게 접속되고 다른 것들과 어떤 방식으로 배치되느냐에 따라 무한히 다양한 차원들을 생성한다. 그것은 "붉은 악마"가 될 수도 있고, 공산당이 될 수도 있으며, 혁명 혹은 적십자사가 될 수도 있다.

넷째, 비(非)의미적 단절(asignifying rupture)의 원리이다. 리좀적 다양성은 기표와 기의 사이의 안정된 관계를 전제로 하지 않기 때문에 구조주의적 의미의 의미화(signification)와 다르다. 그것은 끝없이 다양한 접속을 통하여 의미가 굳어지기도 전에(영토화되기도 전에) 의미화과정에서 벗어난다. 그것은 의미가 아니라 비의미의 끝없는 단절을 통해 항상 새로운 생성의 도정에 있다.

다섯째, 지도 그리기(cartography) 혹은 데칼코마니(decalcomania)의 원리이다. 리좀적 다양성은 현실을 있는 그대로 베끼기, 즉 재현으로서의 모상(calque)을 지향하지 않는다. 그것은 한 기계가 다른 기계와 실제로 만나는 리좀의 다양한 흐름을 추적하는 것이다. 이 리좀적 지도 그리기에 정해진 루트나 구조는 없다. 데칼코마니란 물감을 칠한 부분을 접어서 다른 면과 접속시킴으로써 새로운 형상을 만들어내는 것이다. 이 접속의 순간, 강(밀)도, 즉 접속되는 면들의 성질과 압착의 강도에 따라 원래의 물감은 다양한 방식으로 파열되며 변형되고 새로운 것으로 생성된다. 리좀적 지도는 원래의 물감(현실)을 따라 그리지만, 그려진 것(지도)에 의해 원본(현실)도 변형될 수 있다.

포스트구조주의의 함의

앞에서도 설명했지만 포스트구조주의는 18~19세기 이래 진행되어왔던 근대 사상들에 대한 회의와 의심에서 시작되었다. 이 의심은 단순히 사상과 철학 자체에 대한 회의가 아니라 그 같은 사상들이 적용되어온 현실 정치학에 대한 회의이기도 하다. 산업혁명 이후 자본주의에 대한 무수한 저항과 도전의 실험들이 있어왔으나 철학은 자본을 이기지 못했다. 플라톤에서 헤겔, 마르크스로 이어지는 철학적 금욕주의 혹은 엄숙주의로 자본의 문제를 해결할 수 없었다는 것이 현실 정치학의 냉정한 결론이었다. 프로이트 이후 무의식의 세계에 대한 광범위한 연구가 이루어졌고, 소쉬르(Ferdinand de Saussure) 이후 모든 사유는 언어라는 정거장을 경유해야만 했다. 포스트구조주의는 한편으로는 마르크스주의 정치학, 다른 한편으로는 프로이트의 정신분석학 그리고 소쉬르의 구조주의 언어학과 치열하게 대면하면서, 모든 절대적인 중심, 이분법적, 위계적 사고들에 대해 도전하기 시작했다. 이런 도전들은 합리주의 이후 소위 근대 철학의 근간을 뒤흔드는 것이었으며, 사유와 글쓰기의 전(全)영역에서 종결(closure)이 아닌 열림의 자세를 보여주는 것이었다. 그들은 사물의 양가성(ambivalence), 다의성에 주목했고, 근대정신이 세워온 중심들의 허구성을 폭로하였다. 동일성에 토대한 단일하고도 고정된 의미, 절대적인 진리 같은 개념들이야말로 그들에겐 혐오의 대상이었다. 이런 점에서 포스트구조주의는 성찰의 철학이고 회의의 사상이다.

포스트구조주의가 대상의 다의성을 강조하면서 이제 그 누구도 사물에 대한 손쉬운 해답을 내놓기 어려워졌다. 사물은, 삶은, 역사는, 세계는 그렇게 단순한 것이 아니기 때문이다. 포스트구조주의의 세례 와중에 가장 큰 손실을 입은 것은 근대적 '주체' 개념이다. 주체 이전에 언어가 존재하고, 주체 이전에 구조가 존재하며, 주체 이전에 권력이 존재한다는 성찰은 주체의 지위를 크게 약화시켰다. 이런 점에서 포스트구주주의는 근대적 주체에 대한 턱없는 신앙에 대한 야유이고 희화화이기도 하다. 그렇지만 푸코나 들뢰즈/가타리가 조심스럽게 내놓고 있는 다양성에 토대한 집단적 혹은 미시 정치학적 주체 개념은 하나의 희망이 아닐 수 없다. 주체는 믿음으로써 만들어지는 것이 아니라, 냉정한 현실 속에서 생성되는 것이니만큼, 주체에 대한 근대적 '신앙'은 이제 설 자리가 없다. 그러나 삶의 주인이자 대상이 곧 인간인 만큼 엄정하면서도 정치(精緻)한 주체이론을 만들어내는 것은 포스트구조주의 이후의 모든 사유에게 주어진 과제이다.

참고문헌 혹은 더 읽을 책들

- 권택영. 『후기구조주의 문학론』. 민음사. 1990.
- 김보현. 『데리다 입문: 서구 사상체계를 뒤흔든 데리다 사유의 이해』. 문예출판사. 2011.
- 김상환 외 편. 『라캉의 재탄생』. 창비. 2002.
- 김성곤. 『탈구조주의의 이해: 데리다, 푸코, 사이드의 문학이론』. 민음사. 1988.
- 김욱동. 『포스트모더니즘과 포스트구조주의』. 현암사. 1991.
- 김현. 『미셸 푸코의 문학비평』. 문학과지성사. 1989.
- 김현. 『시칠리아의 암소: 미셸 푸코 연구』. 문학과지성사. 1990.
- 바르트, 롤랑. 김화영 역. 『텍스트의 즐거움』. 동문선. 1997.
- 바르트, 롤랑. 이상빈 역. 『롤랑 바르트가 쓴 롤랑 바르트』. 동녘. 2013.
- 바르트, 롤랑. 김웅권 역. 『S/Z』. 연암서가. 2015.
- 박찬부. 『라캉: 재현과 그 불만』. 문학과지성사. 2006.
- 데리다, 자크. 박성창 역. 『입장들』. 솔. 1992.
- 데리다, 자크. 김성도 역. 『그라마톨로지』. 민음사. 1996.
- 데리다, 자크. 남수인 역. 『글쓰기와 차이』. 동문선. 2001.
- 데리다, 자크. 진태원 역. 『마르크스의 유령들』. 그린비. 2014.
- 들뢰즈, 질, 가타리, 펠릭스. 최명관 역. 『앙띠 오이디푸스: 자본주의와 정신분열증』. 민음사. 1994.
- 들뢰즈, 질, 가타리, 펠릭스. 조한경 역. 『소수 집단의 문학을 위하여: 카프카론』. 문학과지성사. 1997.
- 들뢰즈, 질, 가타리, 펠릭스. 김재인 역. 『천개의 고원: 자본주의와 분열증 2』. 새물결. 2001.
- 들뢰즈, 질. 김상환 역. 『차이와 반복』. 민음사. 2012.

▪ 라캉, 자크. 권택영 외 역. 『자크 라캉: 욕망 이론』. 문예출판사. 1994.

▪ 라캉, 자크. 김석 역. 『에크리: 라캉으로 이끄는 마법의 문자들』. 도서출판살림. 2007.

▪ 라캉, 자크. 맹정현 외 역. 『자크 라캉 세미나: 정신분석의 네 가지 근본개념』. 새물결. 2008.

▪ 라캉, 자크. 맹정현 역. 『자크 라캉 세미나: 프로이트의 기술론』. 새물결. 2016.

▪ 윤호병 외. 『후기구조주의』. 고려원. 1992.

▪ 이진경. 『노마디즘 I』, 『노마디즘 II』. 휴머니스트. 2002.

▪ 지젝, 슬라보예. 박정수 역. 『How to Read 라캉』. 웅진지식하우스. 2007.

▪ 키멜레, 하인즈. 박상선 역. 『데리다: 데리다 철학의 개론적 이해』. 서광사. 1996.

▪ 푸코, 미셸. 이규현 역. 『성의 역사』. 나남출판. 1990.

▪ 푸코, 미셸, 이정우 역. 『지식의 고고학』. 민음사. 1992.

▪ 푸코, 미셸. 오생근 역. 『감시와 처벌』. 나남출판. 1997.

▪ 푸코, 미셸. 이규현 역. 『광기의 역사』. 나남출판. 2009.

▪ 푸코, 미셸, 이규현 역. 『말과 사물』. 민음사. 2012.

▪ 푸코, 미셸. 허경 역. 『문학의 고고학: 미셸 푸코 문학 강의』, 인간사랑. 2015.

▪ 홍준기. 『라캉과 현대 철학』. 문학과지성사. 2002.

▪ Barthes, Roland. *S/Z*. trans. Richard Miller. Jonathan Cape. 1975.

▪ Barthes, Roland. *The Pleasure of the Text*. trans. Richard Miller. Jonathan Cape. 1976.

▪ Barthes, Roland. 'The Death of the Author', *Image-Music-Text*. trans. Stephen Heath. Fontana. 1977.

▪ Barthes, Roland. *A Barthes Reader*. trans. Susan Sontag. Jonathan Cape. 1982.

▪ Bogue, Ronald. *Deleuze and Guattari*. Routledge. 1989.

▪ Deleuze, Gilles and Guattari, Félix. *Anti-Oedipus: Capitalism and Schizophrenia*. trans. Richard Hurley, Mark Seem and Helen R. Lane. Athlone Press. 1983.

▪ Deleuze, Gilles and Guattari, Félix. *Kafka: Towards a Minor Literature*. trans. Dana Polan. Univ. of Minnesota Press. 1986.

▪ Derrida, Jacques. *Of Grammatology.* trans. Gayatri Charkravorty Spivak. Johns Hopkins Univ. Press. 1976.

▪ Derrida, Jacques. *Positions.* trans. Alan Bass. Univ. of Chicago Press. 1981.

▪ Derrida, Jacques. *A Derrida Reader.* trans. Peggy Kamuf. Harvester Wheatsheaf. 1991.

▪ Derrida, Jacques. *Writing and Difference.* trans. Alan Bass. Routledge. 2001.

▪ Foucault, Michel. *Language, Counter-Memory, Practice, Selected Essays and Interviews.* trans. Donald F. Bouchard and Shierry Simon. Basil Blackwell. 1977.

▪ Foucault, Michel. *Power/Knowledge: Selected Interviews and Other Writings.* ed. Colin Gordon. Vintage. 1980.

▪ Foucault, Michel. *The Foucault Reader.* ed. Paul Rabinov. Penguin. 1986.

▪ Homer, Sean. *Jacques Lacan.* Routledge. 2004.

▪ Kristeva, Julia. *The Revolution in Poetic Language.* trans. Margaret Waller. Columbia Univ. Press. 1984.

▪ Lacan, Jacques. *Ecrits: A Selection.* trans. Alan Sheridan. Routledge. 2001.

▪ Lacan, Jacques. *The Seminar of Jacques Lacan: The Four Fundamental Concepts of Psychoanalysis.* trans. Alan Sheridan. W. W. Norton & Company. 1998.

▪ Lucy, Niall. *A Derrida Dictionary.* Blackwell. 2004.

▪ Norris, Christopher. *Deconstruction: Theory and Practice.* Routledge. 2002.

▪ Ryan, Michael. *Marxism and Deconstruction: A Critical Articulation.* Johns Hopkins Univ. Press. 1982.

▪ Young, Robert. ed. *Untying the Text: A Post-Structuralist Reader.* Routledge & Kegan Paul. 1981.

제8장

탈식민주의

제8장

탈식민주의

탈식민주의(postcolonialism)가 본격적인 문학이론으로 자리를 잡기 시작한 것은 사이드(Edward Said 1935~2003)의 『오리엔탈리즘 *Orientalism*』이 출판된 1978년 이후이다. 이 책에서 사이드는 지난 수천 년 동안 서양이 타자로서의 동양 혹은 동양성(the Oriental)에 대해 어떤 의미, 개념, 이데올로기, 이미지들을 생산해왔는지를 분석함으로써 본격적인 탈식민주의 논의를 촉발시켰고, 이후 80~90년대에 걸쳐 탈식민주의는 포스트구조주의와 더불어 문학비평뿐만 아니라 문화론 등 인문학 전반에 걸쳐 중요한 화두가 되었다.

탈식민주의가 이렇게 논쟁의 중심이 되었던 것은 무엇보다도 16세기이후 20세기 중반에 이르는 근대의 역사가 제국주의에 의한 식민지배와 그로인한 피식민지 현실의 생산으로 특징 지워질 수 있기 때문이다. 이런 현실은 양차 세계대전 때까지 점점 더 악화되었으며 급기야 식민지 쟁탈전의 한 형태인세계대전을 초래했다. 2차 세계대전 종전 후, 즉 공식적 식민지배가 종식된 이후에도, 세계는 여전히 과거의 식민지 종주국들인 소위 '1세계'들과 2차 대전이후 강국으로 부상한 미국을 중심으로 가동되어왔다. 물론 군사적·물리적 지배가 약화되었다고는 하지만, 세계는 여전히 유럽과 북미 중심의 문화와 언어와이념의 지배를 받고 있다.

탈식민주의는 이렇게 근대 이후 세계를 지배해온 유럽 중심의 문화, 사유, 그리고 인식 패러다임에 대한 도전이고 궁극적으로 그것의 해체를 목적으로 한다. 그리고 이 해체 전략은 다양한 분야와 영역을 통해 가동되는데, 가령 호미 바바(Homi K. Bhabha)는 탈식민주의를 "한때 식민화된 제3세계를 불평등하고 불균등하게 재현(representation)해온 서양의 프레임에 대한 사회적 비판의 형식"이라고 정의한다. 이는 탈식민주의를 주로 재현 혹은 표상의 층위에 있어서의 불평등이라는 차원에서 접근하는 것이다. 사실 탈식민 담론의 범주는 매우 넓어서 그것은 문학연구만이 아니라 철학, 역사학, 문화학, 정치학, 인류학, 사회학 등의 다양한 영역에서 유럽 중심의 사고를 해체하려고 하는 모든 접근들을 총칭하는 용어이다.

문학연구의 영역으로 한정해서 이야기하자면, 탈식민주의는 '훌륭한' 문학의 개념 혹은 문학정전(正典 canon), 문학사, 문학 교육, 문학 제도 등과 관련하여 1세계 중심의 모든 사유에 대한 의심과 도전을 그 특징으로 한다. 가령 근대사회가 거의 모든 면에서 과거 식민지 종주국들이었던 1세계 중심으로 가동되었다면, 문학에 대한 개념, 문학을 바라보는 관점, 문학사 기술의 문제, 문학적 정전을 설정하는 기준 등, 문학 관련 모든 논의에서도 이런 경향은 예외일 수가 없을 것이다. 가령 얼마 전까지만 해도 세계문학사의 정전들은 대부분 1세계 중심의 작품들로 구성되었으며, 소위 '세계문학전집'은 주로 유럽 백인 작가들의 작품들로 채워졌다. 그렇다면 문학 정전을 선택하는 효과는 무엇인가. 정전의 선택은 그것으로 끝나는 것이 아니라, 문학교육의 문제와 직접적으로 연결되면서 한 사회의 이념과 제도를 재생산하는 데 기여한다. 정전의 반열에 올라야만 제도 학교에서 교육의 대상이 되며, 그렇게 선택된 작품들은 그 선택의 이데올로기를 사회적으로 재생산하는 데 기여하기 때문이다. 유럽 중심의 작품들이 '훌륭한' 문학의 전범이 될 때, 유럽중심의 가치들이 우월하고도 '올바른' 가치의 기준으로 재생산된다. 탈식민주의는 문학텍스트만이 아니라 문학연구에 있어서도 이와 같은 유럽중심주의를 경계하고, 그것을 해체하려 한다는 점에서 일종의 '탈중심주의'이기도 하다.

2차 대전 이후 그리고 사이드의 『오리엔탈리즘 *Orientalism*』이 나오기 전에도 이런 논의가 있어왔었는데, 우리는 그 대표적 논자로 프란츠 파농 (Frantz Fanon)을 들 수 있다. 필자의 다른 책(『정치적 비평의 미래를 위하여』)에서도 밝혔지만, 탈식민주의 이론은 프란츠 파농을 그 원류(origin)로 하고 있고, 그 이후의 탈식민주의의 다양한 갈래들은 바로 프란츠 파농이라는 '모체(matrix)'에 대한 다양한 해석 혹은 입장이라는 관점으로 이해할 수 있을 정도로 파농의 논의는 중요하다. 이제 그 원점에서 탈식민주의를 논의할 때이다.

프란츠 파농

파농은 1925년, 카리브해 연안 프랑스령 마르티니크 섬에서 태어났다. 그는 정신과 의사로서 식민화(colonization)의 병리학을 연구했고, '알제리 민족 해방전선(Algerian National Liberation Front)'의 멤버로서 프랑스 제국주의에 맞서 싸웠다. 그의 탈식민주의 이론은 스리랑카, 팔레스타인, 남아프리카의 민족 해방운동에도 많은 영향을 끼쳤으며, 사이드 이후 탈식민주의 이론이 다양한 방식으로 발전하고 분기(分岐)되는 데에도 큰 역할을 하였다.

1952년에 출판된 『검은 피부, 흰 가면들 *Black Skin, White Masks*』은 정신과 의사로서 식민지 현장에서의 식민자(the colonizer)와 피식민자(the colonized)의 정신적 병리현상을 분석한 그의 초기 저서이다. 이 책은 그가 "임상 연구(clinical study)"라고 명명했던 것처럼 구체적인 임상 경험에 토대하고 있는

파농, 『검은 피부, 흰 가면들 *Black Skin, White Masks*』

데, 프로이트(Sigmund Freud), 라캉(Jacques Lacan), 융(Carl Jung) 등 정신분석학의 다양한 패러다임을 동원한다. 그러나 그는 이와 같은 이론들을 기계적으로 적용하는 것이 아니라 끊임없이 역사화 혹은 사회화함으로써, 정신구조의 왜곡을 탈역사적, 초사회적 심리학만으로 설명할 수 없음을 보여준다.

가령 파농이 식민자/피식민자들의 정신 병리를 설명하는 데 있어서 유년의 성적 경험과 가족의 개념을 강조하는 것은 다분히 프로이트적이다. 그는 먼저 "정상적인 가정에서 자라난 아이는 정상적인 어른이 될 것이다"라는 '프로이트식'의 진술을 전제한다. 그러나 어린 시절의 성과 관련된 정신적 외상(trauma)이 성년의 심리구조의 형성에 결정적 영향을 끼친다는 프로이트의 이러한 도식은, "정상적인 가정에서 자라난 정상적인 니그로 어린이가 백인 세계와 조금만 접촉해도 비정상이 될 것이다"라는 파농의 주장에 의해 철저하게 역사화·사회화된다. 파농은 성과 가족의 범주가 중요하지만, 그것의 추상적·보편적 적용은 잘못된 것으로 간주한다. 파농에게 있어서 성적 범주는 사회·역사적 범주와 무관한 보편적·형이상학적 영역이 아니다. 이 양자는 긴밀하게 연결되어 있으며, 상호간 영향을 주고받으면서 피식민지 개인들의 심리구조를 형성한다. 파농은 피식민지 흑인들의 열등감(inferiority complex)을 설명할 때에도, 그것을 "이중의 과정(double process)"의 결과라고 간주한다. 그에 의하면 흑인들의 열등감은 "주로 경제적 과정을 거치고, 그 후에 그것의 내면화 혹은 표면화가 일어난다"는 것이다.

그는 또한 프로이트 심리학의 핵심적 범주의 하나인 '오이디푸스 콤플렉스(Oedipus complex)'에 대해서도 상당히 회의적이다. 프로이트가 오이디푸스 콤플렉스와 그것에 기인한 신경증(neurosis)을 매우 보편적이고 본질적인 현실로 상정하고 있음에 반하여, 파농은 "신경증이 인간 현실의 근본적 요소가 아니라는 사실을 너무 자주 망각하고 있다"면서, "오이디푸스 콤플렉스는 니그로들 사이에는 결코 생기지 않는다. (…) 예를 들어, 프랑스령 앤틸리스제도 니그로들의 경우, 가족들의 97퍼센트에서 신경증을 산출할 수 없다"라고, 어찌 보면 매우 과격한(?) 주장도 서슴지 않고 있다. 우리가 볼 때, 파농의 이와 같은 주장은 신경증을 위시하여 모든 비정상적인 심리현상들을 그 자체 순전히 정신적인 것이 아니라, 문화적·사회적 효과 혹은 산물로 간주하고자 하는 그의 기본적 입장에 토대하는 것이다.

그는 또한 융의 집단 무의식에 관해 언급하면서, 특정 집단에 의한 다른 집단의 규정 혹은 특정 집단의 정신 속에 다른 집단의 이미지가 각인되는 것은, 무의식적 본능에 의해서가 아니라 관습, 신화, 이데올로기, 혹은 편견에 의한 것이다. 따라서 집단 무의식이라는 것이 있다손 치더라도, 그것은 "문화적인 것이며, 후천적으로 습득된 것"이라는 것이다.

파농은 라캉의 "타자(the Other)" 개념도 이런 식으로 사회화·역사화한다. 파농은 라캉의 타자 개념을 빌어 백인들에게 있어서 진정한 타자는 바로 흑인들이라고 주장한다. 그러나 이 경우에도 백인들이 만들어낸 타자로서의 흑인 이미지는 철저하게 문화적이고 이데올로기적인 것이다. 가령 백인들에게 있어서 흑인 남성은 생물학적 남근(penis)과 엄청난 성적 능력의 상징으로 다가온다. 그들에게 있어서 "니그로는 남근(이런 의미에서 흑인은 짐승이다)"에 불과하기 때문에 병적인 공포(negrophobia)의 대상이고 동시에 그 엄청난 성적 능력 때문에 선망의 대상이기도 하다.

파농은 백인 여성들이 흑인 남성에 대해 갖고 있는 공포가 사실은 강한 남근으로서의 흑인에게 강간당하고 싶다는 욕망의 다른 표현이라고 하면서, 이를 '마조히즘(masochism)'으로 설명한다. 반대로 백인 남성은 흑인 남성에 대해 성적 열등감을 가지고 있으며, 이 때문에 성적 경쟁자로서 흑인들을 증오하고 다른 한편으로는 성적 능력이 빈약한 남성이 성적 능력이 강한 남성에게 갖는 것과 유사한 동성애적 성향을 갖게 된다. 문제는 백인들이 흑인들에 대해 갖고 있는 이와 같은 이미지들이 말 그대로 환상일 뿐, 실제의 흑인들과는 전혀 일치하지 않는다는 사실이다. 성기, 짐승, 악의 상징으로서의 흑인이라는 타자는 식민지 상황에서 백인들의 "편견, 신화, 집단적 태도"가 만들어낸 허상에 불과하다는 것이다.

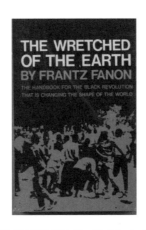

파농, 『대지의 저주받은 자들 The Wretched of the Earth』

파농의 분석에 의하면 식민지적 상황은 피식민자뿐만 아니라 식민자까지 모두를 정신적 병리 상태로 만드는 시스템이다.

파농의 저작 중 탈식민화 운동에 가장 직접적인 영향을 준 것은 그가 사망하던 해(1961)에 출판된 『대지의 저주받은 자들 *The Wretched of the Earth*』이다. 이 책은 사르트르(Jean-Paul Satre)가 서문을 쓴 것으로도 유명한데, 사르트르는 이 서문에서 탈식민화의 중요성을 세계사적 맥락에서 다음과 같이 기술하고 있다. "얼마 전까지만 해도 지구상에는 20억의 인구가 살고 있었는데, 그중 5억은 인간들(men)이었고, 나머지 15억은 원주민들(natives)이었다." 이는 당시에 전 세계 인구의 4분의 3이 피식민자들이었음을 의미하는 것이자, 이 다수의 '인간들'이 수십 년 내지는 수백 년 동안 인간적 주체로서의 삶을 제대로 영위하지 못한 피해자들이었음을 시사하는 것이다.

『검은 피부, 흰 가면들』이 식민지 거주자들의 정신 병리에 대한 탐구였다면, 『대지의 저주받은 자들』은 그를 탈식민화운동의 "세계적인 이론가(global theorist)"로 만든 대표적인 저서이다. 그는 이 책에서 식민지 상황을 식민자/피식민자 사이의 적대적 관계로 설명하고, 피식민의 정치적 해방이 불가피하게도 폭력을 동원할 수밖에 없음을 다양한 이론적 근거와 역사적 사실들을 동원하여 설명한다.

그는 "**탈식민화**(decolonization)"를 다음과 같은 세 층위로 설명한다. 첫째, 탈식민화란 무엇보다도 "역사적인(historical)" 과정이다. 식민화 과정 자체가 역사적인 것이므로 그것을 극복하는 과정 역시 역사적인 과정일 수밖에 없다는 것이다. 둘째, 탈식민화는 폭력적인 현상이다. 다른 말로 하면 탈식민화란 피식민자의 (정당한) 폭력의 행사를 통해서만 성취될 수 있다는 것이다. 셋째, 탈식민화란 어떤 인간 종(species)을 다른 인간 종으로 대체하는 것이다. 이를 종합하면, 탈식민화란 결국 본질적으로 화해 불가능한 두 세력 간의 만남이고,

이 양자 간에 타협이나 화해란 존재하지 않는다는 것이다. 따라서 탈식민화란 궁극적으로 적대적 두 집단 사이의 "살인적이고도 결정적인 투쟁"을 통해 어떤 한 종 즉 피식민자라는 인간 종이 식민자라는 다른 종을 대체하는 것을 의미한다는 것이다.

우리는 이 대목에서 '왜 폭력인가?'라는 질문을 던지지 않을 수 없다. 이에 대한 파농의 대답은 다음과 같다. 우선 제국주의자들의 식민지배의 본질이 무엇보다도 노골적인 폭력에 의존하고 있다는 것이다. 그에 의하면, 자본주의 사회에서의 지배가 간접적, 이데올로기적인 설득에 토대하고 있다면, 식민지에서의 지배는 무력에 의한 직접 지배의 양식을 취하고 있다. 그에 의하면 식민주의(colonialism)란 이성적 기능을 가진 "생각하는 기계"가 아니라 본질적으로 폭력적이어서 그것은 더 큰 폭력을 동원할 때에만 비로소 굴복한다. 이러한 절대 폭력 앞에서 피식민자들이 자신들의 이해관계를 지켜낼 수 있는 가장 효과적인 수단은 이에 맞선 대중들의 집단적 폭력밖에 없다는 것이다. 한국의 식민지 경험을 돌이켜볼 때, 무장투쟁을 주장하는 민족해방 노선이 없었던 것은 아니지만, 우리는 이 대목에서 프랑스에 의한 알제리, 아프리카 지배의 특수성을 일정 정도 고려해보아야 할 것이다. 그에 의하면 "1945년에 세띠프에서 45,000명이 쥐도 새도 모르게 죽었고, 1947년에는 마다가스카에서 90,000명의 죽음이 서류상의 일로 간단히 정리되었을 뿐이다."

그렇다면 파농의 주장은 정복자들이 먼저 과도한 폭력을 행사했으므로 피식민자들도 그에 상응하는 폭력으로 대응할 수밖에 없고, 그래서 그 폭력은 정당하다는 말일까? 그렇게 간단한 것만은 아니다. 파농의 폭력론은 폭력 대 폭력이라는 외연 이전에 식민사회를 바라보는 그의 구도에서 비롯되는 것이다. 그에 의하면 식민사회는 본질적으로 "이원구조적 세계(Manichaean world)"이다. 그에 의하면 "정복자의 일은 원주민들로 하여금 자유의 꿈조차도 꾸지 못하게 하는 것이다. 그에 반해 원주민들의 일은 정복자를 파괴할 수 있는 모든 가능한 수단을 상상하는 것이다. 논리적 지평에서 보면 정복자의 이원구조론이 원주민의 이원구조론을 생산하는 것이다. '절대 악으로서의 원주민'이라는 이론에, '절대 악으로서의 정복자'라는 이론으로 응답하는 것이다. (…) 원주민들에게 있어서 생명은 단지 정복자의 썩어가는 시체 위에서만 다시 탄생될 수 있을 뿐이다." 파농이 볼 때, 이와 같은 이원 구조론의 원인 제공자는 바로 정복자인 제국주의자들이다. '절대적 악=원주민'이라는 도식은 바로 제국주의자들이 자신들의 식민지 지배를 정당화하기 위해 만들어낸 개념이기 때문이다.

　　파농에 의하면 식민지 치하에서 원주민들의 리비도(libido)는 철저하게 왜곡된다. 말하자면 그들은 "출구 없는 분노의 상태"에 빠지게 되는데, 이와 같은 리비도가 정복자들에 대한 정당한 폭력의 행사로 분출되지 않을 경우, 이는 종종 동족살해(fratricide)의 형태로 나타나기도 한다. 평상시보다 식민지 상태에서 원주민들 사이의 폭력이 훨씬 증가하는 이유가 바로 이것이다. 또한 이와 같은 일종의 "자살행위"는 정복자에 대한 증오를 완화시켜주며, 자신의 불행을 운명 내지는 신의 탓으로 돌리게 만든다. 원주민들이 자신들의 공격성을 억제하게 만드는 다양한 신화를 갖게 되는 것도 이와 일정한 연관성을 가지고 있다. 그리고 이 신화들은 대개 금기(inhibition)의 끔찍한 신화들이다. 이들은 신화에 의해 만들어진 또 다른 적들을 갖게 되는 것이다. 경우에 따라 원주민들의 공격적 리비도는 집단적 환락의 춤 같은 것을 통해 발산, 순화, 변형되면서 사라져 버리기도 한다.

　　정복자들은 '우월한' 존재로서의 자신들의 정체성을 원주민을 통해서 확인한다. 원주민은 이런 의미에서 정복자들이 자신을 바라보는 거울로 작용한다. 그들은 실물로서의 원주민과 그들의 역사를 바라보는 것이 아니라, 거울로서의 그것을 통해 자신과 자신의 모국의 문화, 역사, 그리고 그것들의 우월성을 확인하는 것이다. 이 나르시시즘의 거울을 통해 두 가지 왜곡이 동시에 발생한다. 하나는 (라캉식으로 이야기하자면) 정복자들의 오인(誤認 méconnaissance)이다. 그들은 거울에 비친 허상을 자신과 동일시함으로써, 자기 주체로부터 소외된다. 두 번째 왜곡은 정복자들이 만들어낸 대상으로서의 원주민에 대한 왜곡이다. 정복자들은 자신의 우월성을 입증하기 위해, 실제의 원주민과 무관한 대상 혹은 타자로서의 원주민의 이미지(허상)를 만들어내지 않으면 안 된다. 파농에 의하면 "소위, 흑인의 영혼이라는 것도 (따지고 보면), 백인들이 만들어낸 것이다." 이렇게 해서 만들어진 원주민들의 허상은 바로 악, 가장 열등한 존재로서의 짐승의 이미지 같은 것들이다. 파농의 표현을 빌면, "정복자는 원주민을, 일종의, 악의 정수(quintessence of evil)로 색칠한다. 원주민 사회는 단지 어떤 가치를 결여하고 있는 사회로 묘사되는 것이 아니다. (…) 원주민은 윤리에 무감각한 존재로 선언된다. 원주민은 가치의 부재뿐만 아니라, 가치의 적을 나타낸다. (…) 원주민은 가치의 적이고, 이런 의미에서 절대적 악인 것이다." 파농이 볼 때, 피식민자에게 있어서 이런 상황의 극복은 폭력밖에는 없다.

사이드는 루카치(Georg Lukács)의 파편화(fragmentation), 물화(物化 reification) 개념을 빌어(『대지의 저주받은 자들』을 집필할 당시, 파농이 루카치의 『역사와 계급의식 HIstory and Class-Consciousness』을 분명히 읽었을 것으로 일단 가정하면서), "파농에게 있어서 폭력이란 (…) 주체로서의 백인과 대상으로서의 흑인의 물화를 동시에 극복하고자 하는 통합(synthesis)의 노력"이라고 말하면서, 파농의 폭력 개념을 단지 피지배자의 해방이라는 차원이 아닌, 지배자의 자기 소외의 극복까지 포함하는, 이중의 의미를 가진 것으로 해석한다. 말하자면, 파농의 폭력 개념은 파농의 전체 저작을 통해 볼 때, 궁극적으로 "백인과 비(非)백인 사이의 괴리를 메꾸기 위해 의도된" 것이라는 것이다. 물론 파농의 『대지의 저주받은 자들』에서 주로 강조되는 것은 피식민자의 해방의 절실함이지 식민자의 정신적 해방은 아니다. 마르크스가 프롤레타리아트의 해방이 사실은 모든 계급의 해방이라고 했던 것처럼, 파농도 과연 폭력을 통한 정복자/원주민 양자의 해방, 진정한 인간화를 기획했던 것일까? 궁극적인 의미에서는 그렇다. 그러나 우리가 볼 때, 피식민자의 해방이 식민자의 인간화라는 효과를 산출할 수는 있겠지만, 파농 이론의 전체적 무게는 아무래도 피식민자의 해방에 있지, 식민자의 정신적 구원에 있는 것은 아니다. 우리가 파농의 논저들 속에서 백인 식민자들에 대한 '르상티망(분한 憤恨 ressentiment)'의 기미를 수시로 감지할 수 있는 것도 바로 이런 이유에서인 것이다.

에드워드 사이드

파농이 탈식민주의 담론의 원류라면, 사이드는 1978년에 『오리엔탈리즘』을 출간함으로써 탈식민주의를 본격적인 논의의 궤도에 올려놓은 이론가이다. 사이드는 파농의 식민자/피식민자의 이분법을 이어받되, 여기에 푸코

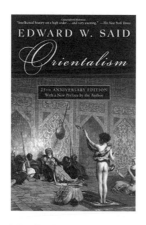

사이드, 『오리엔탈리즘 *Orientalism*』

(Michel Foucault)의 권력/담론 개념 그리고 그람시(Antonio Gramsci)의 헤게모니 이론을 뒤섞음으로써 자신만의 고유한 탈식민주의 담론을 형성해나간다. 『오리엔탈리즘』은 방대한 자료와 그것에 대한 정치(精緻)한 분석을 통해 탈식민주의 이론뿐만 아니라 인문·사회과학의 전 영역에 광범위한 영향력을 행사함으로써, 이제는 (지성을 추구하는 사람이라면) 누구나 읽어야 할 고전이 되었다.

사이드는 이 책에서 지난 4천여 년 동안 서양인들이 다양한 경로를 통해 어떻게 타자로서의 "동양(the Orient)" 혹은 "동양인 혹은 동양적인 것(the Oriental)"을 이해해왔으며, 그것들의 개념과 정체성, 그리고 이미지를 만들어왔는지를 매우 다양한 자료의 분석을 통해 추적한다. 그는 이 책에서 **"오리엔탈리즘(Orientalism)"**을 다음과 같이 정의한다. 첫째, 오리엔탈리즘이란 서양인들에 의해 수천 년 동안 '만들어진', 동양과 동양인에 대한 다양한 종류의 학문(예컨대 동양학), 글, 연구의 총계를 의미한다. 가령 "오리엔탈리즘은 동양과 동양인에 대한 교조들과 테제들(theses)을 통해 학문적으로 계속 살아있다." 둘째, "오리엔탈리즘은 동양과 서양 사이의 존재론적, 인식론적 차이의 개념에 토대한 사유의 한 유형이다." 수많은 작가, 철학자, 시인, 경제학자, 제국주의의 관료들이 그들의 정교한 이론, 작품, 정치적 설명 등을 개진할 때, 동양과 서양 사이의 근본적 "차이"를 논의의 출발점으로 삼아왔다. 말하자면 오리엔탈리즘은 서양(인)과 동양(인)이 근본적으로 다르다는 인식을 토대로 서양인들이 축적해온 사고의 한 형태라는 것이다. 셋째, 오리엔탈리즘은 앞의 두 가지보다 훨씬 더 역사적·물질적으로 규정된 어떤 것이다. 여기에서 역사적·물질적으로 규정된 것으로서의 오리엔탈리즘은 바로 '담론(discourse)'으로서의 오리엔탈리즘을 말한다. 사이드에 의하면 "오리엔탈리즘을 담론으로 검토하지 않고서는 계몽주의 이후 유럽문화가 정치적, 사회학적, 군사적, 이데올로기적, 과학적, 상상적 차원에서 동양을 지배하고 심지어 생산해온 막대하고도 체계적인 규율을 이해할 수가 없다." 사이드가 오리엔탈리즘을 담론으로 정의하는 것은 푸코의 영향을 단적으로 보여주는데, 이 대목에서 그는 푸코의 권력/담론의 개념으로 동양/서양 사이의 관계를 읽고 있는 것이다.

　　오리엔탈리즘을 이처럼 정의하면서, 사이드는 다음과 같은 세 가지의 전제들을 내세운다. 첫째, 사이드가 연구대상으로 상정하는 오리엔탈리즘이라는 현상은 실제의 동양과 아무런 상관관계를 갖지 않는다. 가령 실제의 동양은 이러한데 서양(인)이 동양(인)을 이렇게 왜곡했다는 식으로 사이드의 오리엔탈리즘 개념을 읽는다면 그것은 오해이다. 그가 오리엔탈리즘이라는 개념을 통해 다루고자 한 것은 "오리엔탈리즘과 오리엔트(동양) 사이의 상응성(correspondence) 이 아니라, 오히려 그런 상응성에도 불구하고, 혹은 그것을 넘어 존재하거나 '실제의 동양(real Orient)'이 결여된, 오리엔탈리즘과 동양에 대한 그것의 개념들이 보여주는 내적인 일관성"이다. 다시 말해 사이드가 오리엔탈리즘이라는 개념을 통해 발견한 것은, 실제의 동양과 무관하게, 셀 수 없이 다양한 경로를 통해, 수많은 다양한 서양인들에 의해, 수천 년에 걸쳐 생산되어온 동양의 개념이 놀라운 일관성을 가지고 있다는, '놀라운' 사실이었다. 둘째, "서양과 동양의 관계는 권력 관계이며 다양한 강도를 가진 복잡한 헤게모니의 관계이다. 동양은 동양화되었는데(Orientalized), 이것은 동양이 서양에 의해 단지 발견되었기 때문만이 아니라, 어떤 존재 즉 '동양인'으로 만들어졌기 때문이다." 가령 플로베르 (Gustave Flaubert)의 소설에 나오는 이집트의 매춘부와 작가의 관계를 보자. 이 매춘부는 소설 속에서 자신에 대해 전혀 언급하지 않으며, 자신의 감정, 존재, 역사를 재현하지도 않는다. 오로지 유럽의 작가인 플로베르가 동양의 한 여성인 이 매춘부에 대해 이야기하며 그녀를 타자로 재현하고 있는 것이다. 플로베르는 그녀에게 있어서 이방인이고, 남성이며, 더 부유한 존재이다. 말하자면 "플로베르는 그녀와의 관계에 있어서 힘의 우위에 있다." 그녀는 그녀의 '실제'

와 무관하게 플로베르에 의해 "전형적인 동양인"으로 재현되는 것이다. 셋째로, 오리엔탈리즘을 만일 진실이 밝혀지면 사라져버리는, 동양에 대해 서양이 만들어온 어떤 종류의 거짓말, 판타지로 간주해서는 안 된다. 오리엔탈리즘 안에는 수세대에 걸친 상당한 양의 "물적 투여(material investment)"가 존재한다. 오리엔탈리즘은 이런 의미의 물적 투여를 가지고 있기 때문에 "단순한 거짓말을 모아놓은 것보다 훨씬 가공할 만한 어떤 것"이다. 그에 의하면 지속적인 물적 투여가 "동양에 대한 지식의 체계로서의 오리엔탈리즘"을 만들었다. 이와 같은 물적 투여를 구성하는 주요 내용은 바로 그람시에게서 그가 빌어온 **문화적 헤게모니(cultural hegemony)**의 개념이다. 어떤 사회든 특정한 형태의 문화가 다른 문화를 지배하고 다른 문화에 대해 더 큰 영향력을 행사하게 마련인데, 이와 같은 "문화적 리더십의 형식"을 그람시는 문화적 헤게모니라 불렀다. 오리엔탈리즘을 더욱 더 지속적이고 강하게 만드는 것은 바로 서양에 의해 동양에 대해 가동되는 이 문화적 헤게모니이다.

시이드가 오리엔탈리즘을 담론/권력의 개념으로 설명하는 것은, 푸코의 말대로 권력으로부터 자유로운, 순수한 담론은 존재하지 않는다는 인식에 토대한 것이다. 사이드는 다른 책, 가령 『세계, 텍스트, 비평가 The World, the Text and the Critic』(1983)에서도 문자 그대로 순수한, 비정치적 지식은 존재하지 않는다고 보았다. 그에 따르면 모든 지식은 근본적으로 세속적이다. 그에 의하면 문학 텍스트들 역시 그것이 생산된 "세계(world)"와 분리불가능하며 그런 점에서 '세속적(worldly)'이다. 가장 비정치적일 것 같은 인문학조차도 사실은 일정한 정치적 함축을 가지고 있으며 "진정한 지식(true knowledge)"이 근본적으로 비정치적이라는 주장은 지식 생산의 고도로 정치적이고도 복잡한 맥락 혹은 과정을 애써 외면하는 것이다.

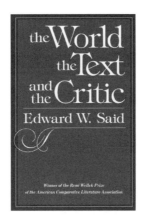

사이드, 『세계, 텍스트, 비평가 *The World, the Text and the Critic*』

　우리가 또한 잊지 말아야 할 것은 사이드가 말하는 "동양"의 범주가 『오리엔탈리즘』에서는 중동으로 제한되어 있다는 것이다. 오리엔탈리즘에 관련된 말 그대로 모든 자료, 모든 국가들을 논의하는 것은 사실상 불가능하다. 사이드는 주로 영국, 프랑스, 그리고 미국에 의한 아랍, 이슬람 지배, 그리고 그 사이의 다양하고도 복잡한 권력관계에서 '만들어진' 오리엔탈리즘으로 연구대상을 한정하고 있다. 개인적인 차원에서 보면, 사이드는 영국의 식민지인 팔레스타인, 이집트를 거쳐 미국에서 성장했으며 교육을 받았다. 사이드에게 있어서 오리엔탈리즘에 대한 연구는 '오리엔탈 주체'로서의 자기 자신을 자세히 들여다보는 것, 그리고 자기 자신에게 부여된 오리엔탈리즘의 여러 흔적들을 추적하고 그 항목들을 체계화하는 작업이나 마찬가지이다. 실제로 사이드는 미국 컬럼비아대학교 교수로 재직하면서 미국의 팔레스타인 정책을 지속적으로 강도 높게 비판했으며, 그로 인하여 미국의 우파 정치인들과 유대계 보수 정치인들로부터 엄청난 비난의 화살을 받았다. 그와 그의 가족들을 향한 살해의 위협이 끊이지 않았으며, 어떤 테러리스트들은 그의 연구실에 불을 지르기도 했다. 그러나 그는 물러서지 않고 중동의 입장에서 미국의 오리엔탈리즘에 맞서 싸웠다.

사이드는 2차 대전 이후 세계 정치의 주도권이 영국, 프랑스에서 미국으로 넘어갔음을 밝히면서, 미국에 의해 '만들어진' 아랍 오리엔탈리즘을 다음과 같이 지적한다. 할리우드 영화, TV 등 대중매체를 통해 미국인들에게 아랍인들은 부도덕하고 몰염치한 자들로 묘사되었으며 따라서 석유라는 막대한 자산을 가질 자격이 없는 자들로 재현되었다. 가령 영화나 TV에 나오는 아랍인들은 거의 예외 없이 부정직하고 폭력적인 졸부, 무기거래상, 섹스광, 노예거래상, 환전상, 사기꾼 등으로 재현된다. 사이드에 의하면 미국은 이미 19세기부터 동양(중동)에 대한 연구 혹은 제국주의적 시각에서 오리엔탈리즘 '만들기'를 시작했다(가령, 1842년에 미국 동양학회 American Oriental Society가 창립된다). 2차 대전 이후 중동 지역에 대한 미국의 관심이 급증되었고, 이런 관심은 정부의 지원을 받는 수많은 연구소나 단체들—중동연구소(Middle East Institute), 중동 연구 협의회(Middle East Studies Association), 하버드 중동 연구 센터(Harvard Center for Middle East Studies) 의 설립을 통해서 구체화되었다. 2차 대전 이후 미국의 제국주의적 역할이 이와 같은 기관들을 통한 중동 연구를 통해 가시화되었다는 점에서, 이를 "문화관련 정책"이라고 보아도 좋을 것이다. 문제는 이와 같은 제도나 기관들을 통해서 영국, 프랑스 제국주의와 하등 다를 바 없는 중동 오리엔탈리즘, 중동에 대한 미국의 제국주의적 태도와 입장이 복제되었다는 것이다.

사이드에 의하면 아랍과 이슬람 관련 연구들 속에는 다음과 같은 네 가지 도그마가 가동된다. 첫째 도그마는 서양과 동양 사이의 절대적이고도 체계적인 '차이'를 전제로 한 것이다. 이에 따르면 서양은 합리적이고 선진적이며 인간적이고 우수함에 반하여, 동양은 일탈적이고, 미개하며 열등하다. 둘째 도그마는 "고전적" 동양 문명을 재현하는 텍스트들에 근거한 동양에 대한 추상적 언급들이 항상 "현대" 동양의 현실 안에서 직접 끌어낸 증거들을 선호한다는 것이다. 이 도그마는 과거의 시각으로 현재의 동양을 재단한다. 셋째 도그마는 동양이 영속적이고 통일적이며 그 자체 정의할 수 없는 것이라고 보는 시각이다. 따라서 서양의 입장에서 동양을 묘사하는 고도로 일반화되고 체계적인 어휘가 불가피하고 심지어 "과학적"이라고까지 주장하게 되는 것이다. 넷째 도그마는 동양을 그 바닥에서부터 "두려운" 대상 혹은 "통어해야 할" 어떤 것으로 간주하는 것이다.

사이드가 볼 때, 미국이야말로 지구상의 어느 나라보다도 중동 문제에 가장 깊이 관여하고 있는데, 문제는 미국의 정책입안자들에게 정보를 제공하는 중동 전문가들이 대부분 오리엔탈리즘에 빠져 있다는 것이다. 이들은 동양을 서양에 대한 모조품 정도로 인식하면서 동양이 자신의 문제를 개선할 수 있는 유일한 방법은 "그들의 민족주의가 서양과 타협할 수 있도록 준비하는 것"이라고 본다. 이런 맥락에서 미국 자본주의가 중동 문화에 미치는 영향은 심각하다. 가령 중동에서의 소비 취향이 엄청난 규모로 표준화되고 있다는 것이다. 청

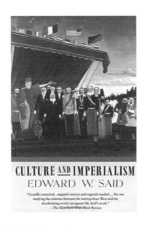

사이드, 『문화와 제국주의 Culture and Imperialism』

바지, 코카콜라가 상징하는 미국적 취향의 일반화뿐만 아니라, 미국의 대중문화가 만들어낸 동양인들에 대한 문화적 이미지가 바로 아랍인들 사이에서도 유통되고 있다는 사실은 놀랍다. 아랍인들 스스로가 자신을 할리우드 영화에 나오는 아랍인 이미지와 동일시하는 경향은 심각하기까지 하다. 그러나 서양의 시장경제와 소비 패턴이 아랍에서 바로 그 서양의 시장 욕구를 충족시키는 지식인과 교육계층을 생산하며, 그리하여 공학, 경영, 경제학 등이 중시되는 반면, 정작 서양에서 주류라 생각하는 실천적 지식인("인텔리겐차")의 존재가 아랍에서는 그 자체 부속품 정도로 취급당하고 있다는 것이다.

　　사이드는 또한 제인 오스틴(Jane Austen), 조셉 콘래드(Joseph Conrad), 카뮈(Albert Camus) 등의 문학 텍스트들에 대한 탈식민주의적 읽기를 보여주기도 하는데, 그중에서도 그가 자주 언급하는 텍스트는 조셉 컨래드의 『어둠의 심연 Heart of Darkness』이다. 이 작품은 여러 탈식민주의자들에 의해 매우 다양한 방식으로 해석되어왔다. 가령 나이지리아 소설가인 치누아 아체베(Chinua Achebe)는 이 소설에 대해 언급하면서 콘래드를 "철저한 인종주의자"라고 비판했다. 사이드는 그의 『문화와 제국주의 Culture and Imperialism』(1993)에서 아체베와는 달리 이 소설에는 두 가지 담론이 섞여 있다고 본다. 그 첫째는 콘래드가 이 작품에서 영국에 의한 아프리카 지배를 분명히 제국주의라는 관점에서 제대로 재현하고 있다는 것이다. 가령 그는 이 소설 속의 주요 영국인 인물들인 컬츠(Kurtz)와 말로우(Marlow)가 말하고 있는 전체 요점이, 유럽의 백인들에 의한 아프리카의 흑인들과 그들의 상아(象牙)에 대한 지배, "원시적이고 어두운 대륙"에 대한 문명의 지배, 즉 사실상 "제국주의적 지배"에 대한 것이라고 본다. 그에 의하면 콘래드는 제국주의가 서사(narrative)를 지배해온 것과 마찬가지로 재현(representation)의 전체 체계를 독점화해왔다는 것을 의식하고 있다고 본다. 두 번째로 그는 또한 말로우와 컬츠 역시 그들 시대의 산물이며 따라서 한 발자국 더 나아가 그들이 비(非)유럽적 "어둠"이라고 본 것(아프리카)이 사실은 "언젠가 주권과 독립을 다시 쟁취하기 위해서 저항하는 비유럽의 세계"라는 것을 인지하지 못했다고 지적한다. 그는 이런 점에서 콘래드의 비극적 한계는, 어떤 층위에서는 제국주의가 근본적으로 순전한 지배이고 영토를 갈취하는 것임을 분명히 보았음에도 불구하고, 제국주의가 끝장나야만 하며 그리하여 "원주민들"이 해방되어야 한다는 인식까지 나아가지는 못한 것이라고 지적한다. 즉 콘래드는 한계를 가진 "시대의 피조물"로서, 원주민들을 노예화한 제국주의를 혹독하게 비판하면서도 원주민들에게 자유를 수여할 정도의 정치적 의식까지는 갖지 못했다는 것이 그의 분석이다.

호미 바바

파농에게서 시작된 탈식민 담론은 사이드에게 넘어 오면서 더욱 정교해지고 깊어진다. 사이드는 오리엔탈리즘이라는 개념을 통해 서양에 의한 동양 지배가 수천 년에 걸쳐 수많은 경로들을 통해 구축된 '물적 투여'임을 다양한 실증적 자료들을 동원하여 증명하였다. 그러나 사이드의 탈식민주의는 그 모든 정교한 분석에도 불구하고, 파농과 더불어 '식민자/탈식민자'라는 거친 이분법에 근거하고 있다는 비판에 직면하게 된다. 물론 이와 같은 이분법이 그 자체 문제가 될 수도 있고 그렇지 않을 수도 있으며, 이분법을 옹호하거나 비판할 경우 발생하는 통찰과 맹목 역시 따로 논의해야 할 것이다. 그러나 탈식민 담론은 60년대 말 이후 문학이론뿐만 아니라 철학과 인문학 전반에 걸쳐 큰 영향력을 행사해온 포스트구조주의의 영향을 피해갈 수가 없었다. 그중에서도 호비 바바는 탈식민주의 담론을 포스트구조주의의 입장에서 재해석함으로써 탈식민주의 내부에 큰 논쟁의 불씨를 심은 논자로 유명하다.

　그는 식민담론을 식민자/피식민자 간의 적대적 분리, 이분법으로 설명하는 것은 옳지 않다고 지적하였다. 그가 볼 때, 순수하게 식민적이거나 피식민적인 담론은 존재하지 않는다. 식민자와 피식민자는 식민지라는 한 공간 안에서 겉으로 보기에는 지배와 피지배라는 적대적 두 항목의 실현자들 같지만 실제로는 그렇지 않다. 식민성과 피식민성은 접촉 불가의 분리된 집단이 아니다. 그들은 서로 모방하고 흉내 내는데 이 모방과 복제가 식민/피식민의 경계를 불확실하게 만든다. 피식민자는 식민자를 모방하지만 그것은 완전한 복제가 아니다. 피식민자는 한편으로는 식민자를 모방하지만 다른 한편으로는 식민자라는 '현존(presence)'에 자신들의 색깔을 입힘으로써 식민권력에 균열을 만든다.

　그의 대표적 저서인 『문화의 자리 The Location of Culture』(1994)에 나오는 다음과 같은 에피소드를 보라. 전도사인 아넌드 메세(Anund Messeh)는 1817년 인도의 델리 외곽, 어느 나무 아래에서 약 500여 명의 사람들이 모여 있는 것을 우연히 목격한다. 그들에게 다가가 이야기를 나누어보니, 그들은 힌두어로 번역된 『성경 The Bible』에 대하여 이야기를 나누고 있었다. 메세가 예수의 이름을 가리키며 누구냐고 묻자 그들은 하나님이라고 대답했다. 그들은 하나님이 어떤 현자인 천사를 통해 이 책을 주었다고 했다. 메세는 이 책은 다름 아닌 유럽의 "나리님들(Sahibs)"의 종교를 가르치는 책인데 인도인들이 볼 수 있도록 힌두어로 번역된 것이라는 사실을 말해준다. 그런데 문제는 이에 대한 그들의 대답이다. 그들은 유럽인들이 고기를 먹기 때문에 "우리에게 준 하나님의 선물"인 이 책이 그들의 종교를 가르치는 책일 리가 만무하다고 대답한다. 메세가 아무리 설명해도 알아듣지 못하자, 메세는 어쨌든 진정으로 하나님을 믿으려면 세례를 받아야 하며 또한 성찬식에도 참여해야 한다고 말한다. 그들은 세례는 받겠지만 그리고 기독교인들의 다른 모든 관습에 기꺼이 따르겠지만, 소고기를 먹는 유럽인들의 성찬 문화를 받아들일 수는 없다고 거절한다.

호미 바바의 대표적 저서 『문화의 자리 *The Location of Culture*』

바바는 이 에피소드를 어떻게 설명할까. 『성경』이라는 식민자의 문화는 피식민자들에게 모방의 대상이지만, 그것은 일방적일 수 없다. 피식민자들은 한편으로는 그것을 받아들이고 모방하지만, 동시에 그것에 어깃장을 놓음으로써 식민/피식민의 이분법을 해체한다. 이와 같은 "**흉내 내기**(mimicry)"와 "**복제**(repetition)"는 식민담론을 적대적 양쪽이 아닌 중간지대(in-between)에 가져다 놓는다. 즉 식민권력 안에 있는 소위 "영국적인 것"(성경)의 재현은 완전한 현존(presence)으로 재현되지 않는다. 그것은 식민 짝퉁의 재생산을 통해 피식민성을 사라지게 만드는 것이 아니라, 오히려 현존의 "지연(遲延 belatedness)"을 생산한다. 이 지연된 현존은 식민 담론 안에서 영원히 완성되지 않는다. 위의 에피소드에서 성경은 자신의 현존을 보유하고 있지만, 더 이상 어떤 본질의 재현이 아니다. 그것은 식민 담론이라는 현재의 공간 안에서는 "부분적 현존(partial presence)"이며, 특정한 식민 작업 내부에서의 (전략적) 장치이고, 권위의 부속물에 불과한 것이다. 원주민들이 "인도화된 복음(Indianized Gospel)"을 요구할 때, 그들은 세례에 저항하기 위해 **"혼종성**(hybridity)"의 힘을 활용하고 있으며 유럽인들에 의한 개종(改宗)의 프로젝트를 불가능하게 만들고 있다.

바바에 의하면 식민적 현존이란 이렇게 항상 양가적이다. 그것은 원형적이고 권위적인 외양 그리고 복제와 차이로서의 그것의 짝퉁 사이에서 분열되어 있다. 다른 말로 하면, 식민 현존은 한편으로는 지배와 모방의 장면, 다른 한편으로는 그것의 왜곡(Entstellung), 전치(disposition), 열린 텍스트성(open textuality)의 장면으로 분열되어 있다. 바바가 주목하는 것은 식민→피식민으로 이어지는 권력의 소통 과정이 투명하거나 일방적이지 않다는 것이다. 그에 의하면 식민 권력의 권위는 피식민자의 복잡한 모방과 복제에 의해 끊임없이 도전 당한다. 바바에게 있어서는 '저항'의 개념 역시 마찬가지이다. 그에 의하면 저항 역시 식민 권력에 대한 단순한 거부 혹은 적대적 도전과는 다르다. 그것은 반드시 "정치적 의도를 가진 반대 행위"도 아니며 또한 차이로 받아들여지는 다른 문화에 대한 단순한 거부 혹은 배제만도 아니다. 그것은 지배 담론들을 인지하는 규칙들 안에서 생성되는 **"양가성**(ambivalence)"의 효과이다. 피식민자들은 식민자의 문화적 차이의 기호들을 분절하고 식민 권력과의 관계 내에서 그것들을 복제하는 과정에서 동일성이 아니라 양가성을 생성한다. 피식민자들은 식민화 과정에서 식민자들에게 거부당하지만, 이 과정은 단순한 거부와 차별화가 아니다. 거부된 것들은 억압될 뿐만 아니라 '다른' 어떤 것으로 반복 혹은 복제된다. 이렇게 만들어진 닮은꼴들을 바바는 "돌연변이(mutation)" 혹은 "혼종(hybrid)"이라고 명명한다.

바바의 탈식민주의 이론에 있어서 가장 중요한 것이 바로 이 혼종성의 개념이다. 그는 **혼종성**의 개념을 다음과 같이 세 가지로 정리한다. 첫째, 혼종성은 "식민권력의 생산성을 나타내는 기호(sign)"이다. 그것은 "권위의 순수하고도 기원적인(original) 정체성을 안전하게 확보하기 위해 차별화하는 지배의 과정을, 거부를 통해 전략적으로 반전(反轉)시키는 기호"이다. 그것은 식민 정체성을 재평가하면서 "차별과 지배의 모든 자리들의 형식을 망가뜨리고 전치(轉置 displacement)"시킨다. 그것은 "식민권력의 모방적이거나 나르시시즘적인 요구들을 불안정하게 만든다." 둘째 혼종성은 "가치의 자리를 상징에서 기호로 전치시키는 것에 이름 붙여진 것으로서, 이렇게 함으로써 지배 담론을 그것이 대표적, 권위적 권력이 되는 축을 따라 분열시킨다." 상징이 대상의 동질적 복제라면 기호는 대상의 불안전한 복제이다. 그것은 지시 대상과 동일하지 않으며 지시대상이라는 "심층이나 진리"라는 관점을 가지고 있지 않다. 이런 의미에서 혼종성은 양가적이며 "두 문화 사이의 긴장을 해소하는 제3의 용어"가 아니다. "상징을 기호로 전치시킴으로서 인지(recognition)의 시스템에 토대한 그 어떤 권위의 개념도 위기에 처하게 된다." 셋째, 혼종성은 식민 권력의 전체적 모방이 아니라 "부분화 과정(partializing process)"이므로 환유(metonymy)에 해당된다. 왜냐하면 환유란 '전체'를 전체에 인접해 있는 '부분'으로 이야기하는 수사법이기 때문이다. 물신주의가 현존을 다른 물건으로 대체하는 은유(metaphor)의 전략이라면, 혼종(성)은 식민권력이라는 권위적 상징에 대한 실제적인 유사성을 보유하면서도 '왜곡'의 기표로서 그것에 저항함으로써 그것의 현존을 재평가하는 환유의 전략이다.

이상 살펴본 호미 바바의 포스트구조주의적 탈식민주의는 많은 논란을 불러일으켰는데, 그것은 주로 파농의 『검은 피부, 흰 가면들』을 중심으로 벌어졌다. 바바가 포스트구조주의적 입장에서 본격적으로 파농을 해석하고 있는 대표적인 예는 바로 이 책의 개정판 서문인 그의 「파농을 기억하며 Remembering Fanon」라는 글이다. 그가 볼 때 파농의 위의 책은 "역사 혹은 인간이라는 어떤 통합된 개념에 대한 질문의 제기가 아니다. 『검은 피부, 흰 가면들』의 독창적이고도 혼란스러운 자질 중의 하나는, 그것이 식민 경험을 역사화하고 있지 않다는 데에 있다. 이 책에는 어떤 지배 서사(master narrative)도 없으며, 또한 개인 혹은 집단의 정신 구조의 문제들이 부상되는 사회적, 역사적 배경을 제공하는 현실주의(realist)적 관점도 존재하지 않는다." 바바는 파농이 가장 근원적으로 식민지 상황을 환기시키는 것은 바로 "이미지와 판타지"를 통해서이며, 식민지의 문화적 소외의 문제도 파농이 주로 욕구와 욕망의 "정신분석학적 언어"로 설명하고 있다고 본다. 간단히 말해 이 책에서 파농의 초점은 "민족주의적 정치학이 아니라 나르시시즘의 정치학"으로 바뀌고 있다고 본다.

바바의 이와 같은 파농 읽기는 패리(Benita Parry)와 쟌모하미드(Abdul R. JanMohamed) 등의 비판을 받게 된다. 패리는 바바 등의 "식민주의에 대한 대안 서사들(alternative narratives)이 파농의 『대지의 저주받은 자들』에서 설정된 '두 적대자들 사이의 살인적이고도 결정적인 투쟁'을 불분명하게 하고, 모든 해방 운동이 기록하고 있는 대항 담론을 과소평가하거나 없애버리는 경향이 있다"고 지적한다. 특히 패리는 바바가 『검은 피부, 흰 가면들』의 개정판 서문에서 보여준 파농에 대한 포스트구조주의적 독서가 "원주민과 침략자들 사이의 화해불가능한 적대성으로서의 식민 상황에 대한 파농의 패러다임을 흐려놓는 것이고, 동시에 무장 상태의 적대적 대립을 카타르시스와 실제적인 의미에서 불가피한 것 정도로 과소평가하고 있다"고 주장한다. 쟌모하미드 역시 바바의 양가성 개념이 식민지 상황의 역사성, 정치성을 억압, 희석시키고 있으며, 이런 의미에서 볼 때, "어떤 명증한 '양가성' 개념도 사실은 교묘한, 때로는 잠재의식적인, 제국주의적 표리부동함의 산물"이라고 주장한다.

사실 바바에 대한 이런 비판은 이미 충분히 예견 가능한 것이었다. 포스트구조주의의 정신은 그 어떤 형태의 확연한 이분법도 인정하지 않기 때문이다. 사실 파농의 마지막 저서인『대지의 저주받은 자들』이 민족해방운동가로서의 파농의 저술이었다면, 비교적 초기 저작인『검은 피부, 흰 가면들』은 정신과 의사로서의 파농의 저서이고, 앞 저서에 비해 정치적 급진성이 훨씬 떨어지는 것이 사실이다. 바바는 양가성, 혼종성의 개념을 중심으로『검은 피부, 흰 가면들』을 읽어내면서 사실상 파농을 포스트구조주의적으로 해석하고 전유하려 했던 것이다. 그러나 파농에게는 포스트구조주의로 끝내 전유되지 않는 부분이 있었고, 패리는 이를 들어 바바가 파농을 "설익은 포스트구조주의자(premature poststructuralist)"로 간주하고 있는 이유라고 비판하였다. 앞에서도 말했지만 이런 식으로 파농의 저서들은 이후의 서로 다른 탈식민 담론들이 충돌하고 분기(分岐)하는 모체와도 같다. 그 모체 위에서 다양한 탈식민 담론들은 더욱 선명하게 자신의 색깔들을 드러낸다.

가야트리 스피박

스피박(Gayatri Chakravorty Spivak)은 인도 출신의 여성 이론가이다. 그는 인도에서 대학을 졸업한 후 미국의 코넬 대학에서 석·박사 학위를 받았고, 현재 미국 콜롬비아 대학교(Columbia Univ.) 교수로 재직 중이다. 그가 학문 시장에 본격적으로 알려지기 시작한 것은 데리다(Jacques Derrida)의『그라마톨로지에 대하여 Of Grammatology』(1976)를 영어로 번역하고 상당히 긴 분량의 탁월한 역자 서문을 쓴 이후이다. 그의 이력이 말해주듯이 스피박은 과거 영국의 식민지였던 인도 출신이면서 미국에서 학위를 받고, 2차 대전 이후 최대의 '제국'인 미국의 학문 시장에서 탈식민주의이론의 대표적 주자 중의 한 사람으로 부상된 '여성' 이론가이다. 제3세계 출신이자 유색인종이면서 여성인 그녀가 제국의 심장부, 그것도 백인 남성 중심의 학문 시장에서, 반(反)제국주의 이론으로 명성을 날리고 있다는 것은 아이러니가 아닐 수 없다.

사실 스피박의 이론은 자신의 몸과 이력에 새겨져 있는 이 복잡한 '무늬'에 대한 자성(自省)의 성격을 갖는다. 그는 데리다의 해체론과 마르크스주의, 페미니즘을 서로 충돌시키면서 탈식민주의 이론이 가지고 있는 해방적 기능뿐만 아니라, 제국주의와의 '**공모**(complicity)'의 가능성에 대한 성찰의 끈을 놓지 않는다. 자신의 담론에 대한 이와 같은 입장은 그가 데리다에게 이어받은 반(反)토대주의(anti-foundationalism)의 정신과도 일맥상통하는 것이다. 모든 진리는 선험적으로 존재하는 것이 아니라 "만들어지는(구축되는 constructed)" 것이며, 그 어느 담론도 그 자체 항구적인 진리의 자리를 가진 '토대'는 아닌 것이다. 이는 또한 진보적인 이론으로서의 명성을 가지고 있는 탈식민주의의 경우에도 예외가 아니다. "해체론(deconstruction)은 오로지 자신이 비판하는 바로 그 사물의 언어로 말할 수 있을 뿐이다. 해체론이 해체할 수 있는 사물들은 단지 그 자신이 은밀하게 말려 들어가 있는 바로 그 사물들일 뿐이다"라는 스피박의 말은 고스란히 그가 미국 혹은 "제국" 중심의 학문 시장에서 생산·유통시키고 있는 탈식민주의를 대하는 입장을 요약해준다.

사실 대부분의 탈식민주의 이론은 과거에 식민지였던 제3세계에서 만들어졌지만, 그것이 유포·확산되고 본격적인 논의의 대상이 되는 곳은 제3세계가 아니라, 새로운 1세계인 미국의 학문 시장이다. 사이드, 바바, 스피박 등 현대 탈식민주의 이론의 3인방이 모두 제3세계 출신의 학자이지만, 그들의 주요 활동무대가 미국이라는 '사실'이 이것을 보여준다. 2차 대전 이후 세계는 과거의 식민주의와는 다른 방식으로 재편되었다. 물론 지금도 군사력과 그에 토대한 직접적 폭력이 난무하지만, 현대 세계는 사실상 자본의 전횡적인 지배 아래 놓이게 되었고 자본은 군사력보다 훨씬 교묘하고도 간접적인 방식으로 세계를 식민화하고 있다. 이른바 "신식민주의(neo-colonialism)"의 우산 아래에서, 그것도 제국의 중심부에 있는 대학으로부터 안정적인 재원을 지원받아 학문 시장에서 세계적인 엘리트가 되어 외치는 "탈식민화(decolonialization)"란 도대체 어떤 의미를 갖는 것일까.

스피박이 고민하는 것은 바로 이런 맥락에서 진보 담론으로서 탈식민 주의가 가지고 있는 의미와 기능과 역할이다. 탈식민주의는 자신을 반대하는 이론들까지도 환대하며 품어주는 미국의 학문 시장에서 그동안 잘 팔려온 인기 상품은 아닌가. 그리하여 그냥 놔두면 폭발할지도 모를 제국의 모순에 적절한 숨통을 제공하는 '안전밸브(safty valve)'는 아닌가. 그리하여 탈식민주의는 자신도 모르게 자신이 반대하는 것과 공모하며 그들의 편에 서 있는 것은 아닐까. 스피박의 작업은 이론으로서의 탈식민주의가 처해 있는 이런 맥락에 대한 끝없는 질문들이다. 그가 자신의 저서인 『탈식민 이성 비판: 사라지는 현재의 역사를 향하여 A Critique of Postcolonial Reason: Toward a History of the

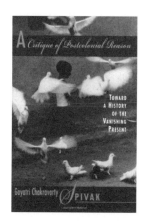

스피박, 『탈식민 이성 비판: 사라지는 현재의 역사를 향하여 A Critique of Postcolonial Reason: Toward a History of the Vanishing Present』

Vanishing Present』(1999)에서 미국의 수많은 탈식민주의 이론들이 "위조품 (vogus)"이라고 주장하는 것은 바로 이런 상황에 대한 뼈아픈 반성의 결과이다. 스피박이 볼 때 자신이 반대하는 대상과의 '공모'의 가능성을 고민하지 않는 모든 이론은 이런 점에서 가짜이다. 이론의 기능은 이론 자체가 아니라 그것이 가동되는 맥락과 공간과의 관계에서 검토되어야 하는 것이다.

스피박의 유명한 에세이인 「서발턴은 말할 수 있는가? Can the Subaltern Speak?」(1988)는 스피박의 이와 같은 입장을 잘 보여준다. 여기에서 **서발턴**("하위주체"라 번역되기도 한다)"이란 원래 안토니오 그람시의 용어로 지배계급의 헤게모니에서 배제된 하층 민중 일반을 가리키는 말이다. 스피박은 피식민지 민중들을 서발턴이라 호명하면서 탈식민주의 이론의 목표는 궁극적으로 서발턴들이 스스로 말할 수 있게 만드는 것이라고 주장한다. 그러나 현실적으로 서발턴들은 자신에 대하여 스스로 말할 능력도 없으며 권력도 없다. 그들은 항상 '재현 (representation)'의 대상이 될 뿐이다. 재현은 대상을 구획하고 전유하며 타자화한다. 탈식민주의는 서발턴으로 하여금 스스로 말할 수 있도록 할 수 있는가? 서발턴은 말할 수 있는가? 이에 대한 스피박의 최종적인 대답은 "서발턴은 말할 수 없다"는 것이다. 그렇다면 탈식민주의 담론은 아무 의미가 없는 것일까. 그러나 스피박의 부정적 대답은 탈식민주의 이론의 전면적 무효화를 주장하는 것이 아니다. 서발턴이 말할 수 없다는 냉정하고도 처절한 진단 위에서 탈식민 담론은 계속 다시 시작되어야 한다. 그들이 말할 수 없다는 스피박의 진단은 역으로 탈식민주의가 계속해서 자성적 질문을 던지게 만드는 부적과도 같은 것이다. 이 에세이의 마지막에서 그는 이렇게 말한다. "서발턴은 말할 수 없다. 글로벌 세탁물 리스트에 경건한 항목으로서 '여성'이 들어가 있다고 해서 득 볼 일도 없다. 재현은 아직 시들지 않았다. 여성 지식인은 지식인으로서 어떤 한정된 과제를 가지고 있다. 한 번의 화려한 몸짓으로 결코 끊어서는 안 되는 과제

말이다." 스피박은 이 대목에서 탈식민주의에 대한 모든 형태의 방만한 낙관론을 거부하고, 신식민주의와의 공모의 가능성을 경계하되, 그 안으로 들어가서 (그럴 수밖에 없다!), 그 안에서 그것을 바꿀 "한정된 과제"로서의 탈식민주의를 이야기하고 있는 것이다. 설사 서발턴이 말할 수 없다 해도 그들에 대한 "재현"이 아직 시들지 않고 있으므로 "결코 끊어서는 안 되는 과제"가 바로 탈식민주의인 것이다.

스피박의 대표적인 글들을 모아놓은 『스피박 독본 *The Spivak Reader*』

이글턴(Terry Eagleton)은 스피박의 『탈식민 이성 비판: 사라지는 현재의 역사를 향하여』에 대한 리뷰인 「천박한 슈퍼마켓에서(In the Gaudy Supermarket)」(1999)라는 글에서 스피박의 이 책을 문제의 본질을 흐리게 만드는 반(反)계몽주의(obscurantalism)이자 "그럴싸하지만 낡아빠진 미국식 절충주의"라면서, "미국 지배의 글로벌화 시대에 정치적으로 방향을 잃은 좌파의 산물"이라고 비판하였다. 그는 스피박의 난해한 문체 그리고 공모할 수밖에 없는 미국 학문 시장("천박한 슈퍼마켓")의 맥락이 스피박으로 하여금 정치적 선명성을 갖는 것을 방해한다고 본다. 물론 이글턴의 이런 비판에 대해 버틀러(Judith Butler) 등은 이글턴이 탈식민주의뿐만 아니라 문화연구, 제3세계 페미니즘 등에 스피박이 기여하고 있는 공로를 제대로 읽어내지 못하고 있다고 반박한다.

어쨌든 우리는 스피박에 이르러 탈식민주의의 시선이 적대적 타자인 식민자뿐만 아니라 탈식민화를 주장하는 내부의 담론에 대한 비판적, 자성적 단계에까지 확대된 것을 스피박의 글들을 통해 확인할 수 있다. 공모의 현실을 보지 않고 타자를 극복하기란 쉽지 않기 때문이다.

지금까지 우리는 파농에서 스피박에 이르는 탈식민 담론의 주요 경로들을 살펴보았다. 탈식민주의는 세계가 지배/피지배, 식민/피식민, 정복자/원주민이라는 불편등한 위계에서 벗어나지 않는 한 계속해서 유효할 것이다. 그것은 또한 호미 바바 이후 포스트구조주의와 결합되면서 제국이라는 문화적·경제적·정치적 '중심'에 대한 도전이라는 점에서 더욱 복잡한 양상을 보여주고 있다. 사실 1970년대 후반 이후 탈식민주의의 영향력이 커지면서 제도 학교에서조차 제3세계의 문학작품들에 대한 관심이 증폭되었고, 탈식민 혹은 식민 이후의 작품들이 다양한 학교에서 교재로 채택되면서 그동안 유럽 백인 작가들이 독점해왔던 '정전'의 자리를 치고 들어가고 있는 현상은 매우 고무적이라고 할 수 있을 것이다. 게다가 탈식민주의는 인종, 성, 계급 등의 '주요' 모순들에 대한 담론들과 연결되면서 그 논의의 폭이 점점 더 커지고 있다. 이런 점에서 탈식민주의는 '이론(theory)'이 교실 안에만 머무는 것이 아니라 그것이 생산되고 유통되는 사회와 밀접히 연관되어 있으며, 그것 안으로 개입해 들어가는 '실천(practice)'임을 보여주는 중요한 사례라고 할 것이다.

- 고부응. 『초민족 시대의 민족 정체성: 식민주의·탈식민 이론·민족』. 문학과지성사. 2002.
- 고부응 외. 『탈식민주의: 이론과 쟁점』. 문학과지성사. 2003.
- 모튼, 스티븐. 이운경 역. 『스피박 넘기』. 엘피. 2005.
- 바바, 호미. 『문화의 위치: 탈식민주의 문화이론』. 소명출판. 2012.
- 변광배 외. 『탈식민주의의 안과 밖』. 한국외국어대학교출판부. 2013.
- 사이드, 에드워드. 박홍규 역. 『오리엔탈리즘』. 교보문고. 2000.
- 사이드, 에드워드. 김성곤 외 역. 『문화와 제국주의』. 창. 2011.
- 스피박, 가야트리 차카르보르티. 태혜숙 역. 『포스트식민 이성 비판』. 갈무리. 2005.
- 스피박, 가야트리 차카르보르티. 이경순 역. 『스피박의 대담: 인도 캘커타에서 찍힌 소인』. 갈무리. 2006
- 스피박, 가야트리 차카르보르티. 문학이론연구회 역. 『경계선 넘기: 새로운 문학연구의 모색』. 인간사랑. 2008.
- 스피박, 가야트리 차카르보르티 외. 태혜숙 역. 『서발턴은 말할 수 있는가: 서발턴 개념에 대한 역사적 성찰』. 그린비. 2013.
- 파농, 프란츠. 남경태 역. 『대지의 저주받은 사람들』. 그린비. 2010.
- 파농, 프란츠. 노서경 역. 『검은 피부 하얀 가면』. 문학동네. 2014.
- 허다트, 데이비트. 조만성 역. 『호미 바바의 탈식민적 정체성』. 엘피. 2011.

- Ashcroft, Bill, Griffiths, Gareth and Tiffin, Helen. ed. *The Post-Colonial Studies Reader*. Routledge. 1995.
- Ashcroft, Bill, Griffiths, Gareth and Tiffin, Helen. ed. *The Empire Writes Back: Theory and Practice in Post-Colonial Literature*. 2nd ed. Routledge, 2002.

- Bhabha, Homi K.. *The Location of Culture*. Routledge. 2004.

- Derrida, Jacques. 'White Mythology', *Margins of Philosophy*. trans. Alan Ball. Chicago Univ. Press. 1982.

- Fanon, Frantz. *Black Skin, White Masks*. trans. C. L. Markmann. Pluto. 1986.

- Fanon, Frantz. *The Wretched of the Earth*. trans. Constance Farrington. Penguin. 2001.

- Gates, Henry Louis, Jr.. ed. *Black Literature and Literary Theory*. Routledge. 1984.

- Huddart, David. *Homi Bhabha*. Routledge. 2004.

- Said, Edward. *Orientalism*. Routledge. 1978.

- Said, Edward. *The World, the Text and the Critic*. Harvard Univ. Press. 1983.

- Said, Edward. *Culture and Imperialism*. Chatto & Windus. 1993.

- Said. Edward. *The Edward Said Reader*. ed. Moustafa Bayoumi and Andrew Rubin. Granta. 2001.

- Spivak, Gayatri Chakravorty. *In Other Worlds: Essays in Cultural Politics*. Routledge. 1987.

- Spivak, Gayatri Chakravorty. *The Post-Colonial Critic: Interviews, Strategies. Dialogues*. ed. Sarah Harasym. Routledge. 1990.

- Spivak, Gayatri Chakravorty. *The Spivak Reader: Selected Writings of Gayatri Chakravorty Spivak*. ed. Donna Landry and Gerald MacLean. Routledge. 1996.

- Spivak, Gayatri Chakravorty. *A Critique of Post-Colonial Reason: Toward a History of the Vanishing Present*. Harvard Univ. Press. 1999.

- Young, Robert. *White Mythologies: Writing, History and the West*. 2nd ed. Routledge. 2004.

제 9 장

독자반응비평

제9장

독자반응비평

유일한 게임은 해석이다.
—스탠리 피쉬

독자반응비평(reader response criticism)은 1960년대 말 이후 주로 독일과 영미권에서 만들어진 이론이며 때로 독자지향이론(reader-oriented theory)이라 불리기도 한다. 유럽을 중심으로 말하자면 독자반응비평은 후설(Edmund Husserl)의 현상학과 하이데거(Martin Heidegger)의 철학, 그리고 가다머(Hans-Georg Gadamer)의 해석학으로 이어지는 전통 위에 서 있다.

후설의 현상학은 인식 혹은 지식의 중심을 대상이 아니라 의식에 두었다. 그는 인간의 의식구조를 연구함으로써 현상이 지식으로 전화되는 과정을 연구하였다. 지식은 현상 자체가 아니라 그것을 인지하는 의식과의 접점에서 형성된다는 현상학의 논리는 고스란히 독자반응비평의 입장이기도 하다. 텍스트의 의미는 그것을 인지하는 독자의 의식과 무관하게 결정되는 것이 아니기 때문이다. 심지어 수학적, 논리적 지식마저 인간의 의식구조와 무관하게 존재할 수 없다는 현상학의 입장은, 독자의 의식과 무관한 텍스트의 객관적 의미를 인정하지 않는다는 점에서 독자반응이론의 이론적 전거가 된다.

후설은 모든 의식이 무엇에 '대한' 의식이라는 점에서 의식의 '지향성'을 중시했다. 이에 반해 하이데거는 의식의 지향성 이전에 "세계—내—존재"로서의 "현존재(Dasein)"에 주목하였다. 존재는 대상을 의식하기 이전에 이미 세계 안에 "내던져진 존재(thrown-into-being)"이다. 그리하여 중요한 것은 시간성과 역사성 안에서 존재가 어떤 방식으로 존재하는지, 즉 존재의 양태에 대해 아는 것이며, 존재의 양태를 알려면 존재론을 세우지 않으면 안 된다. '존재의 양태-존재론'이라는 이 순환의 원이 하이데거의 '해석학'을 구성하는 것이다. 의식을 중시하는 후설의 '의식의 현상학'이나 존재를 중시하는 하이데거의 '현존재의 현상학' 혹은 '존재론적 현상학'은 모두 대상-주체의 관계 안에서 주체를 사유의 출발점으로 삼고 있다는 점에서 독자반응비평과 연결의 고리를 갖게 되는 것이다.

가다머의 『진리와 방법 *Truth and Method*』(1960)은 하이데거의 『존재와 시간 *Being and Time*』(1927)에서 시작된 '철학적 현상학'의 완성본이라고 해도 좋을 만한 역작이다. 그는 이 책에서 시대마다 세계를 바라보는 일정한 "한계들"이 있으며, 이 한계와 관련하여 "**지평**(horizon)"의 개념을 설명한다. 지평이란 "특정한 관점에서 볼 수 있는 모든 것을 포함하는 시야의 범위(range of vision)"를 말한다. 그가 볼 때 "지평이 없는 사람은 멀리 보지 못하므로 자신에게 가장 가까운 것을 과대평가하고, '지평을 가지고 있다는 것'은 가까운 곳에 제한되는 것이 아니라 그것 너머에 있는 것을 볼 줄 아는 것을 의미한다." 그에 의하면 사람들은 "역사적으로 영향을 받은 의식"을 가질 수밖에 없다. 사람들의 의식은 자신이 속해 있는 문화, 역사, 젠더, 언어, 교육 등의 배경과 분리될 수 없으며, 그리하여 환경에 따라 저마다 다른 해석의 지평을 가지고 있는 것이다. 그러나 서로 다른 지평들이 만나 뒤섞일 때, 지평의 풍요로운 확장이 일어나는데, 이것을 가다머는 "**지평들의 융합**(fusion of horizons)"이라 부른다. 가령 텍스트의 해석 행위는 작가의 지평과 독자의 지평이 서로 만나 융합되는 과정에 다름 아니다. 가다머의 지평 개념은 후에 독자반응비평의 주요 멤버 중의 하나인 야우스(Hans Robert Jauss)에 의해 "**기대지평**(horizon of expectations)"의 개념으로 발전한다.

　지금까지 유럽을 중심으로 독자반응비평의 철학적 기반을 살펴보았다. 영미권에서 독자반응비평은 주로 신비평(New Criticism)에 대한 직접적인 반박과 저항에서 비롯되었다. 이 책의 2장에서 살펴보았듯이 신비평은 비평의 객관성을 확보하기 위하여 "텍스트 그 자체"만을 볼 것을 주장하였다. 신비평은 작가의 의도를 기준으로 텍스트를 분석하는 것을 오류("의도론의 오류")라고 지적했을 뿐만 아니라, 텍스트가 독자들에게 미치는 영향을 중심으로 텍스트를 분석하는 것도 주관적 추론의 오류("영향론의 오류")를 가져온다고 비판하였다. 윔샛(William K. Wimsatt)은 「영향론의 오류 *The Affective Fallacy*」라는 에세이에서 "영향론의 오류란 시와 그것의 결과물을 혼돈하는 것이다… 영향론은 비평의 척도들을 시가 독자에게 미치는 심리적 효과들에서 끌어오려 하는 것으로서, 결국 인상주의(impressionism)와 상대주의로 끝난다. 그 결과… 특별히 비평적인 판단의 대상으로서의 시 자체는 사라지는 경향이 있다"고 영향론을 비판한다. 칼러(Jonathan Culler)나 피쉬(Stanley Fish)와 같은 이론가들은 신비평가들

가다머, 『진리와 방법 *Truth and Method*』

의 이와 같은 주장을 정면으로 반박하는 영미권의 대표적인 독자반응비평 이론가들이다.

독자반응이론은 이론상 넓은 뿌리들을 가지고 있다. 현상학, 구조주의, 정신분석학, 해체론 혹은 포스트구조주의의 다양한 패러다임이 의미 생산의 축을 텍스트나 작가에서 독자로 옮겨오고 있다. 이제 개별 이론가들의 작업들을 살펴봄으로써 독자반응비평의 다양한 갈래들을 살펴볼 차례이다.

한스 로베르트 야우스

야우스는 이저(Wolfgang Iser)와 더불어 독일의 '**수용미학**(reception aesthetics)'을 발전시킨 대표적 이론가이다. 기존의 문학사가 주로 작가와 작품의 관계 즉, 작품의 '생산'에 주목했다면, 수용미학은 작품과 독자 사이의 관계, 즉 작품의 '수용'에 더 큰 주안점을 둔다. 야우스가 볼 때 문학의 역사는 작품과 작품에 대한 독자들의 수용과 '작용(working)'의 역사이다. 그에 의하면 "독자의 매개를 통해서만 비로소 문학은 단순히 받아들이는 것에서 비판적인 이해로, 수동적 수용에서 능동적 수용으로, 기존의 미적 규범에서 이 규범을 넘어서는 새로운 생산으로의 대치"가 일어난다.

앞에서도 언급했지만, 그는 가다머로부터 해석학적 "**지평**"의 개념을 끌어와 "**기대지평**"이라는 개념으로 발전시킨다. 기대지평이란 특정한 시기에 독자들이 텍스트를 이해하고 해석하고 평가하는 데 사용하는 다양한 규범, 약호, 그리고 척도들의 총계를 말한다. 각 시대마다 독자들은 문학작품을 이해하는 나름의 사회적, 문화적, 정치적 패러다임을 가지고 있다. 그들은 이러한 패러다임을 통해, 가령 서사시는 영웅의 일대기를 다루며, 일반인들은 감당할 수 없는 도전이 등장할 것이고, 그것에 대한 영웅적 반응을 다룰 것이라는 것을 '기대'한다. 또한 대부분의 전통적 코미디는 사랑하는 사람들 간의 결혼으로 끝이 날 것이며, 비극은 주인공과 그 주변 인물들의 죽음으로 대단원이 이루어질 것을 예견할 수 있다. 이러한 기대는 기존의 작품들에 대한 '작용'을 통해서, 그리고 특정 시대의 특정 사회가 가지고 있는 특수한 문화적 코드를 통해 형성된 것이다. 대부분의 전통적인 작품들은 이렇게 만들어진 기대지평에서 크게 벗어나지 않는다. 그러나 전혀 새롭고도 실험적인 작품들이 나오면, 독자들의 이런 기대지평은 산산조각이 나고 만다. 그들은 새로운 작품에 대한 새로운 수용의 '작용'을 통하여 새로운 기대지평을 생산하게 되고, 이렇게 해서 만들어진 기대지평은 기존의 기대지평과 충돌하게 된다. 가령 어떤 작품은 매우 새로워서 (야우스는 플로베르 Gustave Flaubert의 『보바리 부인 *Madame Bovary*』을 예로 든다) 기존의 어떤 독자와도 연결이 되지 않고, 기존의 낡은 기대지평을 파괴하게 되는데, 이 과정을 통해 오히려 점진적으로나마 새로운 독자층을 형성할 수도 있을 것이다. 이렇게 해서 형성된 독자들은 이전의 기대지평과는 상이한 기대지평을 갖게 되고, 이 새로운 기대지평으로 과거의 작품들을 읽어내면서 그것들을 "한물 간 것(outmoded)"으로 간주할 수도 있다. 야우스에 의하면 작품의 예술적 속성은 독자들의 반응의 성격에 따라 결정된다. 독자들은 기존의 기대지평과 새로운 작품 사이의 "미적 거리"에 상응하는 "영합, 거부 혹은 충격, 산발적 승인, 점차적이거나 지연된 이해"를 보여준다. 새로운 작품은 이 과정을 통해 지평들의 변화를 가져오며 '익숙했던 경험에 대한 거부'를 초래한다. 반면에 통속문학 즉 "오락예술"은 기존의 지배적 정전(正典 canon)의 취향을 충족시킬 뿐이다.

야우스가 말하고자 하는 것은 기대지평 역시 문학사의 전개와 더불어 끊임없이 변화한다는 것이다. 동일한 텍스트도 시대에 따라 다양한 기대지평

에 의하여 전혀 다른 방식으로 소화되고 수용될 것이다. 가령 셰익스피어의
『햄릿』은 그것이 생산된 1600년대 독자들의 기대지평과 21세기 독자들의 기대
지평의 차이와 불일치에 의해 서로 다른 의미를 생산할 것이다. 즉 "문학작품은
홀로 떨어져 존재하는 것이 아니며, 서로 다른 시대의 다른 독자들에게 동일한
모습을 제공하는 대상이 결코 아니다." 텍스트의 변화와 함께 독자들의 기대지
평 역시 계속 달라진다. "지평은 변화되고, 수정되며, 변형 혹은 재생산되기도
한다."

야우스, 『수용미학을 향하여 Toward an Aesthetic of Reception』

야우스는 이와 같이 문학의 역사를 텍스트와 그것을 수용하는 독자와
의 관계 속에서 다시 설명하고 있다. 그에 의하면 "독자들의 능동적인 참여 없
이, 문학작품의 역사적 삶을 생각한다는 것은 불가능하다." 문학의 역사는 텍스
트와 독자 사이의 끊임없는 '대화적' 관계에 의해 형성되는 것이다. 이 대화적
관계는 계속해서 새로운 기대지평을 만들어내며, 지평들 사이의 융합을 생산
한다. 따라서 문학작품은 불변의 초역사적 존재가 아니다. 문학의 의미는 작품

과 독자들 사이의 상호작용의 결과이며, 따라서 문학작품을 독자들의 수용의 경험과 분리시킬 수 없다. "문학작품은 독백으로 초시간적(timeless) 본질을 드러내는 기념비가 아니다. 그것은 독자들 사이에서 끝없이 새로운 울림들을 만들어내는 오케스트라와 같은 것이다."

볼프강 이저

이저(1926~2007)는 야우스와 더불어 독일의 수용미학을 대표하는 이론가이다. 그의 에세이 「독서 과정: 현상학적 접근 *The Reading Process: A Phenomenological Approach*」은 그의 수용미학을 핵심적으로 잘 요약하고 있는 글로 유명하다. 그는 문학작품에 대하여 논할 때 텍스트뿐만이 아니라 그에 대한 독자들의 반응을 동시에 고려해야 한다고 주장한다. 문학작품은 그 자체 "도식화된 관점들"을 가지고 있고 그것을 통해 그 주제가 드러나기도 하지만, 실제로 작품이 드러나는 것은, 잉가르텐(Roman Ingarden)의 표현을 빌면, **구체화(concretization)**"를 통해서이다. 여기서 구체화라는 것은 독서 행위를 통해 작품을 '실현하는 것(realization)', 즉 독자가 의미를 생산하는 것을 의미한다.

이저에 의하면 문학작품은 크게 두 개의 축을 가지고 있는데, 그것은 "**예술적 축**(the artistic pole)"과 "**미학적 축**(the aesthetic pole)"이다. 예술적 축은 작가에 의해 만들어진 문학텍스트를 의미하여, 미학적 축은 독자에 의해 구체화 혹은 실현된 것을 의미한다. 이런 점에서 "문학작품(literary work)은 텍스트와 완전히 동일할 수 없으며, 실현된 텍스트와도 다르다. 그것은 사실상 이 두 축 사이의 중간에 존재한다. 문학작품은 텍스트 이상의 것을 의미하는데 왜냐하면 텍스트는 오직 그것이 독자에 의해 실현되었을 때에만 생명을 갖게 되고,

게다가 그것의 실현은 결코 독자의 개별적인 성향과 무관하게 존재할 수 없기 때문이다." 문학작품은 저절로 존재하는 것이 아니며, 텍스트와 독자가 어떤 지점에서 "수렴(convergence)"될 때 비로소 존재하게 된다.

그에 의하면 텍스트는 독자에게 모든 것을 설명해주지 않는다. 만일 그렇다면 독자는 아무런 할 일도 없을 것이다. 그는 텍스트를 **"쓰인 텍스트** (written text)"과 **"쓰이지 않은 텍스트**(unwritten text)"으로 나눈다. '쓰인 텍스트'는 말 그대로 작가가 쓴 텍스트이고 '쓰이지 않은 텍스트'는 작가가 아직 쓰지 않았지만 독자에 의해서 추론되고 실현될 미래의 텍스트를 의미한다. 작가는 텍스트의 모든 의미를 완성하는 것이 아니다. '쓰인 텍스트'에는 아직 완성되지 않은 "틈새(gap)"들이 존재하고, 독자는 읽기를 통해 완성되지 않은 텍스트의 의미들을 생산해낸다. '쓰이지 않는 텍스트'는 최종적으로 독자에 의해, 독자의 상상력에 의해 '쓰이는' 것이다. 이저의 표현을 빌면 독자들은 텍스트라는 "차에 오름(climb aboard)"으로써 텍스트의 빈 곳을 채운다.

그렇다면 독자들은 어떻게 '쓰이지 않은 텍스트'를 쓸까. 이를 이해하기 위해 우리는 텍스트 안의 연속된 문장들이 서로 반응하는 방식을 검토하지 않으면 안 된다. 이저는 잉가르덴을 빌어 다음과 같이 설명한다. 문학텍스트에 의해 표현된 세계는, 잉가르덴의 용어를 빌면, **"의도적 문장 상관물들**(intentional sentence correlatives)"에 의해서 구성되어 있다. 문장들은 상이한 방식으로 연결되면서 더욱 복잡한 의미의 단위들을 형성하고, 이것들이 모여 단편소설, 장편소설, 대화록, 드라마, 과학이론 등의 실체들을 생산한다. 결국 다양한 방식으로 결정된 구성요소들 그리고 이 구성요소들 안에서 발생하는 모든 변형물들로 이루어진 어떤 "특별한 세계"가 만들어지는데, 이것이 바로 문장들의 복합체로 이루어진 '의도적 문장 상관물들'이다. 만일 이 복합체가 하나의 문학작품을 형성한다면, 우리는 이 연속적인 의도적 문장 상관물들의 총계를 작품 안에 "표현된 세계"라고 말할 수 있을 것이다.

의도적 문장 상관물들의 총계 안에서 문장들은 항상 앞으로 다가올 어떤 것의 예고들(indications)이다. 즉 한 문장은 문장들의 상관관계 안에서 다음에 올 어떤 것을 암시한다. 후설에 의하면 "원래 모든 구성적 과정은 전(前)의도들(pre-intentions)에 의해 고무되는데, 이 전의도들이 앞으로 다가올 것의 씨앗을 구성하고 채집하며 그렇게 하여 열매를 맺게 되는 것이다." 이저는 이 열매를 맺기 위해 문학텍스트가 필요로 하는 것이 바로 독자의 상상력이라고 말한다. 그에 의하면 독자의 상상력이 문장들의 연속체에 의해 예견된 상관물들의 상호작용에 일정한 형태를 부여한다.

독자들은 텍스트의 문장상관물들을 만나면서 그것들이 의도(예고)하는 방향으로 텍스트를 읽어나가는데, 이저는 이것을 **"기대**(expectation)"라고 한다. 독자는 문장상관물 자체에서 추동되는 방향으로 기대하며 텍스트를 읽어나가고, 새로운 문장상관물들을 만날 때 앞에서 동원했던 독서방식을 뒤돌아보게 된다. 이것을 **"회상**(retrospection)"이라고 한다. 텍스트 읽기란 이런 점에서 텍스트의 문장상관물들과 독자의 기대와 회상이 계속해서 교차되는 것을 의미한다. 비교적 단순한 텍스트들은 텍스트 내부의 문장상관물들과 독자의 기대와 회상이 적절하게 일치하는 텍스트이다. 그러나 많은 경우 문학텍스트는 독자들의 기대와는 다른 방식으로 문장상관물들을 배열함으로써 그것들의 연속적 '흐름'을 파괴한다. 이럴 경우 독자는 연결되지 않는 문장상관물들 사이에 존재하는 "틈새"들을 메꾸지 않으면 안 된다. 문학텍스트는 이렇게 수많은 틈새들을 남겨놓고 있으며 독자가 이 틈새를 메우는 방식, 즉 실현하는 방식은 매우 다양하다. 모든 독자들은 저마다 다른 방식으로 이 틈을 메우려 할 것이고, 그런 점에서 모든 독서행위는 텍스트의 "고갈불가능성(inexhaustibility)"을 드러낸다. 심지어 동일한 독자에 의한 텍스트 읽기도 첫 번째 읽기와 두 번째 읽기에 있어서 그 실현(realization)은 다르게 나타날 수 있다. 독서과정은 이런 점에서 "기대와 회상의 적극적인 뒤섞기"인데, 전통적인 텍스트보다 난해하고 실험적인 텍스트일수록 문장상관물들의 연속성이 더욱 빈번하게 단절되고, 그 단절의 지점에 무수한 틈들을 남긴다. 그렇게 되면 독자는 이전의 기대를 버리고 끊임없이 새로운 기대와 회상을 만들어내지 않으면 안 된다. 밤하늘의 동일한 별들의 무리를 두고 어떤 사람은 쟁기를 떠올리고, 어떤 사람은 국자를 연상한다. 독서과정에서 일어나는 이와 같은 '해석의 다양성'은 텍스트 안의 "비(非)규정성(indeterminacy)"과 틈들 때문에 발생한다. 따라서 해석의 다양한 가능성은 기존의 해석들을 끊임없이 위협하고, 이런 위험의 강도는 평범한 기대와 회상을 뛰어넘는 작품일수록 훨씬 더 심해진다. 바로 이런 점 때문에 독서 행위는 텍스트 안에서 일관된 형태(Gestalt)를 찾는 행위를 포기하고 지속적인 "환상(illusion)"을 필요로 하게 된다. 그러나 환상조차도 모든 텍스트의 다의성을 온전히 잡아낼 수 없다. 다의성이 강하면 강한 텍스트일수록 환상은 텍스트의 비규정성을 더욱 드러낼 뿐이다. 따라서 환상은 그것과 양립할 수 없는 "낯선 연상들(alien association)"을 끊임없이 동반하게 되고, 독자들은 자신이 제한했던 텍스트의 의미들을 계속해서 수정 혹은 제거하지 않으면 안 된다. 문학텍스트는 이렇게 독자들의 기대와 회상, 환상과 낯선 연상들의 생성과 파괴를 초래하며, 독자들로 하여금 이 과정에서 언제든 새로이 방향을 정할(reorientation) 준비를 하게 만든다.

이저는 또한 "**내포적 독자**(implied reader)"와 "**실제 독자**(actual reader)"를 구분했는데, 전자는 텍스트가 유도하는 독자, 다시 말해 텍스트의 문장상관물들이 의도하는 대로 반응을 보여주는, 즉 텍스트가 생산하는 가상의 독자를 의미한다. 모든 텍스트는 자신을 특정한 방향으로 읽어주기를 기대하는 독자를 상정하고 있으며, 텍스트의 문장상관물들은 내포적 독자가 읽어낼 독서의 방향을 보여준다. 실제 독자는 텍스트에 의해 의도되고 예상된 독자가 아니라 말 그대로 실제로 텍스트를 읽는 독자를 의미한다. 실제 독자는 텍스트에 의해 의도된 대로 텍스트를 읽지 않는다. 실제 독자는 다양한 경험과 관점을 가지고 있는 독자로서 내포적 독자와 충돌하면서 자신만의 고유한 방향과 각도에서 텍스트를 현실화한다.

이저의 수용미학은 야우스의 그것과 일정한 차이를 보여주는데, 기대지평의 개념에서 알 수 있듯이 야우스가 해석 혹은 독서의 사회·역사적 맥락을 중시하고 있다면, 이저의 수용미학은 해석의 과정에서 개별 독자의 역할을 더욱 강조함으로써 '수용' 혹은 '해석'의 과정을 탈맥락화, 탈역사화하는 경향이 있다.

스탠리 피쉬

스탠리 피쉬는 미국의 독자반응비평을 대표하는 이론가 중의 한 사람이다. 따라서 그의 입장은 미국의 신비평에 대한 반론과 비판의 과정을 통해 형성된다. 앞에서 살펴보았듯이 신비평가인 윔샛은 「영향론의 오류 The Affective Fallacy」라는 에세이를 통해 텍스트가 독자에게 미치는 정서적 '영향'을 기준으로 텍스트를 평가하는 것을 비판하였다. 그들에게 있어서 텍스트는 자족적인 유기체이며 텍스트에 대한 모든 해석은 텍스트 그 자체에서 이루어져야 한다. 이런 입장에 의하면 독자가 의미를 '생산'할 수 있는 길은 완전히 차단된다.

피쉬의 이론은 몇 차례의 단계를 거쳐 발전하는데, 초기의 피쉬는 텍스트와 독자 사이의 상호반응에 주목함으로써 텍스트를 독자에게 열어놓되 동시에 의미생산과정에 있어서 텍스트의 역할도 일정하게 인정함으로써 중도의 길을 건는다. 이런 입장은 그의 『죄에 놀라다: 실낙원에서의 독자 *Surprised by Sin: The Reader in Paradise Lost*』(1967)에서 주로 개진되는데, 가령 이 책의 첫 페이지에서 그는 "이 시(『실락원』)에서 언술의 중심은 시의 주체이기도 한 독자 이며, 저자 밀턴(John Milton)의 목적은 독자를 자극하여 타락한 자로서 자신의 위치를 깨닫게 하고, 이렇게 하여 또한 타락한 자신과 한때 타락하지 않았던 순 수한 자신과의 거리를 인식하게 하는 것이다"라고 말한다. 이런 진술에서 명확 히 드러나듯이 그에 의하면 텍스트의 의미는 저자(혹은 텍스트)와 독자 사이의 '만남'을 통해 생성되는 것이다. 다시 말해 텍스트의 의미는 텍스트와 독자 사 이의 모종의 "협상"을 통해 만들어진다. 독자들과의 만남을 통해 텍스트는 비로 소 '존재'하게 되는 것이다. 독자들은 텍스트와 만나면서 텍스트의 '전략'에 먼 저 "놀라고(surprised)" 그것의 영향을 받으며 동시에 그것을 거부하거나 배제 혹은 보완하는 전략을 구사해나간다. 독자들은 텍스트의 각 단어마다 그리고 문장마다 역동적이고도 연속적으로 이런 경험을 하게 되는데, 피쉬는 이런 경 험을 통해 도출되는 해석의 총계를 "**영향의 문체학**(affective stylistics)"이라고 불 렀다. 그에 의하면 신비평가들이 말하는 "텍스트의 객관성이란 일종의 환상"이 며, 문학이론의 기술(記述) 대상이 되어야만 하는 것은 텍스트의 구조들이 아니 라 텍스트를 대하는 "독자들의 경험의 구조"이다. 그가 볼 때 "의미는 일종의 사 건이다. 그것은 우리가 익숙하게 찾는바 텍스트의 페이지 위에서가 아니라, 활 자(혹은 음성)의 흐름과 독자—청자의 능동적 매개 사이의 상호작용 안에서 일 어나는 것이다." 그것은 "독자의 참여와 더불어 **일어나는**(happens) 것이다. 문 장의 **의미**(meaning)라는 것은 바로 이 일어나는 사건(event)이다." 이런 점에서 비평이 하는 일은 사건으로서의 각각의 문장에서 연속적으로 일어나는 독자의 반응을 분석해내는 것이다.

텍스트는 다양한 전략을 구사하며 독자들의 예상을 뒤엎기도 하고 새로운 읽기를 자극하기도 한다. 피쉬에 의하면 "문장이 하는 일은 독자들에게 무엇인가를 주고, 그런 후에 빼앗으며, 돌려준다는 보상도 없는 약속과 함께 독자를 끌어들이는 일이다." 이에 맞추어 독자들은 연속적인 시간의 단위 위에서 그 전략들과 협상하면서 자신들의 의미를 생산한다. 이 과정에서 독자들이 하는 일은 텍스트에 대한 지각(perception)과 생각과 판단들을 끊임없이 재조정하는 것이다. 이렇게 텍스트의 전략에 제대로 반응하기 위해서 독자들은 문학의 관습(convention)을 잘 알고 있어야 하며, 또한 텍스트와 효과적인 '협상'을 할 수 있는 언어능력, 즉 읽기 능력을 갖지 않으면 안 된다. 이렇게 문학 담론의 코드를 잘 알고 있고, 텍스트의 내포, 외연, 암시 등 다양한 전략에 익숙하여 유효한 협상(읽기)을 할 수 있는 독자를 피쉬는 "**능력 있는 독자**(informed reader)"라고 부른다. 피쉬에 의하면 능력 있는 독자는 "추상적인 것도 실제로 생존하는 독자도 아닌 일종의 복합체, 즉 자신이 능력을 갖춘 상태가 되도록(informed) 하기 위해 자신의 능력 안에 있는 모든 것을 수행하는 실질적인 독자, 다시 말해 경험적인 것과 이론적인 것 사이를 왕복하는 일종의 구조물"이다.

　　의미를 독자가 만들어내는 사건이라 주장했던 초기만하더라도 피쉬는 해석의 주권(主權)을 텍스트에게서 독자로 옮겨오되 의미 생산의 과정을 텍스트와 독자 사이의 '협상'으로 간주함으로써 해석에 있어서 텍스트의 역할을 완전히 배제하지는 않았다. 그러나 1976년 밀턴 시의 『집주본(集注本) Variorum』에 대한 에세이인 「『집주본』을 해석하기 Interpreting the Variorum」를 발표한 것을 기점으로 피쉬의 입장은 훨씬 더 강하게 텍스트에서 독자 쪽으로 옮겨간다. 가령 "동일한 독자도 두 개의 '다른' 텍스트를 읽을 때 다르게 읽을(perform) 것이며, 다른 독자들이 '동일한' 텍스트를 읽을 때 유사하게 읽을 것이다"라는 피쉬의 진술은 그가 텍스트 자체를 뛰어넘은 해석의 다양성(variety)과 "**해석의 안정성**(stability)"을 텍스트보다는 '독자'의 입장에서 설명하고 있다는 것을 보여준다. 이중에서도 피쉬가 관심을 집중하는 것은 서로 다른 독자들이 동일한 텍스트를 읽을 때 보여주는 해석의 '안정성'이다. 말하자면 독자들은 동일한 텍스트에 대하여 무한정 다양한 방식으로 읽는 것이 아니라, 일정하게 유사한 방식으로 읽는다는 것이다. 이것을 피쉬는 "해석의 안정성"이라고 부르는데, 이와 같은 안정성은 바로 모든 해석 행위가 시작되기 이전에 **해석 공동체들**(interpretive communities)"이 먼저 존재하기 때문이다. 해석 공동체들은 동일하거나 유사한 **해석 전략들**(interpretive strategies)"을 공유하고 있는 사람들로 구성되어 있는데 여기서 말하는 해석 전략들이란 텍스트를 "읽기" 위한 전략이 아니라 "쓰기" 위한 전략이다. 여기에서 피쉬가 해석 전략을 읽기가 아니라 쓰기 위한 전략으로 설명하는 것은 그것이 텍스트를 "읽는 행위(act of reading)" 이전에 존재하는 것이기 때문이고, 이와 같은 해석 전략들이 읽혀지는 텍스트의 "형태(shape)"를 결정하기 때문이다. 게다가 텍스트를 단순히 읽는 것이 아니라 쓴다는 것은 곧 의미를 생산하는 것을 가리키기 때문이다.

피쉬는 해석의 주체를 개인이 아니라 유사한 해석 전략을 공유하고 있는 해석 공동체에 돌림으로써, 해석이 주관성의 홍수사태로 빠지는 것을 막는다. 또한 해석 공동체 개념에 의하여 해석을 개인적 차원이 아닌 사회적 차원으로 옮겨놓는다. 그가 볼 때 해석의 안정성이란 텍스트 내부의 안정성 때문이 아니라, 해석 공동체가 가지고 있는 공통의 해석 전략 때문에 생기는 것이다. 그러나 해석 공동체들은 저마다 다른 해석 전략들을 가지고 있으며, 동일한 해석 공동체의 해석 전략 역시 항구적인 것은 아니다. 따라서 해석의 안정성이란 항상 "일시적(temporary)"인 것이며, "해석 공동체들은 크게 성장하고 쇠퇴하며, 개인들은 하나의 해석 공동체에서 다른 해석 공동체로 옮겨간다. 그러므로 영원히 가지런하지는 않지만, 해석 공동체들은 늘 존재하기 마련이며 계속되는 해석의 전쟁터를 위한 충분한 안정성과 결코 안정되지 않을 것을 확신시키는 충분한 변화와 미끄러짐을 동시에 제공해준다."

조너선 칼러

조너선 칼러(Jonathan Culler)는 『구조주의 시학: 구조주의, 언어학 그리고 문학연구 *Structuralist Poetics: Structuralism, Linguistics and the Study of Literature*』(1975)에서 소위 "**문학 능력**(literary competence)"의 개념을 만들어낸다. 물론 이 개념은 촘스키(Noam Chomsky)의 "언어 능력(linguistic competence)"의 개념을 문학의 영역으로 옮겨놓은 것이다. 촘스키의 언어 능력 개념은 "언어 수행(linguistic competence)"의 개념과 짝을 이루고 있는데, 언어 수행이란 "구체적인 상황에서의 언어의 실제 사용"을 지칭한다. 언어 사용자들의 언어 수행을 관찰해보면 우리는 놀라운 사실을 발견하게 된다. 그들은 언어에 대한 학문적, 이론적 지식이 없는 상태에서도 이전에 한 번도 사용한 적이 없는 문장들을 자유자재로 생성해내고 다른 사람들이 생성해낸 문장들을 이해하며, 문법적으로 올바른 문장과 그렇지 못한 문장들을 구별해낸다. 언어 사용자들의 이와 같은 언어 수행을 가능하게 하는 것이 바로 '언어 능력'이다. 언어 능력이란 언어를 습득하는 과정에서 무의식적으로 그리고 자동적으로 언어 사용자에게 '내면화된 문법 혹은 지식'을 가리킨다. 말하자면 언어 사용자들은 자신도 모르게 내면화된 언어에 대한 지식을 가지고 있으며 이 능력이 그들의 창의적이고도 자연스러운 언어 수행을 가능하게 한다는 말이다. 언어 사용자는 내면화된 언어 능력이 있기 때문에 일련의 음성적 연쇄를 듣기만 해도 그것의 의미를 바로 이해하며 자신도 무한대의 문장들을 자유자재로 생성할 수 있다. 따라서 하나의 문장을 이해한다는 것은 그 문장을 생성하는 내면화된 문법을 보유하고 있음을 의미한다.

촘스키의 언어 수행과 언어 능력의 개념을 문학에 적용하면 다음과 같은 이야기가 가능할 것이다. 모든 문학 텍스트는 그 자체 실현된 결과물이므로 일종의 '문학 수행'이라고 부를 수 있을 것이다. 물론 조나단 칼러는 문학 수행이라는 용어는 거의 사용하지 않으며 주로 '문학 능력'을 이야기하지만, 언어 수행이 없이 언어 능력을 이야기할 수 없는 것처럼, 문학 수행이라는 가설이 없이 문학 능력을 이야기할 수 없다. 그것은 바로 언어 능력이 언어 수행을 이해하고 가능하게 하는 것과 동일한 원리이다. 수행으로서의 문학작품을 읽는 독자들에게는 그것을 문학작품으로 이해할 수 있는 어떤 능력이 내면화되어 있다. 문학에 대한 이와 같은 내면화된 지식을 칼러는 '문학 능력'이라고 부르는 것이다. 만일 독자에게 이런 능력 혹은 지식이 결여되어 있다면 그는 시를 시로, 소설을 소설로, 문학 텍스트를 문학으로 이해하지 못할 것이다. 만일 어떤 독자가 언어 능력만 가지고 있고 문학 능력이 없다면, 문학작품의 문장들을 이해할 수 있을지라도 그것의 '문학성'을 이해하고 체감하지는 못할 것이다.

독자들의 **문학 능력**은 문학에 대한 다양한 독서 경험과 교육 등을 통해 그들이 체득한 "문학적 관습(literary convention)"이 그들 안에 무의식적으로 내면화된 상태를 의미한다. 이렇게 내면화된 능력은 언어적 연속체들로서의 문장들을 문학적 구조들과 의미들로 전환시키는 것을 가능케 한다. 가령 서정주가 「국화 옆에서」라는 시에서 국화를 "인제는 돌아와 거울 앞에 선/내 누님"이라고 지칭했을 때, 문학적 관습을 내면화하지 못한 독자들은 "누님"이 국화의 은유로 사용되었다는 것을 이해하지 못하고 당황할 것이다. 그러나 문학적 관습에 익숙한 독자들은 시에 있어서의 은유는 원관념(tenor)과 보조관념(vehicle)의 관계로 이루어져 있으며, 이 시에서 "국화"가 원관념이라면 "누님"은 보조관념으로서 원관념의 의미를 확장하고 중층화(中層化)하는 기능을 하고 있음을 알고 있을 것이다. 그리하여 국화가 온갖 고행을 겪은 후에 일정한 완성의 단계에 도달한 어떤 인격체로 의인화되고 있다는 사실에 대한 이해는 오로지 문학적 관습을 내면화한 독자, 즉 '문학 능력'을 가진 독자만이 가질 수 있는 특권인 것이다.

칼러는 문학 능력에 관해 언급하면서 이와 같은 문학적 관습들이 "문학적 제도의 구성물들"이라고 언급하면서, 문학작품의 의미가 텍스트 자체에서 생성된다는 신비평의 입장을 비판한다. 그에 의하면 "시를 조화로운 총체물, 자율적이고도 자연스러운 유기체로서 그 자체 완결된 것이며 풍요로운 내재적 의미를 가지고 있는 것으로 말하는 것은 잘못된 것"이다. 텍스트는 그 자체 완결된 것이 아니며, 일종의 "발화(utterance)"로서 "오로지 독자가 동화시킨 관습들의 체계(system of conventions)와의 관계 속에서만 의미를 갖는다." 그리하여 동일한 텍스트도 그것에 다른 관습들을 작동시킬 경우 "그것의 잠재적 의미들의 범주"는 달라진다. 그에 의하면 문학 능력은 "문학 텍스트를 읽는 관습들의 세트(a set of conventions for reading literary texts)"이다. 그렇다면 문학 텍스트의 생산 주체인 작가들은 허수아비에 불과한가. 그렇지 않다. 칼러에 의하면 작가들 역시 기존에 축적되어온 문학적 관습들을 잘 알고 있고 또 알고 있어야만 하며, 그들의 글쓰기 역시 이와 같은 관습들 안에서 실행되는 것이다. 어떤 작가가 매우 새롭고도 실험적인 작품을 쓴다 할지라도, 사실은 그것조차도 관습과의 관계이며 관습의 위반을 통해 새로운 관습을 만들어내는 것이다.

칼러의 문학 능력 개념과 문학적 관습의 개념은 구조주의자로서 독자반응이론을 개진하고 있는 그의 입장을 잘 보여준다. 문학적 관습의 개념은 그 자체 구조주의의 용어로서 다양한 문학적 현상의 근저에 있는 공통된 약호(code)를 나타내는 말이다. 그러므로 그는 문학 텍스트에 대한 독자들의 반응이 마치 파롤처럼 천차만별일지라도 그 안에 랑그처럼 일정한 공분모, 즉 수용

가능한 한계 혹은 범위가 있음을 강조하고 있는 것이다. 칼러는 물론 이 지점까지 그의 논의를 확산하지 않았지만, 그의 문학적 관습 개념은 또한 문학 텍스트의 해석학을 사회적 층위로 확대할 수 있는 고리도 가지고 있다. 독서가 근본적으로 관습에 의존하는 것이라면 그 관습은 시대에 따라 상황에 따라 달라질 수도 있는 것이기 때문이다.

롤랑 바르트

롤랑 바르트(Roland Barthes)를 독자반응비평의 범주에 집어넣는 것에 대해서는 약간의 망설임이 따른다. 왜냐하면 그의 작업의 대부분이 독자반응 이론에 집중되어 있지도 않을 뿐만 아니라 이론가로서의 그의 행보가 주로 구조주의와 포스트구조주의에 널리 걸쳐 있기 때문이다. 그래서인지 독자반응비평 혹은 독자지향이론의 제목을 달고 있는 많은 앤솔로지 성향의 책들에서 그의 이름은 거의 등장하지 않는다. 그러나 그가 남긴 유명한 에세이인 「**저자의 죽음** *The Death of the Author*」(1968)은 의미생산의 영원한 주체로 여겨졌던 저자에게 사망선고를 내리고, 독자에게 텍스트에 대한 모든 해석의 권한을 이양하고 있다는 점에서 그 어떤 글보다도 더 독자 지향적이다. 게다가 이 글은 그의 이론이 구조주의에서 포스트구조주의로 이행하는 지점에서 쓰인 것으로서 포스트구조주의적 입장에서 본 독자반응 이론으로 보아도 무방할 것이다.

그에 의하면 '작가'는 근대 개인주의(individualism) 혹은 '개인(individual)' 중심 문화의 산물이다. 중세 이후 서양은 영국의 경험주의, 프랑스의 합리주의 그리고 종교 개혁의 과정을 거치면서 그 무엇보다도 독립된 개체로서의 '개인'의 지위를 중시하게 되었다. 그리고 여기에서 말하는 개인은 추상적 개인이 아니라 구체적인 '사람(human person)'으로서의 개인이다. 이는 문학에 있어서도 예외가 아니어서 그동안 작가는 텍스트의 생산자로서 가장 중요한 대접을 받게 되었다. 그리하여 문학사나 작가의 전기, 수많은 잡지들 속에서 작가는 최고의 지위를 가지게 되었다. 일상적인 문화에서도 작가에 대한 관심은 지대해서 문학의 이미지는 잔혹할 정도로 작가에게 집중되어 있다. 그리하여 작가의 개인사나 취향, 사생활 등이 문학 텍스트의 '기원(origin)'인 것처럼 대접받고 있는 것이다. 그러나 글쓰기의 기원으로서의 작가의 권력에 대한 도전이 오래전부터 일어난 것도 사실이다. 바르트에 의하면, 가령 말라르메(Stéphane Mallarmé) 같은 시인은 프랑스에서 "언어의 소유자라 여겨져 왔던 사람(person)을 언어로 대체할 필연성을 보았고 예견한 최초의 작가"였다. 말라르메에게 있어서 "말하는 것은 작가가 아니라 언어"이다. 바르트가 볼 때 "글을 쓴다는 것은 '내'가 아니라 오로지 언어가 행동하고 '수행하는(performs)' 그 지점에 도달하는 것이다." 이런 점에서 "말라르메의 전체 시학은 글쓰기를 위하여 작가를 억누르는 것 안에 있다." 바르트가 볼 때 말라르메 외에도 발레리(Paul Valéry), 프루스트(Marcel Proust) 같은 작가들과 수많은 초현실주의자들(surrealists) 역시 작가를 죽이고 언어를 전면에 내세우려 했던 대표적인 작가들이다. 가령 초현실주의 문학의 '자동기술(automatic narration)' 방식은 작가의 머리가 미처 의식하기도 전에 언어가 먼저 스스로 움직이도록 만드는 장치이다. 바르트가 볼 때, 작가를 제거하는 것은 역사적 사실이나 글쓰기의 어떤 행위라기보다는 근대의 텍스트를 변형시키는 작업이다.

바르트에 의하면 텍스트를 "작가─신(Author-God)"의 메시지로 간주하고 텍스트를 안에서 그 신의 유일한 메시지, 즉 "신학적 의미(theological meaning)"를 찾으려는 노력은 허사에 불과하다. 왜냐하면 텍스트는 수많은 글들이 서로 섞이고 충돌하는 다차원적 공간이기 때문이며, 그 안에 들어 있는 어떤 글도 '원본

(original)'은 아니기 때문이다. 텍스트는 셀 수 없이 다양한 문화들로부터 끌어 내어진 인용문들의 덩어리에 불과하다. 따라서 모든 작가는 원본의 생산자가 아니며 이미 있던 언어와 문화의 거대한 창고에서 단어들과 문장들을 끄집어 내 조합하는 인물에 불과하다. 바르트에 의하면 "작가의 유일한 권력은 글들을 뒤섞는 것, 어떤 글들을 다른 글들과 만나게 하는 것이다." 롤랑 바르트의 주장 은 그가 텍스트를 의미(meaning)가 아니라 의미화 과정(signification, meaning in process)을 전달하는 것으로 간주하는 것에서도 드러난다. 「저자의 죽음」을 쓸 무렵 바르트는 이미 구조주의에서 포스트구조주의로 넘어와 있었으며, 포스트 구주주의자답게 텍스트 안에 어떤 '단일하고도 고정된 의미(a single, fixed meaning)'를 설정하는 것을 반대하였다. 텍스트는 그 어떤 방식으로도 의미를 고정시키지 않으며, 텍스트 안의 의미는 고정되는 순간 다시 지연된다. "글은 의미의 체계적인 제거(exemption)를 수행하면서, 끊임없이 의미를 증발시키기 위해 끊임없이 의미를 설정한다." 따라서 문학은 유일한 목소리, 즉 작가(신) 의 목소리를 설정하지 않고, 궁극적인 의미(ultimate meaning)라는 '비밀'을 텍 스트에 부여하기를 거부하면서 소위 "반(反)신학적(anti-theological) 행위"라고 불 릴 만한 어떤 것을 끊임없이 해방시킨다. 이런 의미에서 문학이야말로 진실로 혁명적이다. 왜냐하면 문학은 의미를 고정시키는 것을 거부하고, 결국 작가라 는 신과 그것의 실체들인 이성, 과학, 법 등을 거부하기 때문이다.

이렇게 의미 생산의 전통적인 주체인 작가를 죽인 다음에 바르트가 의 미 생산의 새로운 주체로 내세우는 것은 바로 '독자'이다. 바르트가 볼 때 텍스 트는 근본적으로 다의적이며 다양한 글들과 문화들 사이의 대화적 관계의 산 물이다. 그런데 이와 같은 다의성이 초점을 이루는 공간은 지금까지 사람들이 말해온 것처럼 작가가 아니라 바로 독자이다. 바르트에 의하면 "독자는 일종의 공간(space)인데, 그 위에서 하나의 글을 구성하는 모든 인용문들은 하나도 놓치지 않고 새겨진다. 텍스트의 통일성은 그것의 기원에 있는 것이 아니라 그것의 도착지에 있다. 그러나 이 도착지는 더 이상 사적인(personal) 것이 아니다. 독자는 역사도, 전기(傳記)도, 심리학도 가지고 있지 않다. 독자는 단지 쓰인 텍스트를 구성하는 모든 흔적들을 어떤 단일한 필드(field) 안에 모아놓는 '누군가(someone)'이기 때문이다." 여기에서 각각 "기원"은 작가를, "도착지"는 독자를 의미한다. 따라서 바르트는 텍스트의 다의성을 대면하는 최종적 주체로 독자를 내세우고 있는 것이다. 그러나 그는 독자 역시 사적인 개인으로 설정하지 않고, 추상적 사람("누군가")으로 간주함으로써, '사람(person)'이 아니라 '언어'가 텍스트의 주요 구성물임을 강조하고 있다. 어찌됐든 롤랑 바르트는 의미 생산의 유일한 주체로서의 작가에 대한 환상과 신화를 깨뜨리고, 그 자리를 언어 자체와 독자로 채우고 있다는 점에서 우리의 주목을 요한다. 그의 말마따나 "독자의 탄생은 저자의 죽음이라는 대가를 통해서만 존재할 수 있는 것이다."

참고문헌 혹은 더 읽을 책들

- 가다머, 한스 게오르그. 임홍배 역. 『진리와 방법: 철학적 해석학의 기본 특징들』 I, 『진리와 방법: 철학적 해석학의 기본 특징들』 II. 문학동네. 2012.
- 바르트, 롤랑. 김화영 역. 『텍스트의 즐거움』. 동문선. 1997.
- 야우스, 한스 로베르트. 장영태 역. 『도전으로서의 문학사』. 문학과지성사. 1983.
- 차봉희 편. 『독자반응비평』. 고려원. 1993.
- 컬러, 조너선. 조규형 역. 『문학이론』. 문학동네. 2016.
- 피쉬, 스탠리. 송홍한 역. 『문학연구와 정치적 변화』. 동인. 2001.

- Eco, Umberto. *The Role of the Reader: Explorations in the Semiotics of Texts.* Indiana Univ. Press. 1984.
- Freund, Elizabeth. *The Return of the Reader: Reader-Response Criticism.* Muthuen. 1987.
- Fish, Stanley, *Self-Consuming Artifacts: The Experience of Seventeenth-Century Literature.* California Univ. Press. 1972.
- Fish, Stanley. *Is There a Text in This Class? The Authority of Interpretative Communities.* Harvard Univ. Press. 1980.
- Iser, Wolfgang. *The Implied Reader.* Johns Hopkins Univ. Press. 1974.
- Iser, Wolfgang. *The Act of Reading: A Theory of Aestheric Response.* Johns Hopkins Univ. Press. 1978.
- Iser, Wolfgang. *Prospecting: From Reader Response to Literary Anthropology.* Johns Hopkins Univ. Press. 1989.
- Jauss, Hans R. *Toward an Aesthetic of Reception.* trans. T. Bahti. Harvester Wheatsheaf. 1982.
- Tompkins, Jane P. ed. *Reader-Response Criticism: From Formalism to Post-Structuralism.* Johns Hopkins Univ. Press. 1980.

제10장

페미니즘

제10장

페미니즘

인권운동으로서 페미니즘(Feminism)의 역사는 길다. 가령 1792년에 출판된 메리 울스턴크래프트(Mary Woolstonecraft)의 『여권 옹호론 *A Vindication of the Rights of Woman*』은 인권운동으로서의 페미니즘 이론의 역사를 연 기념비적 저서이다. 그녀는 프랑스대혁명의 와중에서 군주제를 옹호했던 에드먼드 버크(Edmund Burke)에 맞서 공화정을 옹호하며 열렬한 이론적 투쟁을 벌였다. 그녀는 이 책을 통하여 여성을 국가와 집안의 장식물이 아닌 '인간'으로 대할 것을 강력히 주장했다. 그녀는 여성이 열등해 보이는 것은 여성들이 교육에서 배제되었기 때문이며 공화정의 평등한 구성원으로서 여성에게도 동등한 교육의 기회가 제공되어야 한다고 주장하기도 했다. 울스턴크래프트의 경우와 마찬가지로 18세기 페미니스트들은 프랑스 대혁명의 열기와 영향 하에서 '천부적 인권'으로서의 여성의 권리를 주장했고 이런 생각은 프랑스대혁명의 주 무대이었던 유럽뿐만 아니라, 그 영향권에 있었던 미국에서도 마찬가지였다. 이렇듯 페미니즘 초기 운동은 18세기를 지배했던 합리주의와 계몽주의 정신, 그리고 18세기 후반의 프랑스대혁명과 미국 혁명(독립)정신이 갖고 있었던 보편적 '인권 선언'이라는 큰 맥락 속에서 가동되었다. 인권운동으로서의 페미니즘은 19세기와 20세기에 걸쳐 여성의 참정권 운동을 중심으로 매우 다양한 지류들을 형성하게 된다.

문학이론으로서의 페미니즘은 밖으로는 인권운동으로서의 페미니즘과 이념적 맥락을 함께하면서 안으로는 문학 텍스트를 대하는 가부장적 혹은 남성 중심적 패러다임에 대한 전면적 비판을 개진해나갔다. 페미니즘은 이렇게 문학과 문학비평의 전통에 어떻게 남성 중심의 권력구조가 관통되어 왔으며 여성(성)을 어떻게 왜곡하고 있는지를 다양한 방식으로 추적한다. 이런 점에서 주도적 페미니스트 중의 하나인 토릴 모이(Toril Moi)는 페미니즘 비평을 "특수한 종류의 정치적 담론으로서 가부장제와 성차별에 대한 투쟁에 바쳐진 비판적이고도 이론적인 실천"이라고 정의하고 있다. 여기서 페미니즘을 "정치적 담론"이라고 정의하는 것은 가부장제가 문학 텍스트 내부만이 아니라 텍스트 밖의 사회와 총체적으로 연관된 것임을 암시하고 있다. '전체'로서의 세계가 가부장제의 지배를 받고 있으며 남성 중심 혹은 남근중심주의(phallocentrism)의 유구한 역사를 가지고 있다면, 세계의 한 '부분'인 문학이 그것으로부터 예외일 수는 없을 것이다. 문학은 가부장제의 특권적 예외 지역이 아니며, 문학 텍스트 안에는 다양한 형식과 내용의 가부장제와 남성 중심주의가 문학 고유의 방식으로 가동되고 있다. 페미니스트들은 문학 텍스트 안의 성차별과 남근중심주의를 읽어내고, 텍스트를 여성의 입장에서 다시 읽어낼 것을 목표로 한다.

사실 여성에 대한 폄하와 왜곡은 오랜 역사를 가지고 있고, 수많은 남성 작가들과 사상가들이 여성에 대한 그들의 편견을 글로 남겼다. 가령 플라톤은 "노예로 태어나지 않은 것과 여성으로 태어나지 않은 것에 대해 신께 감사한다"고 했으며, 그의 제자인 아리스토텔레스는 스승의 뜻을 이어받아(?) "남성은 본질적으로 우수하며 여성은 본질적으로 열등하다. 남성은 지배하고 여성은 지배 받는다. 여성은 능동적인 남성의 원리에 의해 형성되기를 기다리고 있는 물질이다"고 하였다. 중세의 대표적 신학자이자 사후에 성인으로 추앙받은 토마스 아퀴나스(Thomas Acquinas)는 여성을 "실로 불완전한 남성… 우연히 만들어진 존재이며… 잘못 만들어진 남성"이라고 정의하였다. 종교개혁을 주도한 마르틴 루터(Martin Luther) 역시 "여성은 신의 아름다운 작품임에도 불구하고, 남성의 영광과 품위를 따라갈 수 없다"고 하였다. 인도와도 바꾸지 않겠다던 영국의 위대한 천재 셰익스피어는 "약한 자여, 그대의 이름은 여자이다"라고 하였다. 여성에 대한 이런 폄하는 현대에도 계속 이어져 『허클베리 핀의 모험』을 쓴 마크 트웨인(Mark Twain)은 "제인 오스틴(Jane Austin)의 책이 단 한 권도 없는 도서관이야말로 훌륭한 도서관이다"라는 말로 19세기 영국을 대표하는 여성 소설가를 조롱했다. 이런 언사들은 (마크 트웨인을 제외하고) 대부분 '특정한' 여성에 대한 비판이 아니라 여성 '일반'에 대한 폄하와 왜곡이라는 점에서 우리의 주목을 요한다.

페미니즘 안에는 다양한 갈래들이 존재한다. 마르크스주의, 포스트구조주의, 탈식민주의 등 사상의 다양한 층위들이 페미니즘 논제들과 결합되면서 페미니즘은 그 어느 문학이론보다도 풍성한 내부의 성층(成層)들을 보여준다. 그럼에도 불구하고 수많은 페미니즘들이 '페미니즘'의 이름으로 공유하고 있는 것이 있다면 다음과 같은 것들이다.

첫째, 모계 사회 이후 세계는 여전히 남성 중심 이데올로기 그리고 그것의 사회적 시스템인 가부장제의 지배하에 있다. 세계 안의 모든 것은 남근 중심의 앵글에 의해 해석되고 평가되어왔으며, 문학 역시 예외가 아니다. 페미니즘은 여성의 시각에서 문학 텍스트의 생산과정, 텍스트 해석, 문학의 역사 등을 다시 조명함으로써, 남성 중심주의에 의해 왜곡된 문학관을 교정하고자 한다.

둘째, 생물학적 성으로서의 '섹스(sex)'와 문화적 성으로서의 '젠더(gender)' 개념을 구별하여야 한다. 젠더는 가부장제 사회가 후천적으로 만들어낸 성 개념이며, 페미니스트들에게 주로 문제가 되는 것, 그리고 도전과 비판의 대상이 되는 것은 바로 젠더로서의 성 개념이다. 가령 1세대 페미니즘의 대표적 기수 중의 한 명인 시몬 드 보부아르(Simone de Beauvoir)가 "여성은 태어나는 것이 아니라 만들어지는 것(One is not born, but rather becomes a woman)"이라 했을 때의 '여성'의 개념은 정확히 젠더적인 것이다.

셋째, 여성의 글쓰기는 남성의 글쓰기와 다른 고유한 영역이 있다. 남성적 글쓰기가 분석, 분류, 구성, 규범을 지향한다면, 여성적 글쓰기는 비결정성(indeterminacy), 해체, 전복(subversion)의 언어를 지향한다. 특히 포스트구조주의적 페미니스트들은 여성적 글쓰기의 탈(脫)규범성, 혁명성을 강조한다.

버지니아 울프

버지니아 울프(Virginia Woolf)는 위에서 언급한 메리 울스턴크래프트의 생각을 확대 발전시켰을 뿐만 아니라, 성을 중심으로 문학의 전통을 살펴보고 여성의 문학사를 다룬 최초의 페미니스트 작가이자 평론가이다. 1929년에 발표한 그녀의 『자기만의 방 A Room of One's Own』과 1938년에 나온 『3기니 Three Guineas』는 이런 점에서 우리의 주목을 요한다. 이중에서도 더욱 관심의 대상이었던 『자기만의 방』은 1928년에 울프가 '여성과 픽션'이라는 강연을 요청 받은 것을 계기로 집필되었다. 이 책은 1960~70년대 페미니즘 논의의 이론적 모체이자 베이스캠프로 간주되지만 페미니즘에 대한 체계적 이론서는 아니다. 이 책은 "메리 비턴", "메리 시턴", "메리 카마이클"이라는 가상의 화자들을 등장시켜 여성이라는 존재와, 여성 작가가 쓴 픽션, 여성에 대해서 쓴 픽션 등을 대하며 비교적 느슨한 문체로 쓰인 산문집이라고 보면 된다. 그러나 이 책은 1960~70년대 이후 포스트구조주의 페미니즘에 이르기까지 현대 페미니즘 논쟁의 이론적 진원지라고 보아도 과언이 아닐 정도로 페미니즘의 핵심적 이슈들을 두루 건드리고 있다. 이 책의 외피는 '여성과 픽션'에 관한 것이지만, 이 책은 문학생산의 과정에 있어서 주로 여성이 처해 있는 사회적 조건을 성찰하고, 궁극적으로 **"양성성**(androgyny)"의 개념을 들고 나옴으로써 가부장제 하에서 여성의 글쓰기의 문제를 해결하려고 한다.

이 책의 초반부에서 울프는 이미 "여성이 픽션을 쓰기 위해서는 돈과 자기만의 방이 있어야 한다"는 의견을 제시하는데, 이는 글쓰기의 물적 조건에 대한 언급이면서 여성의 경제적 독립을 막는 가부장제에 대한 비판을 동시에 담고 있다. 이른바 "유물론적 페미니즘", 나아가 마르크스주의 페미니즘의 이론적 전제가 되는 이런 주장은 이 책을 일관되게 관통하고 있는 입장이다. 울프에 의하면 여성은 전통적으로 교육과 물적 기반을 쌓을 수 있는 전문직에서 배제되어왔으며 비(非)교육, 무경험, "자기만의 방"도 가질 수 없는 무(無)자본의 상태에서 여성이 글을 쓴다는 것은 거의 불가능하다. 울프에 의하면 여성이 자기만의 독립된 공간을 갖는 것은 부모가 대단한 귀족이 아닌 이상, 영국에서는 19세기 초까지도 거의 불가능한 일이었다.

가령 엘리자베스 시대에 "남성이라면 누구든지 노래와 소네트를 지을 수 있었을 듯한 그 시대에 어떤 여성도 탁월한 문학작품을 단 한 줄 쓰지 않았다는" "수수께끼"(『자기만의 방』 3장)를 어떻게 설명할 것인가. 울프는 이 책의 3장에서 셰익스피어에게 셰익스피어와 다를 바 없는 재능을 타고 난 "주디스(Judith)"라는 누이가 있다고 가정하고 이 문제를 설명해나간다. 울프가 볼 때 남성인 윌리엄(William) 셰익스피어와 여성인 주디스 셰익스피어는 바로 남성/여성이라는 이유 때문에 전혀 다른 환경에서 성장하게 된다. 윌리엄은 문법학교에 다녔을 것이고 그곳에서 라틴어를 배워 오비디우스, 베르길리우스, 호라티우스의 원문을 읽었을 것이다. 게다가 문법 원리, 논리학까지 배웠을 것이다.

그러나 "셰익스피어만큼이나 모험심이 강하고 상상력이 풍부하며 세계를 알고
싶은 열망에 가득 차" 있었을 주디스는 여성이라는 이유로 학교에도 다니지 못
했을 것이고 호라티우스와 베르길리우스를 읽을 기회는커녕 문법과 논리학을
접할 기회조차도 없었을 것이다. 만에 하나 오빠 윌리엄의 책이라도 집어 들고
몇 쪽을 읽을라치면 "그녀의 부모님이 들어와서 양말을 꿰매거나 국을 끓이는
데 신경을 쓰라고, 책이나 논문 따위를 붙들고 멍하니 시간을 보내지 말라고"
말했을 것이다. 윌리엄은 남성이었기 때문에 "출세의 길을 찾아 런던으로 갔고,
연극을 좋아해서 무대 출입구에서 말을 돌보는 시중으로 연극 생활을 시작했
다. 곧 그는 극장에서 일거리를 찾게 되었고 성공적인 배우가 되었으며 우주의
중심에서 살았다. 모든 사람을 만나고 모든 사람을 알게 되었으며 배우로서의
기술을 익히고 길거리에서 재치를 발휘하고 심지어 여왕의 궁전에 접근하기도
했다." 주디스 역시 "오빠와 똑같은 재능 즉 단어의 음조에 대한 예리한 상상력
을 가지고 있었다. 그녀는 무대 출입구에 서서 연기를 하고 싶다고 말했고, 남
자들은 그녀의 면전에서 폭소를 터뜨렸다. 그들은 여자가 연기를 하는 것은 푸
들이 춤추는 것과 마찬가지라고 내뱉고는 어떤 여자도 배우가 될 수 없다고 단
언했다." 그녀는 그러다 어떤 배우 감독의 동정심에 빠져 원하지 않는 임신을
하게 되었고, "어느 겨울밤 스스로 목숨을 끊었으며 지금은 엘리펀트 앤 캐슬
바깥쪽의 버스 정류장 근처 교차로 어딘가에 묻혀 있다." 울프는 주디스 셰익스
피어라는 가상의 여성을 끌어들여 위와 같이 이야기를 전개한 후 다음과 같은
결론에 도달한다. "셰익스피어 시대에 어떤 여성이 셰익스피어의 재능을 갖는
다는 것은 생각할 수도 없는 일이다. 왜냐하면 셰익스피어 같은 천재는 교육받
지 못하여 노동하며 노예처럼 사는 사람들 가운데서 태어나지 않기 때문이다."

『자기만의 방』을 관통하는 이와 같은 입장은 이 책의 마지막 장(6장)까
지 지속되는데, 마지막 장에서 울프는 이에 대한 대안으로 소위 **'양성성'**의 개

넘을 들고 나온다. 그녀는 "두 성이 협력하는 것이 자연스러운 현상"이라고 말하면서 "두 종류의 힘 즉 남성적인 힘과 여성적인 힘이 우리 인간의 내면세계를 관장하고 있다. 남성의 두뇌에서는 남성적인 것이 여성적인 것보다 우세하고, 여성의 두뇌에서는 여성적인 것이 남성적인 것보다 우세하다. 그 두 가지가 함께 조화를 이루고 정신적으로 협력할 때 우리는 정상적이고 편안한 상태가 된다"고 주장한다. 이 대목에서 울프는 영국 낭만주의 시인인 콜리지(Samuel T. Coleridge)를 끌어들이는데, 그에 의하면 "위대한 마음이란 바로 양성적인 것"이다. 울프는 양성적 마음이란 "타인의 마음에 열려 있고 공평하며, 아무런 방해도 받지 않고 감정을 전달할 수 있고, 본래 창조적이고 빛을 발하며 분열되지 않은 것이라는 뜻이었을 것"이며 "실제로 양성적인 마음, 여성적 남성의 마음을 보여주는 전형으로 셰익스피어의 마음을 들 수 있다"고 말한다.

울프의 양성성 개념은 후대 페미니스트들 사이에 많은 논쟁을 불러일으키는데, 이 논쟁은 크게 두 갈래로 나뉜다. 그 하나는 울프에 대해 비판적인 것으로 울프가 남성/여성의 대결을 페미니즘의 입장에서 정공법으로 해결하지 않고 "양성성"의 개념으로 도피했다(대표적으로 엘레인 쇼월터 Elaine Showalter)는 것이다. 다른 하나는 울프를 옹호하는 것으로, 울프가 양성성의 개념을 끌어들임으로써 전통적인 남성/여성의 고정된 이분법을 해체했다고 보는 입장(대표적으로 토릴 모이)이다.

울프는 『자기만의 방』의 마지막 페이지에서 "우리가 앞으로 백 년 정도 살게 되고 각자가 연간 500파운드와 자기만의 방을 가진다면, 그리고 우리가 스스로 생각하는 것을 정확하게 표현할 수 있는 용기와 자유의 습성을 가지게 된다면, 우리가 공동의 거실에서 조금 탈출하여 인간을 서로에 대한 관계에서만이 아니라 리얼리티와 관련하여 본다면" 자살한 셰익스피어의 누이 주디스 셰익스피어가 다시 태어날 수 있다고 말한다. "연간 500파운드와 자기만의 방"

이라는 표현이 지시하듯이 그녀는 물적 토대와 글쓰기가 긴밀한 연관을 가지고 있다는 입장을 재차 확인하고 있다. 그리고 가부장제가 철폐되어야 하는 이유는 그것이 여성의 경제력과 전문직 수행을 체계적으로 막고 있기 때문이라고 보고 있는 것이다. 울프에 의하면, 여성적 글쓰기를 허락하는 물적 토대는 오로지 가부장제의 해체를 통해서만 가능하며, 그것이 이루어졌을 때 여성들은 비로소 "거실"에서 나와 "리얼리티"의 세계로 진입할 수 있을 것이다. (이상 인용한 『자기만의 방』은 민음사 판을 약간 수정한 것임)

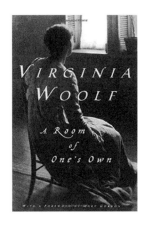

울프, 『자기만의 방 Of One's Own Room』

시몬 드 보부아르

버지니아 울프가 1920년대 후반, 문학에 있어서 최초로 페미니즘 논의를 이끌어낸 논자라면, 시몬 드 보부아르는 울프의 뒤를 이어 2차 대전 이후 보다 본격적으로 페미니즘 이론을 체계화한 논자이다. 울프의 『자기만의 방』이 문학적 허구를 빌린 비교적 느슨한 형태의 페미니즘 산문집이라면, 1949년에 출판된 보부아르의 『제2의 성 *The Second Sex*』은 『자기만의 방』보다 훨씬 더 학문적인 체계를 갖춘 방대한 분량의 이론서이다. 이 책은 수많은 문학작품들 뿐만 아니라 심리학, 철학, 역사학, 사회학, 생물학 등 다양한 자료를 동원하여 가부장제 사회에서 여성이 어떻게 '만들어져왔으며', '제2의 성'으로 전락해왔는지를 이론적, 실증적으로 설명하고 있다. 보부아르의 『제2의 성』은 버지니아 울프의 『자기만의 방』(그리고 『3기니』)과 더불어 60~70년대를 거쳐 최근까지 전개된 보다 본격적인 페미니즘 이론들을 예기(豫期)하고 있을 뿐만 아니라 그 단초 역할을 확실히 하게 된다.

보부아르는 이 책에서 여성들이 자신들을 규정할 때 항상 '나는 여자다'라고 선언하지 않으면 안 되는 상황을 이야기한다. 이는 남성들이 보편적 의미에서 '인간'을 대표하기 때문에 자신에 대해 규정할 때 자신의 '남성성'을 밝힐 이유가 없는 것과 비교되는 것이다. 남성들은 특정한 '성'에 속해 있는 것이 아니라, 다름 아닌 '인간'에 속해 있기 때문이다. 보부아르는 이 책의 서문에서 프랑스의 철학자 방다(Julien Benda)의 "남성은 여성이 없이도 생각될 수 있지만, 여성은 남성이 없이는 생각되지 않는다"는 말을 인용하며 "여성이란 남성이 규정하는 존재에 지나지 않는다"고 밝힌다. 보부아르에 의하면 가부장제 사회에서 '절대적인 주체'는 항상 남성이며, 여성은 남성에 의해 규정되는 "타자(the Other)"이다. 남성은 스스로를 동일자(the One)로 간주하고 주체(subject)로서의 자신을 확립하기 위해 타자를 필요로 하는데, 이때의 타자가 바로 여성인 것이다. 이렇게 "자신을 '주체'로 세우는 '주체'에 의하여 '타자'는 '타자'로 세워진다." 앞에서 인용했던 보부아르의 "여성은 태어나는 것이 아니라 만들어지는 것이다"라는 유명한 명제는 바로 가부장제 사회에서 남성에 의해 타자로 규정되는 여성의 '운명'을 이야기하는 것이다.

보부아르는 "여성은 남성의 노예까지는 아닐지라도 언제나 남성의 신하였다. 남녀 양성이 세계를 평등하게 함께 누린 적은 한 번도 없었다"라고 밝히면서, 이와 같은 성의 이중성이 다른 모든 이중성과 마찬가지로 여성들로 하여금 '투쟁'으로 이끈다고 밝힌다. 보부아르는 "여성이 남성의 '타자'라는 사실만으로도 남성이 지금까지 생산해온 여성에 대한 수많은 해석에 의심을 품을 수밖에 없다"고 주장하며, 『제2의 성』에서 가부장제가 '여성'이라는 타자를 형성해나가는 구체적인 과정을 다양한 학문 영역에서 빌려온 이론적 근거와 실증적 자료들을 통해 설명해나간다.

이 방대한 저서에 나오는 수많은 사례들을 일일이 요약할 수는 없지만, 프로이트(Sigmund Freud)의 정신분석학에 대한 보부아르의 비판은 주목할 만하다. 주지하다시피 프로이트는 '오이디푸스 콤플렉스(Oedipus complex)'의 개념을 중심으로 남아와 여아가 자기 정체성을 형성해나가는 과정을 다르게 설명한다. 프로이트의 설명에 의하면, 남아는 어머니를 향한 성적 욕망을 아버지의 '거세 위협(castration threat)' 때문에 포기한다. 이리하여 오이디푸스 콤플렉스는 '거세 불안(castration anxiety)'의 결과로 생긴 것으로 이해된다. 그러나 여아는 자신의 몸에 아버지와 남자형제가 가지고 있는 페니스(penis)가 부재하다는 사실을 깨닫고 충격에 빠진다. 그리하여 여아는 '남근 선망(penis envy)'를 갖게 되고, 남아들이 갖게 되는 '거세 불안'이 아니라, 자신이 이미 거세당했다는 열등감, 즉 '거세 콤플렉스(castration complex)'를 갖게 된다는 것이다. 프로이트의 이런 설명은 현존/부재의 기준을 남성의 성기인 페니스에 둠으로써, 여성을 출발부터 결핍의 존재, 남성에 비해 상대적으로 열등한 존재로 묘사하는 것이다. 보부아르는 많은 정신분석학자들이 여아가 자신에게 페니스가 없는 것에 대해 유감스럽게 생각하지만, 그렇다고 해서 그것이 거세된 것으로 생각하지는 않는다는 사실을 끌어들인다. 게다가 페니스의 부재에 대한 애석함 역시 일반적인 현상은 아니라는 것이다. 보부아르에 의하면 "아버지를 신처럼 숭배하는 것이 여성의 리비도는 아니다. 어머니 또한 그녀가 아들에게 유발시키는 욕망에 의해 신처럼 떠받들어지는 것이 아니다." 보부아르는 프로이트가 주장하는 '아버지 중심주의', 즉 "아버지의 우월성은 사회적 질서의 한 사실에 불과하며 프로이트는 이 점을 설명하는 데 실패했다"고 주장한다. 즉 아버지를 중심에 내세우는 것은 '본질적'인 것이 아니라 (가부장제가 만든) '사회적' 현상이라는 것이다. 보부아르는 또한 알프레드 아들러(Alfred Adler)를 내세우며 프로이트의 '성애(sexuality) 중심주의'를 비판한다. 보부아르는 아들러의 이론을 빌려 프로이트가 인간 생활의 발전을 단지 성욕만으로 설명하려는 것은 잘못된 것이라고 비판한다. 보부아르에 의하면 가령 어떤 콤플렉스, 즉 열등감이 존재한다면 그것은 "페니스가 없다는 것에서 오는 것이 아니라, 상황 전체에서 오는 것이다." 그리고 여기에서 "상황 전체"란 성애가 아니라 '사회적' 조건을 말하는 것이다. 즉 "여아가 페니스를 선망하는 것은 오로지 그것을 남성에게 주어진 특권의 상징으로 생각하기 때문이다. 가정에서 아버지가 점유하는 지위와 남성 존중의 일반적인 문화, 그리고 교육 등 모든 것이 남성이 우월하다는 관념을 여성에게 확신시키기 때문인 것이다." 성욕을 본질적인 것으로 설정하고 남성의 성기를 중심으로 여성을 열등하게 묘사하는 프로이트에 대하여, 보부아르는 다음과 같은 말로 응수한다. "성애를 궁극적인 조건으로 간주해서는 안 된다. 존재에게는 더욱 더 근원적인 '존재의 탐구'가 있으며, 성애는 그 다양한 면 중의 하나에 지나지 않는다." 프로이트의 정신분석학에 대한 보부아르의 반론에서 알 수 있듯이, 보부아르의 관심은 항상 타자로서의 여성성이 형성되는 '사회적' 과정에 대한 설명에 있다. 여성의 열등성이 본질적인 것이 아니라 가부장제가 만들어낸 사회적 현상으로 설명될 때, 그것은 수정(교정)되거나 거부될 수 있다. 사회적 현상으로서 타자화된 여성성이야말로 후대 페미니스트들이 설명하고 있는 '젠더'로서의 성 개념과 정확히 일치하는 것이다.

보부아르, 『제2의 성 *The Second Sex*』

케이트 밀렛

케이트 밀렛(Kate Millet)는 자유분방하며 열정적이고도 실천적인 미국의
페미니스트이다. 1970년에 출판된 그녀의 『성의 정치학 *Sexual Politics*』(1970)은,
메리 엘만(Mary Ellmann)의 『여성에 대하여 생각하기 *Thinking about Women*』
(1968), 일레인 쇼월터(Elaine Showalter)의 『그들만의 문학: 브론테에서 레싱에 이
르기까지 영국의 여성 소설가들 *A Literature of Their Own: British Women Nov
elists from Bronte to Lessing*』(1977), 길버트와 구바(Gilbert and Gubar)의 『다락방
의 미친 여자: 여성 작가와 19세기의 문학적 상상력 *The Madwoman in the Attic
: The Woman Writer and the Nineteenth-century Literary Imagination*』(1979)
등과 더불어 울프와 보부아르 이후 70년대의 2세대 페미니즘을 이끈 대표적인

저작이다.

『성의 정치학』은 밀렛의 컬럼비아대학교 박사학위 논문이기도 한데, 출판 직후 학계뿐만 아니라 여성운동권, 대중문화 등 다양한 영역에서 큰 관심을 불러일으켰고 단번에 베스트셀러가 되었다. 이 책의 1장에서 밀렛은 헨리 밀러(Henry Miller), 노먼 메일러(Norman Mailer), 장 주네(Jean Genet) 소설에 등장하는 파격적인 성교 장면에 대한 자세한 분석을 통하여 성행위 안에 "지배와 권력의 개념이 작동하고 있다"는 사실을 밝혀낸다. 그녀에 따르면 "섹스는 진공상태에서 행해진다고 볼 수 없다. 그것은 그 자체 생물학적이고 육체적인 행위처럼 보이지만, 인간의 행위가 위치한 더 큰 맥락 속에 깊이 관계되어 있다." 여기에서 "인간의 행위가 위치한 더 큰 맥락"이란 바로 '정치(politics)'의 영역을 지칭하는 것이다. 이 책의 제목에서 드러나듯이 밀렛은 성을 정치의 관점에서 읽어내려고 하며, 그녀에게 있어서 정치란 바로 "일군의 사람들이 다른 사람들을 지배하는, 권력으로 구조화된 관계와 배치"를 의미한다. 따라서 이 정의를 적용하면 **성의 정치학**이란 '남성들이 여성들을 지배하는, 권력으로 구조화된 관계와 배치'를 의미하는 것이다. 밀렛이 볼 때 성은 근본적으로 "정치적 함의를 담고 있는 지위의 범주(status category)"이며, '성의 정치학'이라는 개념을 통해 그녀가 궁극적으로 성취하고자 하는 것은 '가부장제'를 이론화하는 것이었다. 밀렛에게 있어서 가부장제의 역사는 근본적으로 지배와 종속의 정치적 역사이며, 권력을 가진 자가 피권력자에 가한 "내면의 식민화"의 역사이다. 밀렛은 나아가 가부장제가 남성에 의한 여성을 지배하는 제도를 넘어선 이중성을 가지고 있음을 지적하면서, 가부장제란 "남성이 여성을 지배하며, 나이 많은 남성이 나이 어린 남성을 지배하는 원칙"이라고 확대 정의한다. 어찌됐든 가부장제는 지배와 종속의 관계이며 밀렛은 가부장제를 중심으로 한 '성의 정치학'을 이데올로기적, 생물학적, 사회학적, 계급적, 경제적·교육적, 폭력적, 인류학적,

심리적 측면 등, 모두 8가지의 측면에서 접근하며 이론화한다.

밀렛이 8가지 측면에서 이론화한 성의 정치학을 부분적으로 요약하면 다음과 같다. 먼저 이데올로기적 측면에서 볼 때 성의 정치학은 폭력에 의해 강요된 것이 아니라 '사회적 합의'에 의하여 '사회화'된 것이므로 이데올로기적인 것이다. 성의 정치학은 양성의 "기질(temperament)", "역할(role)", "지위(status)"에 대한 사회적 합의에 의해서 이루어진다. 가령 기질의 경우, '남성적인 것(the masculine)', '여성적인 것(the feminine)'에 대한 사회적 합의들이 있다. 가령 남성은 "공격성, 지성, 힘, 효율성"을 가지고 있고, 여성은 "수동성, 무지, 얌전함, 비효율성"을 가지고 있다고 '합의'하는 것이 그것이다. 역할의 경우, 남성에게는 "성취, 이해관계, 야망" 등을, 여성에게는 "가사와 육아" 등 "생물학적 경험의 수준에 머물러 있는 제한된 역할"을 배치하는 것 등을 의미한다. 지위 역시 이런 성 역할의 사회적 할당을 의미한다. 기질, 역할, 지위의 범주는 따로 노는 것이 아니라 일종의 연쇄 고리로 긴밀히 연결된 채 '성의 정치학'의 이데올로기적, 사회적 합의를 이끌어낸다.

사회학적 측면에서 볼 때, 가부장제의 가장 중요한 제도는 "가족"이다. 밀렛에 의하면 "가족은 개인과 사회구조를 중간에서 매개하면서, 정치적인 권위나 여타의 권위가 불충분한 곳에서 지배와 순응의 법칙을 행사한다." 여성의 법적 권리가 인정되는 사회에서도 여성의 권리는 국가보다는 가족 내부의 원리에 의해서 빈번히 차단당한다. 경제적·교육적 측면에서 볼 때, 가부장제는 대체로 여성이 경제적 능력을 갖지 못하도록 방해하며 거꾸로 여성들에게 "경제적 지배권"을 행사함으로써 여성의 사회적 진출을 억제한다. 가부장제의 경제적 측면은 또한 교육적 측면과 맞물려 있어서 여성에게 부여될 수 있는 교육의 기회를 제한하거나 특화함으로써 그들이 경제권을 갖지 못하도록 한다. 폭력적 관점에서 볼 때, 가부장제는 이데올로기적 합의를 전제로 하기 때문에 군이 폭력적 수단을 필요로 하지 않는 것처럼 보일 수도 있다. 그러나 "인종주의나 식민주의와 같은 다른 이데올로기들과 마찬가지로, 가부장제 사회의 지배역시 폭력이라는 규칙에 의존하지 않고서는 불완전하며 심지어 작동 불가능하기까지 하다." 수많은 강간, 강탈, 성추행 등의 사례가 보여주듯이 가부장제 사회에서 폭력은 여성을 공격하는 중대한 도구이다. "신은 가부장제의 편이다"라는 밀렛의 말처럼, 가부장제는 인류학적 측면에서 볼 때, 신화와 종교의 영역에서도 오랜 시간 축적·각인되어온 정치제도이다. 대부분의 신화와 종교는 철저하게 남성 중심적이며 가부장의 원리를 당연한 것으로 가동시킨다.

밀렛은 이렇게 8가지의 측면에서 '성의 정치학'을 이론화한 후, 그 이론적 배경으로 1830년대 이후 1960년대까지 "성 혁명"의 과정을 설명한다. 특히일반적인 관점과는 달리 1930~1960년대를 페미니즘과 적대적인 "성 혁명"의 "반동기"로 설정하는 부분은 인상적이다. 이 과정에서 밀렛은 독일의 나치즘과구(舊)소련의 "반동적 정책"과 프로이트의 '남근선망이론'으로 대표되는 "반동적 이데올로기"를 자세히 설명한다. 이렇게 이론적 정초를 세운 후, 밀렛이 하는 작업은 D. H. 로렌스(D. H. Lawrence), 헨리 밀러, 노먼 메일러, 장 주네 등 남성 작가들의 작품에 대한 본격적 고찰이다. 밀렛은 이 과정을 통하여 특히 로렌스, 헨리 밀러, 노멀 메일러의 작품에 어떻게 가부장제 이데올로기가 재현되어있는지를 정교하게 파헤친다. 말하자면 이들 작가들은 밀렛에 의해 남성 중심이데올로기, 가부장제, 남성에 의한 여성 지배라는 '성의 정치학'의 화신으로비판받는다. 밀렛에 의하면 이 분석은 "그들이 성의 정치학의 급진적 변화 가능성에 대해 어떤 반응을 보여주었는지, 그리고 그들이 이러한 변화의 충동에 저항하는 반동적 분위기에 어떻게 참여하였는지를 따져보는 것"이었다. 이 책의마지막 장에서 밀렛은 장 주네의 작품들을 분석하는데, 로렌스, 밀러, 메일러에대한 비판과 달리 "장 주네는 소설에서 동성애적 지배 질서를 묘사하고 드러냄으로써, 동성애라는 비껴가는 각도에서 성적인 위계라는 문제에 접근하고 있으며… 희곡에서 성적 억압의 주제를 강조함으로써, 급진적 변혁을 추구하는 프로젝트라면 반드시 성적 억압을 깨끗이 없애야 한다는 것을 보여주었다"고 칭찬한다.

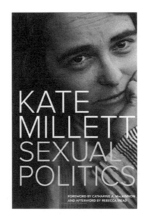

밀렛, 『성의 정치학 *Sexual Politics*』

밀렛의 『성의 정치학』은 출판 직후 찬반의 격한 논쟁에 휘말렸는데, 그 논쟁의 중심은 주로 위에서 언급한 네 작가들의 작품에 대한 비판적 분석과 관계된 것이다. 그중에서도 밀렛의 분석에 대한 비판적 입장은 크게 두 가지로 나뉜다. 그 첫 번째는 밀렛이 분석 대상으로 선택한 작품들이 과연 60년대의 정전(canon)으로서 대표성이 있는 작품들인가 하는 것이었고, 둘째는 밀렛이 문학 텍스트가 가지고 있는 독특한 '상상적', '중의적', '다의적' 표현의 방식을 무시하고 남성 작가들의 작품에서 가부장적 요소들만을 '임의로' 부각시키고 무차별적으로 비판하고 있다는 지적이었다. 가령 코라 카플란(Cora Kaplan)은 「급진적 페미니즘과 문학: 밀렛의 『성의 정치학』을 다시 생각하기 *Radical Feminism* and Literature: Rethinking Millet's Sexual Politics_(1979)라는 글에서 밀렛이 "(가부장제라는) 이데올로기를 모든 계급의 남성 작가들이 여성을 두들겨 팰 때 사용하는 보편적 남근 몽둥이"(셀던 Raman Selden 『현대문학이론 개관 A Reader's Guide to Contemporary Literary Theory』에서 재인용)로 간주하고 있다고 비판한다.

일레인 쇼월터

일레인 쇼월터는 『그들만의 문학 A Literature of Their Own: British Women Novelists from Bronte to Lessing』(1977)을 출판하면서 본격적으로 주목을 받은 이후 최근까지 '여성중심'의 페미니즘을 선도해온 이론가로 유명하다. 쇼월터는 기존의 문학사가 주로 남성 연구자들에 의해 집필되면서 수많은 여성 작가들이 문학사에서 사라진 점에 주목한다. 주로 대학의 교수들인 남성 연구자들은 남성 중심적인 척도에 의해 문학적 정전을 선택함으로써 의도적으로 여성 작가들을 문학사에서 지웠다. 쇼월터는 한편으로는 문학사에서 사라진 여성 작가들을 찾아내어 문학사를 다시 복원하는 작업을 진행해왔고, 다른 한편으로는 오로지 여성 작가만이 할 수 있는 여성적 글쓰기의 모델을 탐구하는 과업을 수행해왔다. 쇼월터의 대표적 저서인 『그들만의 문학』의 제목은 버지니아 울프의 저서 『자기만의 방』을 패러디해 지어진 이름이다. 여기에서 '그들만의 문학'이란 바로 '여성만의 문학'을 의미하는 것으로 그의 작업이 주로 '여성 중심적'인 코드에 의해 진행되고 있음을 보여준다. 이렇게 여성을 사유의 중심에 놓은 페미니즘을 일레인 쇼월터는 "**여성중심비평**(gynocriticism)"이라고 부른다. 쇼월터는 「페미니스트 시학을 향하여 Toward a Feminist Poetics」라는 유명한 에세이에서 "여성중심비평"을 "남성의 모델과 이론들을 적용하기보다는 여성의 경험에 대한 연구를 토대로 새로운 모델을 개발하기 위해, 여성들의 문학을 연구하기 위한 여성의 틀을 구성하는 것"으로 정의한다. 나아가 그녀는 "여성중심비평은 남성들의 문학사가 강요하는 일방적인 절대성으로부터 여성 스스로를 해방시키는 지점에서 시작하여 남성적 전통이 만들어낸 틀 안에 여성을 맞추는 노력을 중단하고, 그 대신에 새롭게 눈에 띄는 여성 문화의 세계에 그 초점을 맞춘다"고 덧붙탠다. 쇼월터는 또한 「광야에 선 페미니스트 비평 Feminist Criticism in the Wilderness」이라는 에세이에서 "여성중심비평"의 작업을 다음과 같이 정의한다. "여성적 글쓰기의 역사와 스타일, 주제와 장르, 그리고 구조 혹은 여성의 창조성을 설명할 만한 정신적 역학, 개인적 혹은 집단적 여성 경험의 궤적, 그리고 여성 문학 전통의 진화와 법칙 등을 그 주제로 삼는다." "여성중심비평"에 대한 쇼월터의 이러한 설명들은 그녀가 지향하는 비평의 성격과 목표가 무엇인지를 정확히 보여준다.

『그들만의 문학』에서 쇼월터는 『제인 에어 Jane Eyre』를 쓴 19세기 작가인 브론테(Charlotte Brontë)에서 시작하여 『풀잎은 노래한다 The Grass is Singing』의 작가이자 2007년 노벨문학상 수상인인 도리스 레싱(Doris Lessing)에 이르기까지 여성작가들의 작품을 주로 '여성의 경험', 더 정확히 말하면 '여성만의 경험'을 중심으로 기술하고 있다. 물론 남성적인 것과 여성적인 것의 구분이 명확하게 되는 것은 아니지만, 쇼월터는 여성에게만 고유한 경험과 정서가 존재하며 이것이 여성적(여성들만의) 글쓰기를 특징짓는다고 보았다. 「광야에 선 페미니스트 비평」에서 쇼월터가 인용한 버지니아 울프의 전언, 즉 "여성의 글쓰기는 언제나 여성적이다. 다시 말해 여성적이지 않을 수가 없다. 그것은 최고일 때도 여성적이다. 단 유일한 어려움은 여성적인 것이 무엇인지 정의하는 데에 있다"는 주장은 그대로 쇼월터의 입장이기도 하다. 쇼월터는 자신의

"여성중심비평"을 통해 궁극적으로 "여성적인 것이 무엇인지 정의"하고자 하며, 『그들만의 문학』은 바로 이런 노력의 소산이다.

쇼월터는 『그들만의 문학』에서 여성 문학의 전통을 크게 세 단계로 나눈다. 첫 번째는 "여성스러움의 단계(the feminine phase)"로 1840~80년대에 출판된 샬럿 브론테, 조지 엘리어트(George Eliot), 조르주 상드(George Sand) 등의 작품들이 이 단계에 해당된다. 여성스러움의 단계는 여성 작가들이 독립적인 존재로서 자신의 정체성을 아직 확보하지 못한 상태에서 남성 작가들을 모방하고, 가부장제 사회가 강요하는 '여성스러움(the feminine)'의 이데올로기를 내면화하는 단계를 의미한다. 두 번째 단계는 "여성주의의 단계(the feminist phase)"로 1880~1920년대의 엘리자베스 로빈스(Elizabeth Robins), 『아프리카 농장 이야기 The Story of an African Farm』로 유명한 남아프리카 작가인 올리브 슈라이너(Olive Schreiner) 등의 작품이 이 단계에 해당된다. 이 단계에서 여성작가들은 급진적 페미니스트로서 여성을 폄하하고 억압하는 남성 중심 이데올로기에 정면으로 도전하고, 가부장제에 맞설 수 있는 여성들만의 분리주의(separatist)적 유토피아의 건설과 강력한 동맹(sisterhood)을 주장한다. 세 번째 단계는 "여성의 단계(the female phase)"로 1920년 이후의 레베카 웨스트(Rebecca West), 캐서린 맨스필드(Katherine Mansfield), 도로시 리차드슨(Dorothy Richardson), 도리스 레싱 등이 주도한 단계를 말한다. 이 단계에서 여성 작가들은 1단계의 수동적 '여성스러움'이나 2단계의 남성에 대한 적대적 관계에서의 페미니스트의 단계를 넘어서서, 여성만의 경험에 토대한 독립적인 여성적 글쓰기의 성취에 성공한다. 이 단계야말로 여성들이 궁극적으로 자신을 발견하고 자신의 목소리로 자유롭게 자신들의 이야기를 하는 단계이다.

쇼월터는 남성 비평가들과 연구자들에 의해 지워져 '보이지 않는(invisible)' 여성 작가들의 문학사를 복원해내고 이 과정을 통하여 '여성의' 혹은 '여성만의' 글쓰기의 전통을 세우려는 노력을 진행 중이고, 이 작업은 "여성중심비평"의 이름으로 계속되고 있다.

줄리아 크리스테바와 뤼스 이리가레

이제 마지막으로 포스트구조주의와 접점을 이룬 페미니즘을 살펴볼 차례이다. 페미니즘은 1970년대 이후 막강한 영향력을 행사하며 등장한 포스트구조주의적 사유로부터 자유롭지 않았으며 그로부터 많은 자양분을 얻게 된다. 이리하여 포스트구조주의 페미니즘이라 부를 만한 일련의 이론가들이 탄생하는데, 우리는 포스트구조주의 페미니즘의 대표 주자 중의 하나로 줄리아 크리스테바(Julia Kristeva)를 들 수 있을 것이다. 크리스테바는 불가리아 출생으로 소피아 대학시절, 헤겔, 마르크스, 바흐친(Mikhail Bakhtin) 등의 영향을 깊게 받았으며 프랑스로 옮겨온 후로는 골드만(Lucien Goldmann)의 지도하에 롤랑 바르트(Roland Barthes) 등의 세미나에 참여하면서 구조주의, 기호학, 그리고 포스트구조주의의 영향 하에 놓이게 된다. 그러나 크리스테바에게 가장 큰 영향을 준 것은 라캉(Jacques Lacan)의 포스트구조주의적 정신분석학이었다. 그는 라캉의 강의를 들으면서 정신분석학에 더욱 빠지게 되고, 마침내 정신분석학으로 학위를 받고 정신분석의 자격증까지 따게 된다.

그녀가 쓴 『시적 언어의 혁명 *The Revolution in Poetic Language*』(1974)은 라캉의 정신분석학과 포스트구조주의적 언어이론이 만나는 지점에서 탄생한 것이다. 이 책에서 그녀는 라캉의 상징계, 상상계, 실재계 등의 구분에서 얻은 발상에 토대하여, 의미화 과정(signification)의 두 가지 '양태(modality)'를 구분한다. 그 첫 번째 양태는 "**기호계**(the semiotic)"이고, 두 번째 양태는 "**상징계**

(the symbolic)"이다. 이 두 가지 양태는 의미화 과정에서 불가분의 관계를 맺고 있으며, 이 양자 사이의 관계가 "서술(narration)", "메타언어(metalanguage)", "이론", "시" 등 담론의 다양한 유형들을 결정한다. 크리스테바는 "주체는 항상 기호계이면서 동시에 상징계이기 때문에, 그 주체가 생산하는 의미 체계는 어떤 것이든 간에 '전적으로' 기호계일 수도 없고, '전적으로' 상징계일 수도 없다"고 말한다. 즉 기호계와 상징계는 전혀 다른 성향을 가진 언어의 층위이지만 따로 존재하는 것이 아니라 의미화 과정에서 늘 부딪히면서 크리스테바의 말대로 "과정상의 주체(subject in process)"를 형성하고, 그 주체의 다양한 담론들을 생산한다.

크리스테바에 의하면 기호계란 프로이트의 의식/무의식의 구분에 의하면 무의식에 가까운 언어이고, 라캉의 용어를 이용하면 "욕망"의 언어이다. 그것은 "오이디푸스 이전(pre-Oedipus)"의 언어, "기호 이전이자 통사(syntax) 이전의" 언어, 욕동(慾動 drive)의 언어, 몸의 언어, 비논리의 언어, 그리고 "언어 이전(prelinguistic)의" 언어이다. 이에 반해 상징계는 의식의 언어이자, 오이디푸스 이후의 사회화된 언어이고, 기호계를 억압하는 논리의 언어, '법'의 언어이다. 크리스테바는 "상징계는 성 차이를 포함한 생물학적 차이와, 구체적으로 그리고 역사적으로 정해진 가족 구조가 형성하는 객관적인 억압을 통한 타자와의 관계에서 비롯된 사회적 산물"이라고 정의하고 있다. 의미화 과정에서 상징계는 항상 기호계를 억압하며 기호계의 분출을 사전에 차단하려고 한다. 이에 반하여 기호계는 마치 프로이트의 무의식처럼 상징계의 감시와 억압을 뚫고 통사의 질서를 전복시키려고 한다는 점에서 '혁명적'이다. 상징계가 사회화된 산문의 언어라면, 시적 언어는 기호계이고, 기호계로서의 시적 언어가 가지고 있는 '혁명성'은 바로 이런 특성을 의미하는 것이다.

크리스테바는 『시적 언어의 혁명』 1장에서, 말라르메(Stéphane Mallarmé)

가 "글 속에 깃든 신비"를 언급할 때, 그것이 바로 언어에 내재하는 "기호계의 리듬"을 지적하고 있는 것이라고 하면서 기호계를 다시 다음과 같이 정의한다. "언어와 무관하고, 마치 수수께끼 같으며 여성적인, 쓰인 글의 심층에 자리 잡은 이 공간은 운율적이고 자유분방하며, 이해할 수 있는 말로 옮겨놓을 수 없는 것이다. 그 공간은 음악적이고 판단 행위에 선행하지만, 유일한 보증—통사론—에 의해 제지된 공간이다." 여기에서 우리의 주목을 요하는 부분은 크리스테바가 기호계를 "여성적인" 공간으로 정의하고 있다는 것이다. 그렇다면 상징계는 통사론이 지시하는바 사회적 '법'의 언어이고 남성의 언어이다. 크리스테바는 말라르메의 '글 속에 깃든 신비'에 나오는 "그 텍스트 밑에 깔린 선율 내지는 노래"라는 대목을 인용하며 이 "노래"의 기능을 여성과 연관시킨다. 크리스테바의 논리가 페미니즘과 연결되는 부분이 바로 이 지점이다. 여기에서 완성된 "텍스트"란 바로 남성 지배의 상징계를 의미하는 것이며, 그 아래 억압되어 있는 "선율 내지는 노래"는 바로 기호계의 여성 언어를 지칭하는 것이다. 크리스테바에 의하면 여성의 언어는 본질적으로 기호계이어서 무의식의 언어이고 욕망의 언어이며 몸의 언어이다. 그것은 상징계의 남성 담론에 굴복하지 않으며 통사의 법에 끊임없이 저항하는 전복의 언어이다.

벨기에 출신의 뤼스 이리가레(Luce Irigaray)는 벨기에의 루뱅 대학을 졸업한 이후 파리에서 언어학과 정신분석학을 연구해 박사학위를 받았다. 초기 저작인 『스페큘럼 *Speculum of the Other Woman*』(1974)은 이리가레의 국가 박사학위 논문인데, 이 책은 그녀를 라캉학파와 극심한 대립으로 몰아넣었으며, 이 과정에서 그녀는 교수직을 박탈당하였다. 이 책에서 이리가레는 정신분석학적 방법을 통해 프로이트의 '남근 중심주의'를 비판했을 뿐만 아니라, 플라톤, 아리스토텔레스를 거쳐 칸트, 헤겔에 이르는 서양 철학의 전통이 어떻게 남성 중심 이데올로기에 사로잡힌 채 여성 혹은 여성성을 그들의 사유에서 배제시키고 있는지 꼼꼼하게 '철학적으로' 추적하였다. 이 책은 그리하여 "서양 철학의 전체 역사를 여성의 관점으로부터 수정하였을 뿐 아니라, '팔루스(phallus)'적 담론을 초월한 또 다른 글쓰기를 실제화시켰다"(레나 린트호프 Lena Lindhoff)는 평가를 받기도 한다. 프로이트의 '남근 선망(penis envy)' 이론이 상징하듯이 이들 서양 철학자들과 정신분석학자들에게 여성은 남성성이 되비친 거울에 불과하다. 이들의 사유 속에 여성은 없으며, 이들에게 여성은 오로지 불완전한 남성에 지나지 않는다. 이들이 사유의 기준으로 삼은 보편적 '인간'은 사실상 '남성'을 지칭하는 것이며, 남성이라는 유일한 기준으로 여성을 평가함으로써 이들은 **'성적 차이**(sexual difference)'에 대한 무지를 스스로 드러낸다. 이들에게 있어서 여성 성기의 '음핵'은 프로이트의 주장처럼 '작은 페니스'에 지나지 않는다. 이들이 가지고 있는 성차에 대한 무관심은 이들이 생산해낸 모든 학문과 모든 담론의 기초를 이루고 있다는 것이 이리가레의 진단이다.

그리하여 모든 진정한 사유의 출발은 '성적 차이'의 인정에서 시작되어야 한다는 것이 이라가레의 생각이다. 여성을 "성적 상상계에 있어서 남성의 환영을 가동시키기 위한 다소 기분 좋은 받침대" 정도로 인식할 때 철학이 설 자리는 없다. 지금까지 철학은 여성과 남성의 성적 차이를 무시하고, 남성의 시각으로 여성을 덧칠해왔다. 이것이 남성들의 '성적 상상계'이다. 『하나이지 않은 성 This Sex Which is Not One』(1977)은 『스페큘럼』에 대해 제기된 질문들에 대한 이리가레의 답변의 성격을 가지고 있는 책이다. 이 책에서 이리가레는 '성적 차이'에 대한 자신의 입장을 더욱 공고히 하고, 프로이트와 라캉의 남근 중심주의적 경향에 대한 비판을 다시 감행한다. 이리가레는 이 책에서 프로이트의 "처음에 어린 소녀는 어린 소년이다"라는 말을 인용하면서 프로이트에게 있어서 "남성은 '처음부터' 여아의 욕망을 기술하고 규정하는 전형으로 이용된다"고 비판한다. 성적 차이를 무시하고 남성의 시각만으로 모든 성을 읽는 행위를 이리가레는 "동일성이라는 제국"에 갇힌 것으로 보았다.

그렇다면 이리가레가 말하는 여성과 남성의 '성적 차이'란 무엇인가? 이에 관해서는 여러 논의들이 있지만, 다음과 같이 요약할 수 있다. 『하나이지 않은 성』의 제목에 드러나는 것처럼 이리가레는 여성성의 특징을 남성적 '고체성'에 반대되는 개념인 "**액체성**(fluidity)"으로 설명한다. 그것은 무형이거나 혹은 끊임없이 형태를 바꾸는 액체처럼 "하나이지 않은", 규정 불가능한 성이다. 『하나이지 않은 성』에서 그는 여성 성기와 관련하여 여성성을 다음과 같이 기술하고 있다. "여성에게는 최소한 두 개의 성기가 있다. 그러나 그것을 개별적으로 규정할 수는 없다. 게다가 여성에게는 훨씬 많은 성기들이 있다. 최소한 항상 이중적인 여성의 성욕은 여전히 다수이다… 사실, 여성의 쾌락은 음핵의 능동성과 질의 수동성 같은 것 중에서 어느 것도 선택할 수가 없다. 질을 애무함으로써 생기는 쾌락은 음핵을 애무함으로써 생기는 쾌락으로 대신할 수 없다." 이리가레에게 있어서 액체는 "단위와의 관계에서 항상 넘쳐나거나 모자란 것"이고 "'너는 이것이다'라는 규정에서 벗어나는 것이다. 말하자면 완전히 정지된 동일시에서 벗어나는 것"이다. 액체로서의 여성성은 근본적인 의미에서 다의성(multiplicity)을 의미하며 모든 형태의 '규정의 손아귀'에서 벗어나는 것이다. 이리가레가 말하는 '여성적 글쓰기' 역시 이런 점에서 '액체의 글쓰기'라고 말할 수 있다. 이리가레는 또한 여성의 성기를 "두 개의 입술"에 비유하면서, 남성적 글쓰기가 주로 관음증적 '보는 것(sight)'에 관계되어 있다면, 여성의 글쓰기는 주로 '촉각(touch)'과 관계가 있다고 설명한다. 이런 방식으로 이리가레는 여성적 욕망이 남성의 그것과는 근본적으로 다른 '타자성(otherness)'을 가지고 있다고 보며, 그것을 지우거나 무시하는 '동일성이라는 제국'에 구멍을 내는 것이야말로 페미니즘의 진정한 과제라고 생각하는 것이다.

지금까지 1세대 페미니스트로 버지니아 울프, 시몬 드 보부아르를, 2세대 페미니즘의 대표 주자로 케이트 밀렛, 일레인 쇼월터, 줄리아 크리스테바, 루쉬 이리가레 등의 이론을 살펴보았다. 2세대 페미니스트들이 활발하게 활동을 했던 1970~80년대를 거치면서 페미니즘은 분화에 분화를 거듭해나갔다. 가령 "블랙 페미니즘(black feminism)"은 백인 여성을 뛰어 넘어 흑인 여성의 시각을 들고 나옴으로써 페미니즘을 인종·계급 문제와 접목시켰으며, 3세대 페미니즘의 대표 주자 중의 하나인 주디스 버틀러(Judith Butler)는 페미니즘을 퀴어이론(queer theory)과 연결시킴으로써 페미니즘 담론에 복잡성을 더하였다. 페미니즘은 이제 페미니즘 외부의 대표적 사상들, 예컨대 마르크스주의, 정신분석학, 기호학, 구조주의, 포스트구조주의, 탈식민주의, 퀴어 이론, 문화이론, 독자지향이론 등과 결합되면서 사실상 현대 사상의 집결소 같은 양상을 보여주고 있다. 이 책이 페미니즘을 제일 마지막 장에 배치한 것도 이런 이유에서이다. 현대 사상의 다양한 흐름들을 모르고서 페미니즘을 이해한다는 것은 불가능하기 때문이다.

참고문헌 혹은 더 읽을 책들

▪ 김경수. 『페미니즘 문학비평』. 프레스21. 2000.

▪ 모리스, 팸. 강희원 역. 『문학과 페미니즘』. 문예출판사. 1997.

▪ 밀렛, 케이트. 김전유경 역. 『성 정치학』. 이후. 2009.

▪ 보부아르, 시몬 드. 조홍식 역. 『제2의 성』 상·하. 을유문화사. 1993.

▪ 쇼월터, 일레인. 신경숙 외 역. 『페미니스 비평과 여성문학』. 이화여자대학교출판부.
   2004.

▪ 울프, 버지니아. 이미애 역. 『자기만의 방(+ 3기니)』. 민음사. 2006.

▪ 이리가레, 뤼스. 이은민 역. 『하나이지 않은 성』. 동문선. 2000.

▪ 최동현 외 편. 『페미니즘 문학론』. 한국문화사. 1996.

▪ 크리스테바, 줄리아 외. 김열규 외 역. 『페미니즘과 문학』. 문예출판사. 1988.

▪ 크리스테바, 줄리아. 김인환 역. 『시적 언어의 혁명』. 동문선. 2000.

▪ 한국영미페미니즘학회 편. 『페미니즘: 어제와 오늘』. 민음사. 2000.

▪ Abel, Elizabeth. ed. *Writing and Sexual Difference*. Harvester Wheatsheaf. 1983.

▪ Barret, Michèle, *Women's Oppression Today: Problems in Marxist Feminist
   Analysis*. Verso. 1980.

▪ Belsey, Catherine and Moore, Jane. ed. *The Feminist Reader: Essays in Gender
   and the Politics of Literary Criticism*. 2nd ed. Palgrave Macmillan. 1997.

▪ Cixous, Hélène. *Writing Differences: Readings from the Seminar of Hélène
   Cixous*, ed. Susan Sellers. Open Univ. Press. 1988.

▪ de Beauvoir, Simone. *The Second Sex*. trans. H. M. Parshley. Penguin. 1974.

▪ Eagleton, Mary. ed. *Feminist Literary Theory: A Reader*. 2nd ed. Blackwell.
   1995.

▪ Gilbert, Sandra and Gubar, Susan. *The Madwoman in the Attic: The Woman*

Writer and the Nineteenth Century Literary Imagination. Yale Univ. Press. 1979.

- Irigaray, Luce. *Speculum of the Other Woman.* trans. Gillian C. Gill. Cornell Univ. Press. 1985.

- Irigaray, Luce. *This Sex Which Is Not One.* trans. Catherine Porter with Carolyn Burke. Cornell Univ. Press. 1985.

- Irigaray, Luce. *The Irigaray Reader.* ed. Margaret Whitford. Blackwell. 1991.

- Kaplan, Cora. *Sea Changes: Culture and Feminism.* Verso. 1986.

- Kristeva, Julia. *Revolution in Poetic Language.* Columbia Univ. Press. 1984.

- Kristeva, Julia. *The Kristeva Reader.* ed. Toril Moi. Basil Blackwell. 1986.

- Millet, Kate. *Sexual Politics.* Doubleday. 1970.

- Moi, Toril. *Sexual Politics.* Univ. of Illinois Press. 2000.

- Showalter, Elaine. A Literature of Their Own. Princeton Univ. Press. 1977.

- Woolf, Virginia. *A Room of One's Own.* Hogarth Press. 1929.

- Woolf, Virginia. *Three Guineas.* Hogarth Press. 1938.

- Woolf, Virginia. *On Women and Writing.* ed. Michèle Barret. The Women's Press. 2001.

이 도서의 국립중앙도서관 출판시도서목록(CIP)은 서지정보유통지원시스템 홈페이지
(http://seoji.nl.go.kr)와 국가자료공동목록시스템(http://www.nl.go.kr/kolisnet)에서
이용하실 수 있습니다.(CIP제어번호: CIP2017021240)

현대문학이론의 길잡이

ⓒ 오민석

초판 1쇄 발행 _ 2017년 8월 30일
초판 6쇄 발행 _ 2024년 8월 16일
지은이 _ 오민석
펴낸이 _ 고영
디자인 _ 헤이존
펴낸곳 _ 문학의전당
출판등록 _ 제448-251002012000043호
주소 _ 충북 단양군 적성면 도곡파랑로 178
전화 _ 043-421-1977
전자우편 _ sbpoem@naver.com

ISBN 979-11-5896-334-7 03810